TUNTEMATON DYSTONIA

Vääntynyt elämäni

Omistan tämän kirjan vaimolleni, omalle hymytytölleni Marjalle sekä neljälle upealle lapsellemme, Jennylle, Jaakolle, Johannalle ja Jeminalle sekä rakkaalle lapsenlapsellemme Violalle.

Sydämelliset kiitokseni annan kirjailija Sari Passarolle, joka on käynyt käsikirjoituksen läpi useaan kertaan ja työstänyt kanssani tekstiä väsymättä kirjalliseen muotoon.

Kiitos jokaiselle kirjan valmistuksessa mukana olleelle, sain apua niin monelta. Suuret kiitokset ystävälleni, kustannusalan ammattilaiselle, joka kävi käsikirjoituksen läpi ja antoi tarinaan hyviä neuvoja.

Kiitos jokaiselle dystoniaa sairastavalle ystävälleni, olette antaneet minulle niin paljon, ettei tätä kirjaa olisi syntynyt ilman teitä.

Hän ei ollut hiljaa,
vaikka niin luultiin.
Hän puhui niin hiljaa,
ettei kukaan kuullut.

Harry Torvinen

Tuntematon Dystonia

Vääntynyt elämäni

Elämäkertaromaani

Kirjan kuvitus: Jaakko Torvinen

Kustantaja: BoD · Books on Demand GmbH, Helsinki, Suomi
Kirjapaino: Libri Plureos GmbH, Hampuri, Saksa

ISBN: 978–952–80–8455–6

SISÄLLYSLUETTELO

1. PÄÄ VÄÄNTYY

Tähän asti siivet kantoivat,
sitten sakset sattuivat.
Nyt eletään siipi maassa.
Siipirikkona siipirikkojen maassa.

Töihin ajaessani huomaan, että jotain on vialla. En tunne kipua, mutta käteni on leualla ja se vaivaa minua. Tapaan kyllä pohdiskella asioita leukaani hieroen, mutta tällä kertaa siinä on jotain erilaista.

Tuntuu kuin kasvoillani olisi naamari, joka putoaa, jos päästän irti. Tajuan samalla, että olen tehnyt sitä jo pitkään ymmärtämättä miksi. Vasta nyt, helmikuun tiistaiaamuna, ajellessani töihin, havahdun huomaamaan asian. Pidän kädellä päätäni suorassa.

Perillä varaan ajan työterveyslääkärille iltapäiväksi. Vaiva tuntuu todella oudolta, vaikka työpaikallani niskavaivoja on useilla.

Olen koulutukseltani datanomi ja töissä tietokoneyrityksessä. Tehtäväni on asentaa tietokoneisiin valvontakamerajärjestelmiä. Työni on monelta osin vaihtelevaa, mutta siihen kuuluu paljon toistoja ja kiireen tuomia jännitteitä.

En ole koskaan kuullut oireesta, jossa pää kääntyy itsestään sivuun, joten minun on vaikea puhua asiasta kenellekään. Oudoksi vaivan tekee myös se, ettei minulla ole juurikaan niskakipuja.

Muutamaa vuotta aikaisemmin minulla oli selässä välilevynpullistuma, johon liittyi kipuja ja liikkumisvaikeuksia. Ajattelen, että tämäkin niskojen oire olisi samantapainen ja selviäisi vastaanotolla.

"No onpas erikoinen vaiva", työterveyslääkäri toteaa. Hän tutkii minut ja varaa ajan ortopedille. Seuraavalla viikolla menen tämän vastaanotolle ja katselen nimeä ovessa. Ortopedi on sama, joka hoiti minua, kun selässäni oli välilevynpullistuma. Olimme ostaneet niihin aikoihin Karkkilasta vanhan omakotitalon ja pihatöissä selkäni kipeytyi vaikeasti. Ortopedi, jolle olen nyt menossa, totesi silloin, että hoidetaan selkä kuntoutuksella. Hän kirjoitti lähetteen fysioterapeutille, jonka hoidoilla ja liikunnalla sain selkäni kuntoon, eikä se ole oireillut enää isommin.

Luottoni on siis vahva, kun ortopedi kutsuu minut sisään. Hän kuuntelee oireeni ja tutkii minut, kirjoittaa lähetteen röntgeniin ja toteaa, että kaikki näyttää olevan kunnossa. Puen vaatteet päälleni, ja tehdessäni lähtöä, ortopedi kääntyy. "Voisit kokeilla fiksata autosi istuimia parempaan asentoon", hän sanoo ja palaa papereidensa pariin.

Soitan työterveyslääkärille muutaman päivän kuluttua. Hän kertoo, ettei röntgenkuvissa ollut mitään poikkeavaa.

Niinpä säädän auton istuimia, syön särkylääkekuurin ja pidän leukaani työmatkoilla kädellä suorassa.

Jaksan sinnitellä hiljalleen lisääntyvien oireiden kanssa vielä puolitoista vuotta. Autonpenkin fiksausohjeet ja erikoisiksi nimetyt vaivat nostavat lääkärille menon kynnystä, joka muutenkin on korkea.

Oireet ovat niin outoja, etten oikein löydä sanoja, joilla niistä kertoisin muille kuin vaimolleni. Hän kehottaa menemään uudelleen lääkäriin. Minä en haluaisi ja keksin aina tekosyitä olla menemättä. Kumma juttu miten helppoa verukkeita onkin keksiä.

Vaivat ovat kuitenkin todellisia ja etenevät hiljalleen. Aluksi ne tulevat mukaan töihin. Työskennellessäni näyttöpäätteellä toinen käsi kirjoittaa, toinen pitää päätä suorassa. Työhöni liittyy myös kiireitä, eivätkä asennukset mene aina ongelmitta.

Jännitys pahentaa niskavaivoja, niin että alan vältellä sosiaalisia tilanteita. Juon kahvini näyttöpäätteen äärellä ja syön eväät työpisteellä, koska sosiaaliset tilanteet aiheuttavat oireita lisääviä jännitteitä. Niskalihakset vääntävät päätäni voimakkaasti vasemmalle. Siitä syystä keskustelu, jossa kummallakin puolella istuu työkaveri, on vaikea hallita. Oikealle kääntyminen vaatii koko yläkropan kääntämistä, joka tuntuu erikoiselta ja kuvittelen sen herättävän huomiota.

Niskojen jännite on alkanut vaikuttaa myös ääneeni, koska vääntö puristaa kurkkua. Puhe muuttuu joskus epäselväksi tai vaimenee kokonaan. Kukaan ei kuitenkaan ole maininnut asiasta minulle.

Unet ovat alkaneet jäädä vähiin oireiden voimistuessa. On vain yksi asento, jossa pystyn nukahtamaan. Selälläni makoillen, katse vasempaan ja käsi pään tukena. Siihen nukahdan, mutta usein herään jo aamuyöllä.

Eräänä yönä minun on myönnettävä, että olen sairas, enkä voi sille mitään. Istun nojatuolissa ja pääni heilahtelee edestakaisin. Ajatus, että minulla tulisi olemaan tällainen oire koko loppuelämäni ajan, tuntuu sietämättömältä.

Purskahdan itkuun, joka herättää vaimoni. Hän näkee hätäni ja ottaa kainaloonsa. Siinä me itkemme yhdessä niin kauan, että tuska hiipuu.

Asian myöntäminen helpottaa ja ymmärrän, että olen tahdonvoimalla yrittänyt olla terve.

On alkukesän aamu vuonna 2013, kun päätän mennä jälleen lääkäriin.

Tilatessani ajan työterveyslääkärille, oireideni havaitsemisesta on kulunut puolitoista vuotta. Sama lääkäri, jonka vastaanotolla kävin edellisellä kerralla, tutkii minut ja huomaa tällä kertaa niskalihaksissani selkeitä muutoksia.

Hän katsoo ortopedin lausunnon viime vuoden käynniltäni ja toteaa tutkimuksen olleen kattavan. Ortopedi on kirjannut lausuntoon, että vaivojen jatkuessa uusi käynti ja magneettikuvat. Kehote jäi kertomatta minulle.

"Ortopedi on koeponnistettu, kokeillaan nyt fysiatri", työterveyslääkärini toteaa ja kirjoittaa lähetteen.

Viikon päästä istun odotushuoneessa. On iltapäivä ja ympärilläni käy kova hyörinä, sillä laboratorio ja vastaanotto ovat samassa aulassa.

Fysiatri kättelee ja istahtaa lukemaan päätettä. Hänellä on kirjava neulepaita yllään. Lääkärintakki roikkuu tuolin selkänojalla.

Alan heti kertoa oireistani, sillä pelkään unohtavani jotain. Fysiatri lukee päätteeltä jotain, eikä näytä kuuntelevan.

"Teillä on *torticollis* eli *kervikaalinen dystonia*", hän toteaa jatkaen lukemista.

Minä kuulen sanat, mutta en ymmärrä niitä.

Fysiatri ihmettelee, miksi minut on lähetetty hänen vastaanotolleen, vaikka sairaus kuuluisi neurologille. Minä puolestani ihmettelen, miksi sitä kysytään potilaalta. Olen kuitenkin kiitollinen, että oudolla vaivallani on lopulta nimi. *Torticollis* -nimisestä sairaudesta en ole koskaan kuullutkaan.

Fysiatri sanoo etsivänsä minulle tietoa sairaudesta ja tulostaa paperin, jossa lukee *cervikaalinen dystonia*. Hän vetää kynällä c-kirjaimen yli ja merkitsee päälle k-kirjaimen. Luen monisteelta, että sairauteni nimi on *kervikaalinen dystonia*.

Fysiatri kertoo, että sairauttani hoitaa neurologi ja kirjoittaa minulle lähetteen Lohjan neurologiselle poliklinikalle.

Kerron fysiatrille ortopedin tutkimuksista ja ihmettelen, miten tämä ei tuntenut sairauttani.

"No katsokaas, lääkäritkin ovat vain ihmisiä", fysiatri huokaa ja levittää kätensä lavealle.

Hän kirjoittaa minulle viikon sairauslomaa ja kehottaa menemään työterveyslääkärille, jos tarvitsen lisää.

Poistun helpottuneena, mutta kysymyksiä täynnä. *Dystonia* on outo sana, joka kuulostaa valtion nimeltä. Maalta, johon tämä sairaus on minua viemässä.

Fysiatrin kirjoittaman sairausloman syynä lukee *kierokaula*. Seuraava nimi lääkärin antamassa monisteessa on *torticollis* ja *kervikaalinen dystonia*. Kehitän itselleni muistileikin näitä erikoisia nimiä varten. "Olen kierokaula ja sairastan kaalista soosia", kerron vaimolleni kotona.

Avaan netin ja löydän yllättäen monta koskettavaa tarinaa ja kuvausta *dystonia*-nimisestä, harvinaisesta sairaudesta. Useita kysymyksiä selviää lukiessani kokemuksia. Totean, miten jokaisen sairastavan tarina on tärkeä ja antaa vertaistukea.

Sairauslomalta töihin palattuani kuulen iltapäivällä askelten ääniä takaani. "Tässä on sinulle Harri postia", toimitusjohtaja sanoo ja kävelee paikalta. Avaan kirjeen, jossa lukee, että minut on lomautettu. Tuntuu vaikealta ymmärtää muutamia sanoja paperilla.

Tiedän, että tämä liikehäiriösairaus tekee jatkamisen nykyisessä työssäni vaikeaksi. En kuitenkaan ymmärrä, miksi ilmoitus tulee juuri nyt, kun olen saanut vaikean sairauden diagnoosin

Pahimmalta tuntuu, ettei toimitusjohtaja sanonut mitään syytä. Hän lähti paikalta kengät kopisten. Minä tunsin yllättäen sääliä. Ajattelin, että hän ehkä pelkäsi tartuntaa.

Kävelen toimitusjohtajan huoneeseen ja kysyn, voinko pitää kesäloman ennen lomautuksen alkamista. Olen varma, ettei takaisin ole paluuta ellen parannu. Sairaana olen yritykselle hyödytön kuin rikkinäinen tietokone.

2. SORATÖTTERÖ

Kermainen vaniljajäätelö,
pitkä, ihana matka,
kuin sinitaivaalla
leijuvat poutapilvet.

Kesäaamu väreilee lämpöä ja maasta nousee höyryä. On tulossa kuuma kesäpäivä. Yöllä laskeutunut kaste kuivuu ja kohoaa utuna ilmaan. Leikin puurivitalojen kuistin edessä omissa oloissani. Sangolla teen hiekasta ja pikku lätäköstä kakkuja, joita asettelen linnoitusta varten. Viereeni kävelee iso tyttö, varmaan jo koululainen ja kyykistyy eteeni. Hän on ihanan näköinen mekossaan, mutta tuntuu vieraalta, aivan kuin joku tuntematon olento olisi astunut maailmaani ja särkenyt jotain. Tyttö kertoo hymyillen asuneensa kodissamme aikaisemmin. Minusta ajatus tuntuu oudolta. Olisiko joku voinut asua meillä ilman, että minä olisin nähnyt häntä.

Otan rauhallisesti lapiollisen märkää hiekkaa ja vippaan sen suoraan tytön kasvoille. En tiedä miksi niin teen. Tytön siroille kasvoille leviää itkuinen ilme. Ruskeaa, märkää hiekkaa valuu noroina kyynelten mukana pitkin hänen poskiaan.

Tyttö juoksee itkien pihan laidassa seisovan tädin luo. Pian äitini tulee itkun hälyttämänä kuistille ja kysyy mitä täällä itketään. Minun pitää pyytää anteeksi, vaikka en ymmärrä miksi. Katson kättäni ja ihmettelen miten se sillä tavoin toimi. Onpa ihmeellinen käsi.

Samalla Jiipee pyöräilee pihaan. Katselen lumoutuneena jäätelötötteröä hänen kädessään. En ole sellaista koskaan maistanut.

Joskus harvoin saan vaniljaeskimon, jonka syön aina hitaasti. Irrotan hampailla suklaakuoresta paloja ja imeskelen niitä nautiskellen. Sitten on jäätelön vuoro. Kermainen vaniljajäätelö on pitkä, ihana matka kuin sinitaivaalla liikkuvat poutapilvet. Katselen paikoilleni jähmettyneenä jäätelöä. Ihmettelen, miten se pysyy kädessä, vaikka Jiipee ajaa vauhdilla. Minä pelkään vähän naapurissa asuvia Turusen veljeksiä, vaikka heidän äitinsä on lempeä. Hän on asemalla töissä, niin kuin isäkin.

Pihaan ajava Jiipee huomaa tytön ja yrittää näyttävää kaarrosta kuistin edessä. Tötterö toisessa kädessä hän kääntää pyörän ja tekee renkaalla vanan pihamaalle.

Jarrutus heilauttaa Jiipeen kättä ja irrottaa jäätelöpallon vohvelin päältä. Minä katselen lumoutuneena, kuinka se lentää ilmassa ja kaartaen putoaa maahan. Suuni roikkuu avoinna jäätelöpallon pyöriessä minua kohti.

Jiipeen kasvot vääntyvät itkuun, kun hän näkee harvinaisen ihanuuden matkan yli pihamaan.

Hiekkakasan ja lätäkön viereen pysähtyessään pallo on ruskean hiekan peitossa. Minä katselen vieressäni olevaa jäätelöpalloa ja nieleskelen suuhuni kihoavaa sylkeä.

Jiipee yrittää kasata itsensä takaisin pihan hallitsijaksi pyöräänsä tutkien. Kohta hän asettaa sen kuistia vasten, iskee nyrkillä pyörän satulaa kiroten ja kävelee rennosti keinahdellen viereeni.

Jiipee kyykistyy, nappaa hiekan päällystämän jäätelöpallon sormiinsa ja iskee sen tötteröön.

Katselen hiekkalapio kädessäni, suu puoliraollaan, kun hän ojentaa tötterön minulle. Tartun jäätelöön epäuskoisena, ja samassa Jiipee on taas oma itsensä. Hän pomppaa ylös vihellellen ja juoksee sisään.

Minä olen pihalla yksin jäätelötötterö kädessäni. Katselen kaunista jäätelöpalloa. En ole koskaan syönyt sellaista.

Nyt kaikki ihanuus on yksin minun. Vilkuilen vielä ympärilleni pihamaalla, ennen kuin aloitan herkuttelun. Minua ei häiritse hiekka jäätelössä. Pikemminkin se vaikuttaa kauniilta.

Auringon lämmössä jäätelö on alkanut sulaa ja valuu noroina sormilleni. Nuolaisen jäätelöä ja tunnen kermaisen lämpimän maun täyttävän suuni. En voi enää hillitä itseäni ja haukkaan suuni täyteen makeaa herkkua.

Hiekka ratisee hampaissani ja painuu kitalakeen. Syljen sitä sankoon ja sekoittelen siinä. Hiekkavanat valuvat suupielistäni hotkiessani jäätelöä. Olen pihan onnellisin ja ainoa pikkupoika. Jäätelön syötyäni tunnen itseni kokeneeksi. Tiedän miltä oikea tötterö maistuu. Hiekkaa syljeskellen lapioin kakkuja. Samalla näen kauempaa Veturitallin tien takaa lähestyvän pyöräilijän ja nousen ylös. Seison hiekkakasan reunalla leikkilapio kädessäni. Ohi ajaa kovalla vauhdilla iso ja laiha mies. Hänen päänsä heiluu ja vispaa kuin äidin käsi taikinakulhossa.

Pää pyörii tuulimyllyn lailla ja minua alkaa naurattaa aivan hillittömästi. Näky on niin hullunkurinen, että nauran vatsaani pidellen. Mies ei tunnu huomaavan minua.

Kerron illalla tapauksen kotona äidille, mutta yllättäen saankin toruja häneltä. Äiti kertoo, että mies on invalidi ja myy arpoja.

"Hänelle ei saa nauraa", äiti sanoo.

Minua harmittaa kovin, etten voi enää nauraa niin hauskalle näylle.

"Arpoja myyvä setä ei voi pään pyörimiselle mitään", äiti sanoo ja katsoo minua silmiin.

Seuraavalla kerralla, kun arpoja myyvä mies ajaa leikkipaikkani ohi, nousen seisomaan ja katselen häntä. Minua naurattaa miehen pään hillittömät liikkeet. Hytkyn vähän ja kiemurtelen. Harmittelen kun en voi nauraa.

Vähitellen totun miehen pään liikkeisiin, enkä näe niissä enää mitään sellaista, jonka takia leikki pitäisi keskeyttää.

Toisinaan ajattelen niitä kaikkia asioita, joille en voi nauraa. Mietin, että elämä aikuisena on tosi tylsää. Minusta tulee totinen poika.

3. ENSIMMÄISET BOTULIINIPIIKIT

Karu ranta,
rinteessä jykevä petäjä.
Oksien varjossa,
viipyvä valo.
Karheassa kyljessä,
kaarnan pinnalla kartta.
Lähden matkaan.
Unohdun.

 Herään aamuyöllä ja pääni alkaa nykiä kuin kiiski koukussa. Dystonia ei aktivoidu syvässä unessa, mutta heti herättyäni pään vääntö alkaa. Pyöräilin edellisenä päivänä ja se on rasittanut niskojani. Ehkä siitä syystä lapsuuden muisto pyöräilevästä invalidista tulee nyt ajatuksiini. Olen kulkenut pitkän matkan hiekkalaatikolta tähän aamuöiseen hetkeen. En tiedä mitä arpoja myyneelle miehelle nyt kuuluu. Huomasiko hän edes pienen lapsen naurua pyöräillessään ohi. Sitä en koskaan saa tietää, mutta asiat ovat nyt toisinpäin. Lähtiessäni pyöräilemään, pyrkii minun pääni vääntymään vasemmalle.

Elämän arpajaisissa osat ovat vaihtuneet. Arvanmyyjän ja pienen pojan osat. Päätä vispaavan pyöräilijän ja hiekkakasan reunalla nauravan leikkijän osat.

Matkalla Lohjan sairaalaan muistan, että minun täytyy kysyä neurologilta tutkimuksista, joista fysiatri kertoi. Olen menossa kuulemaan hoidoista, joita dystoniaan on tarjolla.

Neurologi kertoo, että dystoniaa hoidetaan botuliinilla, joka annetaan pistoksina dystonian aktivoimiin lihaksiin. Hän kysyy suostumustani hoitoihin ja minä kerron ottavani avun vastaan mielelläni.

17

Mietin, kysyykö lääkäri suostumustani siksi, että botuliini on maailman voimakkain luonnon tuottama hermomyrkky. Gramman miljardisosa riittää tappamaan ihmisen.

Pohdin samalla kysymyksiä, joita olin suunnitellut esittäväni. Neurologi vastailee niukasti. Hän kehottaa käymään dystoniayhdistyksen sivuilla ja kertoo, että siellä on enemmän tietoa tästä sairaudesta.

Tuulikaapissa kohtaan sisälle tulevan potilaan sairaalan takissa. Hän oli tupakalla saapuessani vastaanotolle. Pysähdyn odottamaan ja hätkähdän. Unohdin kysyä poissulkevista tutkimuksista.

Kotona avaan netin ja luen Suomen Dystonia-yhdistyksen sivuilta mielenkiintoisen keskustelun botuliinihoidoista. Useamman vuoden pistoksia saaneet kertovat kokemuksistaan. Minä saan paljon tietoa tästä sairaudesta keskustelupalstoilta ja muualta netistä. Luen useammankin dystoniaa sairastavan kokemuksista sairauden alkuvaiheissa. Ensimmäiseksi tehdään yleensä niskarangan sekä aivojen magneettikuvaus, joilla suljetaan pois toisten sairauksien mahdollisuus.

Minulle jää vähän epävarma olo omasta hoidostani. Pohdin miksi toisten sairauksien poissulkemisesta tehtäviä tutkimuksia ei edes mainittu.

Luen, että botuliinipistoksen antamisen yhteydessä käytetään yleensä EMG-laitteeksi kutsuttua kojetta, jolla varmistetaan pistoksille oikeat lihakset.

Laitteita on jaettu useille sairaaloille, mutta jostain syystä niitä ei juuri käytetä. Jännä nähdä käytetäänkö sitä Lohjan neurologisella polilla.

Minun kokemukseni dystonian hoidoista on vielä yksipuolinen ja epämääräinen. Olisi osattava vaatia, kysellä ja olla aktiivinen. Aikaa on yleensä kuitenkin vähän ja neurologeilla kiire.

Kysymystä liian kauan pohtiva löytää sanansa sairaalan tuulikaapissa. Vastauksen antaa kylmä tuuli pihalla.

Tässä hetkessä ymmärrän, miten paljon saan voimaa siitä, että turvanani on usko Jumalaan. Löysin uskon vaikeiden kokemusten kautta nuorena, ja nyt se on voimavarani.

Jännittävä pistospäivä koittaa lopulta ja pääsen Lohjan neurologisen poliklinikan vastaanotolle. Ajattelen, että voisin vielä kysyä tutkimuksista ja yritän pitää kyselyä yllä neurologin seisoessa edessäni piikki kädessä. Hän vastailee asiallisesti, mutta aistin sanoissa kiireen.

Kysyn tutkimuksista toisten sairauksien poissulkemiseksi, mutta saan neurologilta vain epämääräisiä vastauksia. "Jos jotain kuvataan, niin aivot, ei niskarankaa".

Ensimmäinen pistoskertani on lievästi epämiellyttävä kokemus. EMG-laitetta ei näy ja pistokset tehdään käsituntumalta. Minulla on tunne kuin olisin neulatyyny tai tikkataulu. Toivon vain, että piikit osuisivat oikeisiin kohtiin.

Olen lukenut, että vääräännn lihakseen osuva pistos voi aiheuttaa pään asentoa muuttavan heikkouden. Leuka voi siinä tapauksessa roikkua rintaa vasten kolme kuukautta, jonka botuliini vaikuttaa lihaksissa.

Neurologi arvelee hoitojen jälkeen ensimmäisten vaikutusten tuntuvan parin päivän kuluttua, mutta botuliinin määrä on vielä todella pieni.

Muutaman päivän kuluttua lähden juoksulenkille. Tunnen, että oikea niskalihas on hieman heikompi ja pääni painuu vähemmän vasemmalle kuin ennen.

Olen lukenut dystoniaa sairastavista, joiden oireet ovat lieventyneet merkittävästi botuliinipiikkien jälkeen. Minulle on pettymys, että ensimmäiset piikit tuovat vain vähäistä apua pään vääntymiseen.

Myönteinen kokemus on nukkuminen, koska piikkien jälkeen pystyn makaamaan myös kyljelläni. Pidän jo sitä riittävänä syynä pistosten ottamiseen.

Ajaminen ja keskittyminen johonkin tekemiseen aktivoi dystoniaa. Niihin vääntöihin ensimmäiset piikit eivät vaikuta.

Kävely provosoi oireita voimakkaasti ja kääntää päätä sivulle. Olen pyrkinyt pitämään kuntoilua yllä etsimällä asentoja, jotka eivät aktivoi sairautta. Kuntoilun tuoma elämänvirta on niin kantavaa, että sen mukana kulkee dystoniakin kuin uppopuu virrassa.

Ensimmäisen pistoskerran jälkeen minulle on varattu neurologin soittoaika kuukauden kuluttua hoidoista. Valmistaudun siihen huolella. Kirjoitan kokemuksiani pistosten vaikutuksista ja odotan jännittyneenä puhelua, joka tulee iltapäivällä. Aikamoinen pettymys neurologin soitto on. Hän yrittää lopettaa puhelun heti kuultuaan, että pistoksista on ollut jotain vaikutusta. Sen verran pidän linjaa auki, että ehdin vähän tilannettani selittää. Vaikutelmaa kuuntelemisesta ei kuitenkaan tule. Lääkärillä on kiire. Jos olisin hän, en haluaisi soittaa parin minuutin puhelua vastaavassa tilanteessa. Potilaan tulisi olla keskushenkilö sen pienen hetken, joka hänelle suodaan.

Illalla asetun odottamaan unta, mutta se on vaikeaa, koska pää heiluu edestakaisin. Levottomana se jytkyttää tyynyä vasten. Oloni on kuin resiinalla reissaisin ja pumppaisin läpi loputtomien aapojen. Kuljen mielessäni yli jykevien siltojen, kaarevien rautatiesiltojen, joiden alla mustana kuohuvat kiviset kosket.

Niskojen levoton, loputon liike tuo mieleeni elokuvan *"Kuin raivo härkä."* Armoton vastustaja, mestarivyön haltija, on dystonia. Kuin kone se hakkaa kehäköysiin ajamaansa vastustajaa. Isku iskun perään. Lyönti lyönniltä se nuijii. Nukahtaminen tulee kuin tyrmäysisku yhden maissa. Herättyäni parin tunnin kuluttua pää jatkaa tyynyn takomista. Se toistaa liikettä kuin tietokoneen näytönsäästäjä. Tämä tauti ei kuitenkaan näytä säästävän kantajansa päätettä.

Olisi aikaa ajatella, mutta liike ravistelee ajatukset kuin omenat puusta. Niitä tippuu koko ajan ja tömähtelee tyynylle niskojen nakkelemana.

Jaksan nytkähdellä melkein viiteen asti, kunnes lähden
keittämään kahvit.

4. PEUKALOPOIKA

Herään onnellisena
peukalo suussa,
juuria myöten,
kuin puikulaperuna.

Minä rakastan peukaloni imemistä, vaikka olen jo mielestäni iso poika. Imen peukkua kuin tikkaria. Peukalo on mukavan muotoinen, se painuu pehmeästi kitalakea vasten ja kielellä on hyvä painella kynttä rytmikkäästi. Nautiskeluni edessä on äitini. Hänen mielestään ison pojan ei enää pitäisi imeä peukaloa. Olen eri mieltä, mutta mieleni on toissijainen. Äidin mieli on ensisijainen epäreilussa maailmassa. Niinpä imen salaa peukkua. Nautiskellen lumpsuttelen sitä. Olen selin eikä kukaan huomaa. Paitsi äiti. Hän on edessäni sormi ojossa. Olen jälleen jäänyt kiinni. "Nyt siitä tehhään loppu", äiti julistaa. "Harrin peukalon imeminen päättyy tähän".

Näen äidin avaavan komeron oven ja ottavan pullon käteensä. Kuulen hänen lukevan hiljaa jotain. Pian peukaloni on kasteltu aineella.

"Siinä sulle etikkapeukalo, imaseppa", äiti sanoo, nauraa ja menee.

Minä yritän, mutta maku on hirveä. Irvistän ja työnnän peukun peiton mutkaan. Yritän nukahtaa käsi piilossa.

Herkullisen näköinen peukalo on kuitenkin kuvitelmissani. Sitä näkyä himmentää äitini voitonriemuinen hymy.

Aamulla herään peukalo suussani. Paha maku on ihmeellisesti kadonnut yön aikana. Olen unissani imenyt maun pois.

Lutkutan onnellisena peukaloani. Olen voittanut ja peukaloni on taas omani, herkkupeukalo.

Äiti ei luovuta ja seuraan huolestuneena hänen liikkeitään. Näen hänen olemuksessaan pelottavaa varmuutta, pysäyttämätöntä voimaa. En edes yritä taistella sitä vastaan, sillä äitiä ei voi voittaa suoralla taistelulla. Peukaloni ja minä olemme avuttomia kuin Viimeinen mohikaani ylivoiman edessä. Suojelen peukkuani ja piilotan peukalon suuhuni. Seuraavana iltana äiti menee isän kalastuskaapille. Minä vaistoan, että jotain pahaenteistä on ilmassa. Tunnen äitini ja osaan lukea hänen olemustaan. Näen äidin kädessä pienen pullon. Hän lähestyy minua hymyillen. Käännyn peukalo suussa seinään päin. Äiti istuu vuoteen vierelle ja kääntää minut nopealla liikkeellä ympäri. Olen siinä kuin kilpikonna telkkarin luonto-ohjelmassa. Pullo äidin kädessä on sama pullo, josta kesällä siveltiin iholle hyttysmyrkkyä. Muistan, kuinka se kirveli, jos sattui hieraisemaan silmiä.

Äiti sivelee hyttysmyrkyn peukalooni ja katselee sitä tuumivana. Pohdin, haluaisiko hän maistaa peukaloani, mutta äiti sivelee kättäni ja laskee sen viereeni. Hän sulkee pullon korkin ja silittää päätäni. Huokaisten äiti kävelee isän kalastuskaapille ja asettaa pullon hyllylle.

Olen hieman huolissani. Peukaloni ei tuoksu pahalle. Siinä on jännittävä tuoksu, ovelan houkuttava. Mieleeni tulevat pärskyvät vedet kalastusretkillä. Matkat mökille ja sätkivät ahvenet veneen teljolla.

Muistelen, että aine suojeli minua pistäviltä hyttysiltä. Nyt se on väkevänä tuoksuna peukalossani. En ole varma, maistuuko tämä tuoksu hyvältä vai pahalta. Nuuskin varovaisesti peukkuani. Nuolaisen sen päältä ja kieltäni kirvelee.

Työnnän käteni kauemmas ja piilotan peukalon peiton alle. Äiti vilkaisee tuolilta kutimiensa yli ja hymyilee. Samalla hän kutoo keskittyneesti. Nukahdan ja näen unta, että olemme mökillä. Siellä on valtavasti hyttysiä. Onneksi minulla on salainen ase.

Peukalossani on hyttysmyrkkyä ja kun imen peukkuani kaikkoavat sääsket ja koko perhe katselee minua ylpeänä, isoveljeni Jussikin. Olen pelastanut heidät imemällä peukaloani. Herätessäni on aamu ja äiti katselee minua tuumivana. "Taas se lutkuttaa peukkua", hän huokaa. Minä aavistan, että olen voittanut jälleen. Minä ja peukaloni. Suussani mötköttävä peukku vahvistaa oivalluksen. Kiskaisen sen ulos ja katselen tarkemmin. Kurttuinen iho kertoo totuuden, olen imenyt peukaloa nukkuessani. Seuraavaksi peukaloni voidellaan ruskealla salvalla, jota äiti saa naapurin tädiltä. "Tällä voiteella pääsin kokonaan irti kynsimisestä", tämä kehuu. Äiti vilkaisee minua ja pyytää putkiloa kokeiltavaksi. Arvaan, mihin äiti haluaa testata tädin voidetta ja piilotan peukaloni tavallistakin paremmin. Äiti kuitenkin kaivaa peukun esiin ja sivelee siihen voidetta. Se on kuin vaseliinia ja näyttää minusta pahalta. Nuuskin sitä varovasti ja voide tuoksuu oksettavalta. Lopuksi äiti käärii mönjän päälle vielä harson, etteivät lakanat sotkeutuisi. Nyt tilanne on toivoton, ajattelen ja nukahdan apeana.

Aamulla herään onnellisena peukalo juuria myöten suussani kuin puikulaperuna. Naamani ja lakanat ovat ruskeassa mönjässä. Peukalo kuitenkin on puhdas ja hyvänmakuinen. Äiti huokaisee raskaasti ja päättää ottaa aikalisän.

Tiedän, että äiti ei koskaan luovuta, mutta minun ihmeellinen peukaloni on nyt jopa hänelle liian kova vastus. Äidin kanssa on kuitenkin syytä olla ovela, ajattelen, sillä äitikin on sitä. Minä tiedän sen kokemuksesta. Pohdin asiaa ja imen sohvan nurkassa peukkuani. Seuraan samalla äidin liikkeitä tarkasti. Hän tuntuu kuitenkin luovuttaneen ja saan nautiskella peukalostani rauhassa.

Eräänä iltana lumpsutan peukkua sängyllä, kun äiti tulee katsomaan minua ja ihmettelee, miksi poskeni hehkuvat kuumina. Hän noutaa kuumemittarin ja asettaa sen kainalooni.

Minulla on korkea kuume ja kurkkuuni sattuu nielaistessa. Menee pari päivää ja vanhempani alkavat huolestua. En pysty nielemään, mutta peukaloa sentään pystyn imemään. Äiti soittaa lääkärille, joka tulee katsomaan minua kotiin. Hän määrää lääkekuurin ja äiti keksii uuden juonen. Hän hankkii lääkäristä liittolaisen peukkua ja minua vastaan.

Äiti kertoo lääkärille peukalon imemisestä ja useista yrityksistä vieroittaa minut siitä. Vieroituksissa käyttämistään pahanmakuisista myrkyistä hän ei puhu mitään. Otan peukalon suustani ja yritän sanoa niistä, mutta kurkustani tulee vain korinaa.

Lääkäri seisoo höyryävän kattilan takana kuin ilmassa leijuen. Hengitän aina välillä lämmintä höyryä, joka tuoksuu makealle, kuin pastillille.

Lääkäri selittää minulle kuinka turhaa on imeä peukaloa. Höyryn takana hän näyttää ilmassa leijuvalta silmälasipäiseltä aaveelta. Minä imen peukaloani voimakkaasti ja hän leijailee katon läpi pois.

Aamulla herään, enkä näe peukkuani. Ihmettelen, miksi se ei ole suussani. Kaivan peukalon eteeni ja katson sitä ihmetellen. Peukalo näyttää tosi hienolta. Pyörittelen sitä ja yritän saada napsautuksia keskisormea vasten, niin kuin Jussi osaa tehdä.

Muistan kattilan takana, höyryn keskellä leijuneen, silmälasipäisen sedän, joka imi karvaista peukaloaan ja leijui katon läpi. Olen onnellinen, ettei minun peukkuni ole yhtä karvainen. Ehkä imeminen kasvattaa karvoja ajattelen ja minua yököttää.

Kuume on hieman laskenut ja lepäilen päivän. Illalla makoilen sohvalla. Olen vielä huonovointinen ja kuumeessa. Kurkkua särkee, vaikka sain lääkärin määräämää lääkettä. Hengitän välillä äidin keittämään veteen lisättyä lääkehöyryä.

Televisio on auki ja yritän seurata ohjelmaa. jossa silmälasipäinen lääkäri puhuu sairaudesta, jonka nimi on isorokko. Siihen voi sedän mielestä kokonaan kuolla.

Minä olen painanut pään tyynyn ja reunan väliin. Mietin, onko lääkäri sama karvapeukalo, jonka näin yöllä höyryävän kattilan takana. Kuumetta minulla on vielä niin paljon, että tärisen.

Imaisen välillä peukaloani, mutta näen silmissäni höyryssä leijailevan televisiolääkärin imemässä suurta, karvaista peukaloa. Otan peukun suustani ja lääkäri katoaa. Äkkiä hätkähdän horteesta. Kuulen lääkärin puhuvan isorokon oireista ja siitä, mistä isorokon tunnistaa. Alan ymmärtää. Minulla taitaa olla juuri tuo isorokko. Olen siis kuolemansairas. Siitä syystä minua kohdellaan niin hellästi eikä äiti ole enää laittanut pahanmakuisia aineita peukkuuni. Kuumeessa väristen höristän korviani kuullakseni televisiolääkärin puheen. Tajuan, että kaikki oireet täsmäävät ja luultavasti herään aamulla yltä päältä täynnä isorokkoa. Jos nyt yleensä enää herään. Ajattelen, että on mietittävä valmiiksi sitä, jos en heräkään.

Aamulla herään omasta vuoteestani. Minut on kannettu siihen nukahdettuani sohvalle. Otan käteni varovasti tyynyn alta ja tunnen sileän pinnan peukalonpäässä.

Silitän ihoani kaikkialta ja huomaan olevani hengissä. Olen parantunut isorokosta. Valtava helpotus täyttää koko olemukseni. Katson ulos ja näen valoverhojen läpi sinitaivaan. Olen terve. Hyppään ilmaan ja syöksyn tuolille. Kiskaisen vaatteet päälleni ja juoksen olohuoneeseen, pinkaisen keittiön läpi. Äiti ällistyy, kun sanon meneväni leikkimään pihalle. Minulla on kiire kertoa kaikille, että olen Asemaperällä ensimmäinen, joka on parantunut isorokosta.

Parantuminen ei kuitenkaan vapauta minua lääkärin määräämästä penisilliinikuurista ja pistoksista. Rokotteet antaa terveyssisar, joka tulee Asemaperälle polkupyörällä. Yritän olla valppaana, että ehtisin karkuun.

Olen leikkimässä ulkona, kun näen hänen polkevan etukumarassa kohti pihaa. Tajuan salamannopeasti ketä terveyssisar jahtaa. Hän on tulossa piikittämään minua.

Hyppään pystyyn, heitän hiekkalapion maahan ja säntään sisälle.

Syöksyn keittiön läpi ja ryntään makuuhuoneeseen. Ketterästi kierin sängyn alle ja ryömin nurkkaan piiloon. Kätkeydyn pölypallojen sekaan ja muutun pölykoiraksi. Nyt minua ei tunnisteta, eikä piikittäjä löydä minua. Ajattelen, että piikittäjä menee päätyasuntoon ja pistää naapurin Annia. Minun käy jo sääliksi kivaa kaveriani.

Samassa näen vihreän kankaan ja piikittäjän, joka kumartuu sängyn laidan ali. Näen hymyn ja kurottuvan käden. Minut on löydetty, vaikka muutuin pölykoiraksi.

Piikkisisar huhuilee tekolempeällä äänellä minua ja yrittää työntyä sängyn alle. Sänky nousee ilmaan ja natisee uhkaavasti. Samalla tunnen rautaisen otteen nilkassa. Äiti on tarttunut jalkaani, pölykoiran jalkaan. Miksi en vain hajoa ilmaan. Äiti on liian ovela. Hän kiskaisee minut sängyn alta ja on vihaisen näköinen. Äitiä harmittaa, kun olen yltä päältä pölyssä. Hän selittelee käsiään pyöritellen ja puhuu siivouspäivästä. Minä yritän paeta, mutta äiti on nopeampi ja nappaa niskasta kiinni.

Näen valtavan mustan laukun terveyssisaren edessä sängyllä. Suuri piikki nousee hänen hymyilevien silmiensä tasolle ja pisara tirskahtaa piikin päästä. Minä antaudun ylivoiman edessä.

27

5. DYSTONIA JA JUOKSEMINEN

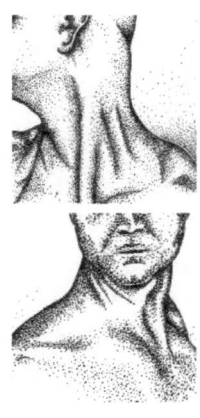

Kerran orava
se ruskea poika,
pomppasi pylvääseen
käppäili kaapelilla.
Ja minä perässä,
juostiin,
levähdettiin,
maahan metrikaupalla.
Alhaalla pieni talo,
vintin ikkunassa
tutut kasvot.
Juostiin taas.

Mustarastas hypähtää omenapuun oksalta maahan, nokkii jotain oranssinkeltaisella nokallaan, ponnahtaa harmaantuneelle penkille. Ajan hiomalle, omenapuun alle unohtuneelle. Siinä se tepastelee, hypähtelee ja nappaa nokallaan syötävää. Välillä pysähtyy ja katsoo sivuttain kohti, pää kenollaan. Lintu katsoo aina niin, kuin dystoniaa sairastava. Lähden lenkille ja muistan, kuinka sama mustarastas kesäillan viileydessä luritteli huiluaan pihalehmuksessa. Kuuntelin sitä kuin konserttia. Nyt on upea syysilma, kirpakka ja kuulas. Aurinko lämmittää ja sulattaa yön kuuraa. Juokseminen on minulle henkireikä, maailma, jossa olen terve ja vapaa. Taistelen loppuun asti sen puolesta, vaikka pakko myöntää, että olkapäälläni istuu kynnet kourussa dystonia kuin haukka. Sivusilmällä se katselee minua, näykkii ja painaa päätä sivuun. Tiedostan sen olemassaolon, mutta en anna sen viedä rakkainta harrastustani.

Armahdan itseäni juoksemalla hitaammin. Kuuntelen äänikirjaa tai musiikkia ja lennän laulujen siivillä vapauteen. Kirjoitan mielessäni runon tai tarinan. Joskus kuuntelen Karjaanjoen rannassa lintujen konserttia. Keväällä katselen koskikarojen hyppelyä jään reunalla. Saan niin paljon voimaa ja iloa lenkkeilystä, että se voittaa dystonian vaivat. Kyllä sairaus mukana pysyy, varsinkin jos innostun liian kovaa ravaamaan. Edellisellä iltalenkillä dystonia-haukkani oli vähän villimpi. Ehkä suututin sen. En tiedä. Olen innokas kuntoilija enkä aina muista varoa. Dystonia ärsyyntyy vääristä liikkeistä.

Käyn lenkillä muutaman kerran viikossa ja vähän jumppaan, mutta en aina muista rajoittaa ja varoa tekemisiäni. Varsinkin edellinen lenkkini oli rankka. Lähdin matkaan illalla, kun oli jo pimeää. Ilma oli kostean happirikas ja tien pinnalla lätäköitä. Niskoja särki koko juoksun ajan. Pää oli kenossa, aivan kuin se olisi päättänyt katsella elämää uudesta kulmasta. Ajattelin, että vastuksen taso nousee. Ennen juoksin väsymystä vastaan, nyt juoksen väsymystä ja kipua vastaan. Palkinnoksi olen saanut uuden näkökulman.

Huomasin jokin aika sitten, että vauhtini on hidastunut. Ihmettelin miksi, koska kuntoni nousee. Nyt ymmärrän syyn siihen. Dystonia-haukka on lennähtänyt olkapäälleni, siellä se nokkii niskoja sivuun.

Pimeässä, raikkaassa ilmassa on kuitenkin hyvä juosta. Kuuntelen kirjaa ja nautin kerronnasta. Lukijan ääni on lämmin ja vahva. Tarina etenee rytmissä ja koko ajan tapahtuu, elämän makuista ja sujuvaa.

Muistelen aikaa, kun opin lukemaan. Kirjojen maailmasta tuli osa elämääni siitä lähtien. Seikkailujen, jännityksen, ystävyyden ja sankaruuden maailma.

Olen viettänyt elämässäni onnellisia hetkiä kirjojen äärellä. Muistan hyvin kirjoja, joita luin nuorena poikana. *Viimeinen mohikaani* oli ensimmäinen kirja, jonka luin kokonaan läpi. Sen jälkeen luin kaikki nuorten kirjat Kemijärven kirjastosta.

Jo varhain minussa syntyi halu kirjoittaa tarinoita. Oma kirja oli haave, joka voimistui vuosien aikana. Aloin kirjoittaa runoja ja löysin niiden avulla avaimen tunteisiin. Sanat, joita olin etsinyt, olivat runoissa. Siellä ne piilottelivat minua ja odottivat löytämistä. Yritin etsiä sanoja vaistomaisesti. Tiesin, että niiden löytäminen ratkaisee elämäni. Olin sulkenut itseni ja sydämeni niin monen lukon taakse, että vaistosin vaaran ajautua umpikujaan. Dystonia oli varmasti jo silloin läsnä elämässäni. Odotti vielä aikaansa, mutta tuli esiin sosiaalisissa tilanteissa. Jännitin esiintymisiä ja toisille puhumista. Niskani jäykistyivät ja minun oli vaikea kääntää päätä. Yritin salata jännityksen erilaisilla liikkeillä. Painoin leukani alas ja käännyin koko ylävartalolla tai käänsin katseeni sivulle heilauttamalla.

Tunnemaailmani värit olivat vankina sydämen kellareissa ja ilma alkoi loppua umpiossani. Sana kerrallaan avasin sisäiset lukot ja jokaisen oven takaa löysin yllätyksen, joka sytytti kirjoittamisen halun. Aivan kuin oudot kirjaimet lapsuuden kirjoissa innostivat lukemaan.

Halu tuntea ja kokea yhä enemmän ja vahvemmin lisääntyi. Tunteiden löytämisen jälkeen elämäni värikartta alkoi kasvaa. Löysin uusia vivahteita kirjoittamisen kautta.

Kirjoitin runoja ja selvisin murrosiän umpikujasta. Ymmärsin sanojen voiman. Yksikin sana voi olla avain oikeassa kohdassa elämää.

Ajattelin, että löytämällä sanat koetulle se muuttuu ymmärrettäväksi. Kaikki alkaa kirjaimista, jotka tunnistavat ajatukset ja löytävät sanoilla muodon koetulle.

Nuoruuden haaveeni oli oma runokirja. Kirjoitin runoja ja haaveilin kirjasta. Lopulta sain sen valmiiksi ja lähetin kustantajalle. Vastaus tuli aikanaan.

Ystävällisessä kirjeessä kerrottiin, että runoissani soi kyllä sympaattinen ääni, mutta koska se ei ole riittävän persoonallinen, niin valitettavasti julkaisukynnys ei ylity.

Kirjeessä kehotettiin minua vielä hiomaan ja kehittämään kirjoittajan lahjaa. Kauniita sanoja, mutta luin vain ei-sanan. Nuoruuden ehdottomuudella poltin runoni ja yritin unohtaa kirjoittamisen.

Tänään se hieman harmittaa minua, sillä lukisin mielelläni ne runot. Haluaisin katsella maailmaan, jonka silloin löysin. Olisi kiinnostavaa tutkia sitä värikästä tunnemaailmaa, joka pelasti minut murrosiän myrskyiltä ja itsetuhoisuudelta. Kirjaimet avasivat minulle sisäisen maailman ja antoivat sanat avaimiksi. Ne ovat yhä käytössäni. Niitä en pystynyt polttamaan. En voinut sulkea sitä ovea, jonka sanat olivat avanneet. Reittiä tarinoiden maailmaan.

Kirjoittelin koko ajan jotain. Päiväkirjani täyttyi tarinoista ja runoista. Haave omasta kirjasta oli jäänyt elämään. Luin kirjastosta loistavia kirjoja, joiden kieli oli lumoavaa. Ajattelin, että lahjani eivät koskaan tavoita näiden kertojien sanoja. Lause, joka kuvasi jotain, mitä en aiemmin ymmärtänyt, oli aarre. Kätkin sen mieleeni ja pohdin öisin ennen nukahtamista. Imin kuin lapsena peukaloa.

Ne sanat olivat kuin korkealla taivaalla kaartelevat pääskyt. Joskus kalaretkillä pääskyt kaarsivat lähellä veden pintaa, lähes hipoen sitä. Tiesin sen merkitsevän sateen tuloa. Lauseet olivat kuin pääskyjä. Ne tulivat lähelle ajatusteni pintaa ja kohosivat siitä kohti taivasta. Minulle se merkitsi tarinaa. Sanat tulivat katsomaan minua pääskyjen tavoin.

Ne tulivat sanomaan, että tässä me olemme. Tulimme sinua lähelle. Kukaan ei saa meitä enää kiinni, eikä voi omistaa tarinoiden maailmaa. Ovi on avoinna jokaiselle, joka löytää ja tuntee sanojen voiman.

Kutsu oli voimakas. Halusin nähdä enemmän ja seurata kertomusten maailmaan. Etsiä avaimet, jotka näyttäisivät minulle, että kaikki on mahdollista. Tarinat, kirjaimista kasvavat muuttuvat sanoista tarinoiksi.

Ostin vanhan tietokoneen ja aloin kirjoittaa. Annoin sanoille vapauden ja tarinoille tilaa kirjoittaa itsensä vapaaksi. En halunnut olla ankara ja karkottaa arkoja sanoja. Ne olisivat paenneet kuin pääskyt taivaalle.

Opin aloittamaan sanasta, joka pitää minusta. Sujahtaa vierestä, hipoo ajatusten pintaa kuin pääsky ja kutsuu matkaan.

Näin sanojen mahdin silloin, kun taskulampun valossa katselin ensimmäisen kerran kirjaa. Tunsin pitäväni käsissäni salaisuutta, joka avaisi tarinoiden maailman.

Sain viimein ensimmäisen oman tarinani valmiiksi ja lähetin sen kustantajalle. Käsikirjoitus oli nuorten seikkailutarina, joka perustui osittain lapsuuteni kokemuksiin.

Pitkän ajan kuluttua sain puhelun kustantajalta. Käsikirjoitukseni oli hyväksytty ja julkaistaan. Tunsin olevani taas pieni poika, joka peiton alla, taskulampun valossa yritti ymmärtää kirjaimia. Nyt sain katsella omia kirjaimia.

Kaunis pääsky, joka kaarteli tavoittamattomissa taivaalla, oli kiitänyt ohitseni ja ottanut mukaansa. Kantanut tarinoiden maailmaan.

Käsikirjoitus käytiin läpi kustannustoimittajan kanssa moneen kertaan. Kirjoitin tarinan aina uudelleen ja uudelleen, mutta lopulta se oli valmis. Lapsuuteni unelma, oma kirja oli kädessäni.

Ajatukseni lentää vapaana ja muistot heräävät eloon. Tumma asfaltti kimmeltää himmeästi katuvaloja peilaten, lätäköt läiskyvät ja autojen valot hehkuvat kelmeinä.

Illalla juoksun rasitukset tuntuvat vääntöinä. Asettuessani nukkumaan, pääni heilahtelee tyynyä vasten, haettaa asentoa, valvottaa ja herättää aamuyöllä.

Siedän kyllä valvomista, joskus jopa nautin siitä. Olen aikaisin heräilijä, yön pohdiskelija. Annan ajatukseni lentää. Joskus se on hauskaakin, kun päivän arkiminä ei ole rajoittamassa.

Mutta yön hiljaisuudessa, hämärän rajoilla irti päässyt ajatus saa joskus siivet, pakenee ja lentää vapauteen, löytää uusia tarinoita. Kuljettaa uneen ja antaa levätä aamuun.

Kun herään, on haukkani dystonia väsähtäneenä käpertynyt sängyn jalkopäähän. Nousen varovasti keittämään kahvit, etten herättäisi sitä.

6. PUHUMATON POIKA

Kimmeltävät kiteet,
taikamattona terällä,
hyväilevät huulieni lämpöä,
kirveen jäisellä pinnalla.

Äiti pyytää minua hakemaan pilkkeitä liiteristä. Ulkona on kuurainen pakkasaamu. Kävelen pihan poikki liiterille. Oven säppi on jääkiteiden koristama. Silitän sitä lapasella ja katselen kiteitä, jotka leijailevat maahan. Avaan liiterin oven ja näen kirveen. Harmaa varsi sojottaa yläviistoon, terä on lyöty halkopölkkyyn. Jääkiteet peittävät sen kimmeltäen ovesta tulevassa valokiilassa. Minun tekee mieli katsoa lähempää jääkiteitä terän päällä. Ajattelen, että pienet kiteet ovat kuin jääpuita satumetsässä. Painan päätäni lähemmäs terää. Tunnen kylmän kosketuksen huulieni lämmössä. Kiusaus maistaa jäistä harsoa saa minut painamaan kieleni terää vasten. Kiteet sulavat, mutta kieleni ei tunne mitään. Käännän hieman päätäni ovea kohti ja näen valokiilassa leijuvat jääkiteet. Olen jäätynyt kiinni, eivätkä voimani riitä irrottamaan kirvestä pölkystä. "Mitä kuiten sinä Harri olet menny kirvestä nuolemaan", äiti huudahtaa liiterin ovelta. Varovasti hän irrottaa kirveen pölkystä. Minä itken kivusta ja tärisen kylmästä, mutta en pysty puhumaan. Sanat ovat jättäneet minut ja tanssivat kiteiden kanssa liiterissä. Kirves on leikannut sanat irti kielestäni, eivätkä ne enää halua palata takaisin. Kävelemme äidin kanssa halki pihamaan. Äidillä on kirves kädessä, minulla suussa. Äiti kävelee hitaasti ja pitelee kirvestä niin, ettei se repeä kielestäni.

Onneksi pakkashuuru täyttää pihamaan, ikkunat ovat jäässä, eikä kukaan näe hidasta matkaamme kotiin. Kurkotan varovasti Annin ikkunaa kohti, mutta se on kuurassa.

Sisällä äiti ottaa lämmintä vettä ja valelee sitä kirveen terän ja huulieni väliin. Olen vapaa, mutta hiljainen. Kirveen kylmä metalli oli todellisuus, johon leikkini loppui.

Ajattelen jääkiteiden tanssia liiterin oven valoviirussa. Vapaus oli niin lähellä, mutta tavoittamattomissa. Jääkiteiden tanssi liiterissä oli niin kaunista, että katselen sitä mielessäni.

"Harri, mitä sinä uneksit", äiti huudahtaa, kun näkee suustani tulevan veren. "Työnnä kieli ulos", hän komentaa ja repii ohuesta kankaasta palasen, kääräisee sen kieleni ympärille ja käskee pitämään suun kiinni, ettei side irtoa.

Minun on helppo pitää suuni kiinni. Sitä on alkanut särkeä ja kirvellä. Kieli on turvonnut ja siteeseen käärittynä tuntuu kuin suussani olisi sammakko.

"Täälläkö se kirvesmies on", Jurmun setä naurahtaa tullessaan ovesta.

Äiti on pyytänyt häntä käyttämään meitä autollaan lääkärissä, koska isä on töissä asemalla. Minä katselen Jurmun setää pää kenossa ja olen hiljaa, sillä kieltäni särkee kovasti.

"No et ehtiny nokosia ottaa", äiti harmittelee Jurmun sedälle, joka on veturinkuljettaja ja kertoo tulleensa juuri töistä.

"Ehtiihän sitä", mies tuhahtaa muhkeiden viiksiensä alta ja huitaisee kädellään.

Ulkona Jurmun setä raapuuttaa valkoisen Morris Mininsä tuulilasin jäästä ja käynnistää auton.

"Hypätkäähän kyytiin", hän hoputtaa.

Perillä hoitaja irrottaa kieleni ympäriltä siteen ja painelee sitä pahalle maistuvalla aineella. Hoitaja sanoo puhdistavansa kielen pintaa. Minä en pysty puhumaan, enkä haluaisikaan, sillä se mitä liiterissä tapahtui, on vaikea kuvata sanoin. Äiti kertoo mitä tapahtui ja hoitaja nyökkää.

"Näitä sattuu lapsille usein ja aikuisillekin välillä, muttei yleensä näin pahoin kuin tälle pojalle on käynyt", hoitajatäti sanoo ja pyytää meitä odottamaan lääkäriä käytävällä.

"Olisitte tuoneet kirveenkin mukana", lääkäri nauraa ja käskee minua työntämään kieleni ulos. Hän painaa lastalla kieleni ehjästä kohdasta ja ottaa rintataskusta littanan taskulampun. Päälaki tulee kasvojeni eteen. Sen yli kulkee hiuksia kuin pitkiä kaisloja. "Kielestä on pinta revennyt", lääkäri sanoo ja käskee pitämään silmällä, ettei kieli tulehdu. "Siinä tapauksessa tänne uudelleen".

Minä säikähdän, että kieleni leikataan pois, jos se tulehtuu. Haluaisin kysyä asiasta, mutta kieleni on turvonnut ja kipeä. Äiti saa vielä hoitajalta jotain ohjeita ja kävelemme ulos. Jurmun setä seisoo auton vieressä tupakalla ja käskee minua näyttämään kieltäni. "Ei ne sentään sitä leikannu pois, taitaa tulla teräväkielinen mies tästä Harrista, kun kirves tarttu kiinni", hän naureskelee.

"Kun ei vain tulehu", äiti huokaa ja istuu viereeni takapenkille.

Illalla menen kerrossängyn alapetille ja vedän peiton leukaani asti.

"Mitä varten sinä jäistä kirvestä menit nuoleen", Jussi kysyy.

En sano mitään, koska kieleeni sattuu. Veljeni pyytää näyttämään kieltä. Minä avaan suuni ja hän katsoo päätään pudistellen.

"Näyttää pahalta, ei taia soivaa peliä tulla", hän huokaa.

Minä tuumin, että jos kieleni leikataan pois, niin en puhu enää koskaan. Minusta tulee puhumaton poika.

7. PIIKKEJÄ PUUTTUU

Päivä sulkee,
elämä sulkee.
sanat sulkevat.
Kaikki menee kiinni.
Elämä käy ankaraksi,
on armoton.

 Käyn ilmoittautumassa hoitajalle ja kävelen aulaan. Ikkunan alle on sijoitettu muutamia tuoleja. Yhdessä odottaa vuoroaan mies, jonka pää on hieman yläviistoon kenossa.
Tummansiniseen villapaitaan ja farkkuihin pukeutunut, leppoisa mies nyökkää. Istahdan hänen viereensä ja ajattelen meidän olevan hiljaisia miehiä. Onneksi erehdyn.
"Viimeinkin pääsee piikeille", mies huokaa.
"On tätä odotettukin", minä totean.
Yllätyn miehen avoimuudesta ja tartun tilaisuuteen kuulla kokemuksia. Hän kertoo sairastavansa dystonian muotoa, joka vetää päätä ylöspäin. Muistelen, että oireen nimi on *retrocollis,* sillä olen lukenut ja kysellyt tietoja dystonian eri muodoista viime aikoina
"Kävin aikaisemmin sauvakävelyllä vaimon kanssa, mutta sairauden vuoksi siitä on pitänyt luopua", mies sanoo. Hän kertoo olleensa jo muutaman vuoden työstään osa-aikaeläkkeellä.
"Minä käyn juoksulenkeillä metsäpoluilla", sanon ja mies ihmettelee hieman.
"Pyöriihän pöllönkin pää metsässä", naurahdan
"Onhan se niinkin", mies myöntää.
Minä kyselen hänen oireistaan ja kokemuksistaan enkä huomaa oven avautumista. Neurologi kutsuu juttukaverini sisään. Ennen

huoneeseen menoa kerron nimeni ja toivotan miehelle hyvää jatkoa.

Toinen ovi avautuu ja tutuksi käynyt neurologi pyytää sisään. Tällä kertaa hänellä ei ole piikki valmiina kädessä.

Neurologi istuu korkealle jakkaralle, nostaa jalat rennosti jalustalle ja kuuntelee rauhallisesti, kun kerron jaksamiseni. Tuntuu hyvältä olla hetki hoidon keskipisteenä. Lääkäri on mukana ja kuuntelee aidosti.

Mielessäni käy ajatus, että hän kuulee varmaankin nämä samat asiat, valvomiset ja pään vispaukset lähes joka potilaalta. Ymmärtävästi hän jaksaa kuitenkin kuunnella. Näen, että piikit ovat valmiina pöydällä, mutta lääkäri ei kiirehdi ottamaan niitä esille.

Kysyn keskustelun aikana tutkimuksista, joiden avulla suljetaan pois muut sairaudet. Neurologi sanoo, että minun oireeni ovat niin selkeät, ettei magneettikuvia tarvita. "Ei ainakaan niskarangan kuvausta, koska kyseessä on aivosairaus", hän sanoo.

Lääkäri selittää sairauden vaikutuksia aivoissa ja antaa lyhyen kuvauksen sen toiminnasta. Sanon, että minulle olisi tärkeää saada varmuus siitä, ettei sairauden oireita aiheuta esimerkiksi aivokasvain. Vaikka oireet ovatkin selkeät, olisi parempi poistaa mieltä vaivaamasta pienikin mahdollisuus kasvaimesta.

Neurologi lupaa kirjoittaa lähetteen aivojen magneettikuvaukseen. Hän pohtii, että kuvista voi tulla epäselviä, koska dystonian oireiden vuoksi pääni liikkuu koko ajan ja sitä on vaikea saada pysymään paikallaan kuvauksen aikana.

"Tehdään tutkimus botuliinihoitojen jälkeen, niin pää pysyy paremmin paikoillaan" minä ehdotan. Neurologi pitää sitä mahdollisena.

Otan puseron pois ja lääkäri nostaa piikin käteensä. Botuliinin määrää on hieman nostettu viime kerrasta", hän sanoo. "Sillä tavoin haetaan hoitoihin oikeaa tasoa".

Botuliinin määrän nostamisessa on oltava varovainen, ettei syntyisi liian voimakasta heikkoutta lihaksiin. "Ei olisi mukavaa, jos leuka roikkuisi seuraavat kolme kuukautta rintaa vasten".

Minä myöntelen ja hän keskittyy etsimään pistoskohtia painelemalla niskajänteitäni käsillään. Piikkien aikana kysyn EMG-laitteesta, jonka näen olevan hoitohuoneen hyllyllä. "Onko tuota laitetta käytetty pistosten antamiseen", kysyn ja neurologi hieman häkeltyy.

"Siitä puuttuu piikkejä ja laitteen käyttö on vähän vaiheessa", hän sanoo ja lisää, että EMG-laite on tulossa käyttöön myös Lohjan sairaalassa.

Neurologi ei pidä kiirettä piikkien jälkeen. Saan rauhassa kysellä muutaman kysymyksen ja varmistaa pääsyn magneettikuvaukseen.

Neurologi lupaa kirjoittaa lääkettä, joka rauhoittaa pään liikettä kuvauksen ajaksi. Hän pyytää minua varaamaan ajan hoitajalta pois lähtiessäni.

Parin viikon päästä odottelen Lohjan sairaalan röntgenosastolla pääsyä magneettikuvaukseen. Vaihdan sairaalan housut jalkaani ja kävelen hoitajan perässä avaruuskapselilta näyttävän laitteen viereen.

Toinen hoitaja on laitteen luona ja kehottaa makuulle lavetille. Kysyn hoitajilta pään liikettä rauhoittavista lääkkeistä, joita neurologi sanoi määräävänsä. Ajan varannut hoitaja vielä varmisti asian. Hoitaja jopa painotti, ettei rauhoittavien lääkkeiden jälkeen saa ajaa autolla.

"Meillä ei ole mitään tietoa rauhoittavista lääkkeistä", hoitaja sanoo ja uskoo, että pää saadaan tuettua tyynyillä riittävän hyvin.

Hän asettaa päähäni suuret kuulokkeet, laittaa niskojen tueksi pehmeät lisätuet ja kehikon naaman päälle.

"Haluatko kuunnella musiikkia kuvauksen aikana", hoitaja kysyy. En haluaisi, mutta jostain syystä olen hiljaa. Mieluiten kokisin kuvauksen kaikilla aisteillani, sillä uskon, että se kestää vain tovin. En lukenut kutsusta, että kuvaus voi kestää jopa puoli tuntia.

Asetun lavetille selälleen ja hoitaja kehottaa painamaan pään syvälle lokeroon. Minut työnnetään laitteen sisään ja korvissa alkaa soimaan rentouttavaa musiikkia. Kuvittelen lipuvani laineilla. Olen lastu, joka keikahtelee tuulessa. Aurinko lämmittää ja neidonkorento laskeutuu nenäni päälle. Putkessa muistan, etten kysynyt saako kuvauksen aikana nielaista. Ajattelen neurologia, joka kertoi, että kuva voi epäonnistua tai olla epätarkka, jos pää tärisee. Päätän olla muutaman minuutin nielemättä.

Kuvaus alkaa ja kuvittelen olevani krematoriossa, jonka tuliuuni vähitellen lähestyy, lämpö nousee ja valot käyvät kirkkaiksi. Pian saisin taas nähdä ne kaksi enkeliä, jotka minut tänne putkeen työnsivät.

Kuvaus on rytmikästä, siinä on selkeä tempo ja tarina, kuin robotti, joka jytkyttää sanoja yleisömerelle.

Vastaansanomatonta takomista kuin sepän pajassa tai hammaslääkärissä pikkupoikana. Siihen aikaan, kun käytössä oli vielä ruusupora, joka jyrisi, niin että pää tärisi vielä kotimatkallakin.

Putkessa muistelu ja kuvauksen jytkytys alkaa unettaa. Sylkeä on kertynyt suu täyteen, mutta en uskalla nielaista, koska pelkään alkavani yskimään ja pilaavani liikkeellä kuvauksen. Onneksi musiikki lopulta sammuu, kuuluu askelia ja lavetti liukuu ulos.

Palaan maan päälle ja enkelini odottavat minua ulkopuolella. Hoitaja avaa kasvojeni yllä olevan raudan ja kehottaa nousemaan ylös. Kävelen pukuhuoneeseen ja toinen hoitajista käy sanomassa, että sairaalan housut voi heittää pesupussiin.

Minulle on sovittu soittoaika parin viikon päähän, joten kuulen silloin, jos päästäni jotain löytyy.

8. VESILEIJUJA

Kahdet uikkarit,
toiset narulla
aina kuivumassa.
Penninrahat kiskoilla
levisivät villisti
veturin alla.

On helteisen kesän aamupäivä, utuisen lämmin ilma, kuin maitovelliä. Maasta nousee kuumaa höyryä. En osaa vielä uida, mutta pääsen siskoni mukana rannalle. Laskeudumme puolijuoksua törmää. Vattupensaat tuoksuvat voimakkaasti ja raakileet roikkuvat polun yli. Juoksen isosiskoni perässä läpi veturitallin pihan. Kääntösilta liikkuu hiljaa natisten. Valtavan suuri dieselveturi on sillan keskellä. Se kääntyy kohti ovia ja kohta pimeä veturitalli hotkaisee veturin. Nappaan sepelikölle jätetyn sangon reunasta klöntin pikeä. Se maistuu ensin väkevältä. Pureskellessa maku lievenee ja pian mahtavat mällit lentävät soralle.

"Harri, mitä ihimettä sinä mäliäät sitä pikiä", Katri kysyy nähdessään suupielistäni valuvat mustat, sylkeen sekoittuneet pikivanat.

Suuni on niin täynnä pehmennyttä mönjää, etten pysty puhumaan. Piki on meidän Asemaperän poikien juttu. Sitä pureskellessa voi kuvitella olevansa melkein aikamies.

Pian tulemme kaksien ratakiskojen yli rantaan vievälle hiekkatasanteelle. Toinen rata vie veturitallin sivusta Helsingin pikajunan siivouspaikalle. Siellä on pieni kaatopaikka, jonne heitellään matkustajavaunuista löytynyt jäte.

Rannassa isosiskoni pukee kaverinsa kanssa uimapuvut. He solahtavat kuin salakat veteen, kirkuvat ja kikattavat. Minä leikin rantahiekassa ja katselen uittopuomilla roikkuvia tyttöjä. Vesi peilaa poutapilviä ja tiirat kirkuvat saarten yläpuolella. Uittolaiva kulkee kaukana, pitkin isoa väylää ja vetää perässään saaren kokoista tukkilauttaa. Tytöt sukeltelevat, uivat ja nousevat istumaan uittopuomin päälle. Katri kertoo, että puomi on ajautunut siihen jostain ohivedetystä lautasta.

"Saanko minäkin tulla sinne", kysyn.

Katri auttaa minut puomille ja käskee pitämään kiinni. Hän sukeltelee kaverinsa kanssa rannan ja puomin väliä. Minä katselen heitä ihaillen ja otteeni lipeää märältä puomilta. Lähden leijailemaan hiljalleen kohti pohjaa.

Leijun loputtomalta tuntuvan ajan vihertävässä vedessä. En pelkää yhtään. Vedenalainen maailma on täynnä pieniä pisteitä, kuin tummia tähtiä. Ne kimmeltävät veden läpi tulevassa auringossa kuin tähdet yötaivaalla.

Minun on kevyt olo. Pyöritän päätäni ja katselen ympärille. Pohjasta nousee kasveja, suurilehtisiä ja tummanvihreitä, ne keinuvat kuin tanssien. Veden liikkeessä on hiljainen, tasaisen unettava rytmi.

Kasvit tanssivat minun kanssani samassa tahdissa leijuessani pohjalle. Olen vesileijuja.

Istun pohjahiekalle ja katselen ympärilleni. Vedessä on kaunista, hiljaista ja rytmikästä. Pehmeällä hiekalla istuessani oloni on levollinen ja peloton.

Kipu tulee salamannopeasti ja kulkee hiuksien kautta päänahkaan. Käsi pitelee hiuksistani kiinni ja nousen vauhdilla pintaan. Pullahdan veden pinnalle kuin korkki. Oloni ei tunnu enää miellyttävältä.

Isosiskoni kiskoo minut rantaan. Hän halaa minua ja antaa mehua. Myös hänen ihana ystävänsä tulee ja rutistaa syliin. Minun on hyvä olla ja haluaisin jäädä rannalle, mutta lähdemme saman tien kotia kohti.

Matkalla isosiskoni sanoo, ettei puhuta tästä äidille tai en pääse enää uimaan hänen kanssaan. Illalla en kuitenkaan malta olla kertomatta äidille ihmeellisestä retkestäni vesimaailmassa.

Pääsen uimaan vasta sitten, kun minulle ostetaan kaularengas. Se on tummankeltainen, tuoksuu kumille ja puristaa kurkkua. Minä olen niin ylpeä siitä, että pidän rengasta kaulassa pihallakin.

Isä tulee asemalta aamuvuoron päätyttyä kotiin ja lähtee Katrin kanssa käymään keskustassa. Katselen pihalta, kun punainen Morris Mini kaartaa ylös veturitallin mäkeä. Isä on luvannut Katrille palkinnon, koska hän pelasti minut hukkumasta. Omasta mielestäni minua ei kukaan ollut pelastanut. Olin istunut rauhassa hiekalla veden pohjassa ja Katri oli tempaissut minut sieltä hiuksista ylös. Päänahkani oli vieläkin kipeä siitä otteesta. Vähän omituista, että sellaisesta palkitaan, tuumin.

Iltapäivällä näen isän ajavan takaisin pihaan. Katselen ällistyneenä, kun hän nostaa autosta pitkän putken, jossa on lyhyet jalakset. Katri kiertää auton ja tulee isän viereen hymyillen.

Katri on nopea juoksija, nopein, jonka tiedän. Hän on voittanut koulun juoksukilpailussakin ensimmäisen palkinnon.

"Kengurukeppi", Jussi huudahtaa, kun isä kiinnittää punaiseen putkeen käsikahvat.

Katri ottaa isän ojentaman kengurukepin ja nousee jalaksille. Hän pompahtaa pari kertaa ilmaan niin että poninhännälle kiinnitetty ruskea tukka heilahtaa ilmaan. Isä käskee kauemmas autosta ja Katri siirtyy keskemmälle pihaa.

Ikkunoihin on ilmestynyt katsojia ja näen Jurmun koko perheen olohuoneen lasin takana. Vilkutan Annille, joka nauraa.

"Tässä on liian pehemiää", Katri sanoo hypittyään muutaman kerran.

Jussikin saa kokeilla, mutta kengurukeppi painahtaa hiekkaan, eikä siitä saa kunnon pomppua.

Isä vie kepin pihan kovimpaan kohtaan, jossa ajetaan autolla. Siinä Katri saa muutaman kunnon pompun ja jää hyppelemään.

"Mikä sulla on", Katrin ystävä huudahtaa.

Pian pihatiellä on joukko tyttöjä kinuamassa vuoroaan päästä pomppimaan. Minua harmittaa, koska en pääse kokeilemaan uutta kengurukeppiä. Kävelen oikopolkua ylös mäkeä Asematielle ja menen katsomaan, onko kaverini Timi kotona.

9. PIIKKIKAMMO

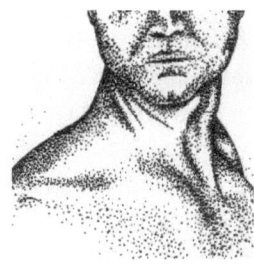

Yö meitä ajaa,
kuin koira jänistä.
Teet harhautuksia,
*   paluuperiä.*
Ja tiedät.
Siellä ne seisovat,
passissa.
Odottavat.

On kolmas kerta, kun botuliinia pistetään niskoihini. Tiedän, että saan sitä runsaammin tällä käynnillä. Minua jännittää, vaikka hoidot ovat jo tuttuja. Olen lukenut lääkkeen voivan aiheuttaa nielemisvaikeuksia. Minä olen aina ollut herkkä nielemiselle. Pelkään joskus syödessäni, että kiskaisen ruokapalan henkeen.

Eräs toinenkin samaa sairautta poteva kertoi kolmannen kerran olleen vaikeampi. Ajattelen sen olevan tottumiskynnys, piikit ovat muuttumassa rutiiniksi. Kaksi ensimmäistä piikitystä olivat vielä uutta. Odotukset eivät olleet korkeat, mutta toivo, että vääntö hellittäisi, antoi voimaa.

Varsinkin ensimmäistä kertaa odottaessani minulla oli vaikeuksia saada unta, koska pään liike oli levotonta. Heräilin aamuyöstä ja valvoin paljon.

Ensimmäisten, viime syksynä saamieni piikkien jälkeen liike rauhoittui jonkin verran. Jännite niskoihin kuitenkin jäi vääntämään päätä.

Joulukuussa tulivat toiset piikit, joiden jälkeen vääntö hieman hellitti. Tällä hetkellä pään vääntö on kovimmillaan keskittyessäni jotain tekemään, ajaessa tai tietokoneen päätteellä.

Olen yllättänyt itseni pelkäämällä ja se nolottaa. Saamani miehen malli ei salli pelkoa. Tiedän sen menneen maailman miesmalliksi, mutta en pääse tunteesta.

Kerroin vertaistukiryhmän keskusteluissa pelostani ja tunteistani sen kourissa. Kirjoitus sai hyvää palautetta ja olin yllättynyt, miten monet jopa odottivat botuliinipiikkejä. Vääntö, pakkoliikkeet tai monet muut vaivat ovat niin hankalia, että piikkeihin liittyvät riskit eivät käy monilla edes mielessä.

On ihailtava sitä elämänhalua, rohkeutta ja voimaa, jolla monet sairaat menevät eteenpäin ja tukevat toisiakin. Minun on myönnettävä, että olen heidän rinnallaan kuin tuuliviiri. Pelko pyörittää minua sinne tänne ja näyttää suuntaa, minne paeta. Pari muutakin oli sentään kokenut jotain vastaavaa. Sain kannustavaa ja rohkaisevaa tukea kohtalotovereilta.

Monet ovat piikkien suhteen jo konkareita ja käyvät hoidoissa kuin lähikaupassa. Minä ilmoittauduin ryhmässä raukaksi, joka pelkää piikkejä. Vähän nolotti ja ajattelin, etten taida olla sankariainesta. Rehti kuitenkin yritin olla, vaikka kerjäsin sääliä.

Kävelen vihreää viivaa neurologiselle polille ja istahdan punaiselle tuolille. Vanhempi pariskunta odottelee jo vuoroaan. Nyökkäämme ja istahdan kulmaan.

Ilmoittautuminen olisi hoitajien huoneessa, mutta se on kiinni, joten jään odottamaan neurologin kutsua. Käytävää kävelee tuttu hahmo. Sama mukava mies, jonka joulukuun piikillä tapasin.

Tervehdimme ja hän kertoo kaipaavansa jo piikkiä. Minä mietin olevani harvoja, jotka eivät piikkejä isommin kaipaa. Juttelemme leppoisasti sairaudesta neurologin vastaanottoa odotellessa.

On mukava rupatella sairastoverin kanssa. Alamme olla asiantuntijoita dystonian tuntemisessa. Juttelun aikana teen pientä gallupia ja totean saman asian, kuin ennenkin. Dystoniaan on useimmilla sisäinen valmius, kuin optio, joka puhkeaa elämän paineiden ja stressin vaikutuksesta.

Mies kertoo katselleensa vanhaa armeijakuvaansa ja huomanneensa siinäkin pään olleen hieman kenossa. "Elämän lotossa tuli sitten pääpottina dystonia", hän naurahtaa. En ehdi kertoa omia kokemuksiani, koska neurologi kutsuu miehen sisään. Hänen mentyään pohdin, että tämä nykivä ja kiireen virittämä yhteiskunta taitaa aiheuttaa sairauksia. Olen taipuvainen ajattelemaan, että on otettu tietoinen riski. Tiedetään, että osa ihmisistä sairastuu, mutta on vain pidettävä vauhti päällä. Se joka ymmärtää hypätä junasta, ennen kuin sairaus laukeaa päälle, on viisas.

Juttelen vuoroaan odottavan pariskunnan kanssa, joista toinen on kuljettajana puolisolleen. Keskustelun aikana tulee ilmi, että kyseessä on kymmeniä pistoskertoja läpi käynyt konkari. Myös hän kertoo sairauden alkaneen työn aiheuttamien paineiden ja stressin vaikutuksesta.

Aikana, jona hän sairastui, ei dystoniaa tunnettu senkään vertaa kuin nykyään. Hänen sairautensa diagnosoitiin vasta pitkän ajan ja useiden tutkimusten jälkeen. Siinä vaiheessa se oli ehtinyt jo vaikeutua pahoin.

Neurologin ovi avautuu ja minut kutsutaan sisään. Tuttu, ystävällinen neurologi seisoo ovella. Menen potilaan tuolille.

"Miten sinulla sujuu", hän kysyy.

Kerron, että olen voinut paremmin ja niskojen liike on hieman rauhoittunut. Hän tulee eteeni, pyytää minua ensin katsomaan suoraan ja sulkemaan silmäni. Vähän ajan kuluttua hän toteaa saman kuin minä tunsin olossani.

"Parempaan suuntaan mennään", hän sanoo.

Pöydällä ovat piikit valmiina ja neurologi kertoo aineen nimen, jota minuun pistää. Kysyn määrää ja hän kertoo tason, johon lääke nostetaan viime kerrasta.

"Onko EMG-laite jo käytössä ", kysyn.

"Tuossa se on", neurologi viittaa hyllyyn. "En ole vielä ehtinyt opetella laitteen käyttöä".

Edellisellä kerralla hän sanoi, ettei laitteeseen ole piikkejä. En kehtaa kysyä onko niitä jo saatu.

Neurologi kertoo, että minun sairastamani dystonia on lihaksissa. Hän sanoo pystyvänsä löytämään käsin tunnustelemalla dystonian aktivoimat kohdat.

10. PILLERIPURKKI

 *Hän ei ollut hiljaa,*
vaikka niin luultiin.
Hän puhui niin hiljaa,
ettei kukaan kuullut.

Makoilen äitini vieressä makuuhuoneessa. Jussi katsoo televisiota olohuoneessa ja Katri on mennyt naapuriin. Isä ei ole kotona. On hämärää ja äiti huokailee. Yritän nousta, haluaisin mennä katsomaan televisiota Jussin kanssa. Äiti ottaa minusta kiinni eikä päästä lähtemään. Lempeällä, mutta tiukalla otteella hän painaa alas. Minua ahdistaa. Äiti on turvallinen, mutta nyt hänessä on jotain pelottavaa. Tuska hänen sisällään täyttää huoneen. Tiedän, että isän poissaolo on syynä äidin käytökseen. Olohuoneessa välähtelevät elokuvan valot. Äänet ja musiikki luovat jännityksen. En tiedä miksi en saa lähteä makuuhuoneesta. Haluaisin mennä katsomaan televisiota, mutta äiti ei päästä. Hän itkee, nousee ylös ja kävelee kampauspöydän luo.

Äiti ottaa jotain laatikosta. Näen ruskean pullon ja kuulen rapinan. Näen valkoiset pillerit. Päälle äiti juo vettä, tulee viereeni ja vetää minut lähelle. Minua pelottaa.

Kuulen auton ajavan pihalle. Auton jarrut vinkuvat ja ovet paukkuvat. Veljeni menee ikkunaan ja huutaa, että isä ja Sarrio tulee.

"Sarriolla on uus auto, son foordi", veljeni sanoo.

Illan mittaan he ovat käyneet meillä jo monta kertaa. Nyt Sarrio ja isä ovat taas tulossa melkoisella möykkeellä. Äiti nousee olkapäänsä varaan ja kuuntelee. Ulko-ovi käy ja humalaisten ölinä kuuluu sisälle.

Isä ja hänen ölähtelevä kaverinsa tulevat olohuoneeseen. Sarrio jää katselemaan televisiota ja kommentoi kovalla äänellä elokuvaa samalla kun isä tulee makuuhuoneeseen. Äiti vetää minut lähelleen aivan kuin suojaksi. Isä istuu sängyn reunalle. Minua väsyttää, olen puolihorteessa ja nukahtamaisillani, mutta kuulen isän ja äidin puhuvan erosta. Isä julistaa itsevarmalla äänellä, kuinka hän lähtee ja jättää kaiken äidille.

"Tämän vuokra-asunnonko", äiti ihmettelee.

Minäkin ymmärrän, ettei meidän perheemme ole varakas, mutta isän mielestä jätettävää on paljon. Autonkin hän jättäisi äidille. Auto oli isän silmäterä.

Meillä oli ennen taivaansininen Fiat 600, joka hyytyi pakkasilla ja jäätyi suureksi kuorrutetuksi koppakuoriaiseksi. Muistan erään talvipakkasen. Oli niin kylmä, että ilmassa oli pakkashuurua.

Isä oli lähdössä töihin asemalle ja yritti saada Fiatin käyntiin. Valkoisen kuuran peittämän auton alla roihusi tervapata. Minä katselin ikkunasta pihalle ja näin auton alla roihuavat lieskat. Ihmettelin miksi se ei syttynyt palamaan.

Kesällä isä vaihtoi uudemman auton, jota Jussi sanoi ralliautoksi, koska Timo Mäkinen ajoi sellaisella. Katselimme auton nopeusmittaria ja vertailimme sitä Jurmun sedän Miniin. Mielestämme isän punainen auto oli hienompi kuin Jurmun sedän valkoinen.

Nyt isä on valmis jättämään tuon silmäteränsä äidille ja lähtemään. Isä selittää vielä äidille jotain, kehuskelee ja leveilee. Minua pelottaa, mutta olen hiljaa, ja äiti puristaa minua kainaloonsa.

Tunnen äidin lämmön ja tiukan otteen, mutta se ahdistaa. En tunne siinä äidin lämpöä. Aistin vain hänen raskaan huolensa. Minua pelottaa äidin takertuminen enemmän kuin isän selittely.

Ovi rysähtää kiinni ja ulkona kuuluu auton voimakas kaasutus. Äiti menee taas lääkepurkilleen ja kaataa kouraansa pillereitä.

Pelko on makuuhuoneessa kuin samea aine. Se tekee liikkeistä hitaita. Äiti tulee viereeni, mutta ei vieläkään päästä minua pois.

Kuvittelen leijailevani vedessä ja nukahdan siihen. Näen unta, että keinun hiljaa heiluvien ahvenheinien seassa. Ympärilläni on hiljaista ja rauhallista. Aamulla kaikki jatkuu niin kuin ennenkin. Isä ei ole jättänyt autoaan eikä lähtenyt. Hän on mennyt töihin asemalle. Äiti on tavallinen, eikä enää kulje laatikolla pilleripurkilla. Minuun jää kuitenkin huoli ja pelko. Seuraan usein käveleekö äiti kampauspöydän laatikolle. Näen mielessäni ruskean lääkepurkin ja kuulen rapinaa. Pelkään äidin kuolemaa. Kukaan ei puhu mitään siitä illasta. Usein mietin, että ehkä se oli vain painajaisuni. Tarkkailen äidin liikkeitä sängyssä. Hengittääkö hän vai onko hiljaa. Olen usein viimeisenä hereillä. Nukahdan levottomaan uneen. Sotkeudun ahvenheiniin, keinahtelen niissä ja herään peittoon kietoutuneena.

11. METSÄ HOITAA IHMISTÄ

Vapaus on vaikea saalis,
se pöllön huudossa soi.
Usvassa joskus
tammukkapuron,
pajujen sillan
ylitse kulkee,
katoaa aamukasteeseen.

Metsän hiljaisuus on tiivis. Utu viipyy maisemassa, kietoo ja kiehtoo. Vie unelmiin. Arkiaamunakin se irrottaa arjesta, tekee juhlavan olon ja hoitaa sisintä. Metsän humina kulkee läpi, menee soluihin ja sieluun, painuu mielen syvyyksiin. Valoisa utu avartaa ajatuksia ja näyttää toisen todellisuuden. Pelkojen turhuuden ja mitättömän voiman. Näyttää olemisen oikeuden. Oikeuden elämään, yksinkertaisen, väkevän voiman. Mahlan, joka vie elämää vääjäämättä juurien pimeistä onkaloista silmujen siintäviin, taivaita kurottaviin näkymiin. Vie elämän puhkeaviin ihmeisiin. Kevään lupaukseen, lehvien vehreyteen, lintujen konserttiin ja tuoksujen kirjoon. Metsän tuoksussa on elämän maku, mieletön kokemus, joka huumaa, kietoo syliin ja kuljettaa kuin ilmavirrassa. Kuljettaa metsän hiljaisuudessa.

Leijun siinä ja annan kaikkeuden tulla sisääni. Olen kevyt, olen ilmaa, osa suurta suunnitelmaa. Kuulun siihen, mikä tuli tänne jo kauan sitten. Tuli jo silloin, kun kaikki alkoi.

Olin jo silloin mukana tässä kaikessa ja odotin aikaani. Elämän hetkeä, siiveniskua, joka kuljetti tänne. Kerran tarina jatkuu toisaalla. Tarina, joka ei koskaan pääty. Metsän tarina, ihmisen tarina.

Tulen jylhien kivijärkäleiden luo. Paadet painuvat limittäin toisiaan vasten. Saumatta ja sileinä. Kerran ne olivat särmikkäitä, kipinöiden iskivät yhteen ja karhensivat kovia, teräviä kulmiaan. Painuivat voimalla ja irrottivat särmiä. Jylisten hioivat toisensa sileiksi. Nyt yhteys on saumaton. Mikään ei siihen väliin mene. On kuljettu pitkä tie särmistä sileään, tultu vastaan ja kuljettu yhdessä. Ei ole annettu periksi. Nyt ei niitä erota mikään. Katselen kiviä ihaillen. Paadet puhuvat jykeviä sanoja. Ymmärrän niitä ja katselen kauan, annan niiden viestin tallentua sydämeni sisään. Kivipaasien sanoman. Särmätön yhteys ja hiljainen, järkähtämätön rauha. Metsäpolun reunassa lennähtää harmaapäätikka suureen haapaan. Kohta alaoksalle pyrähtää toinen ja ne katoavat mäenrinteen kuusikkoon. Metsä hiljenee.

Tunne on kuin ennen suurta konserttia, metsän sinfoniaa, joka pian alkaa. Parin kuukauden kuluttua koko metsä soi lintujen laulua.

Tuo elämän ihmeellinen kierto. Kiehtova metsän hiljaisuus on paljon puhuvaa ja mieltä kiihottavaa. Äänettömyys puhuu joskus enemmän kuin äänet.

Ajatukset saavat metsän hiljaisuudessa uuden, rajattoman tilan. Mikään ei ole syöttämässä niille valmiita sanoja. Ajatus löytää oman kanavansa. Saa olla kerrankin omine ajatuksineen. Saa olla ilman itsekritiikkiä. Olla oma itsensä.

Elämä on satu, jonka vielä löytää metsästä. Satu, joka toteutuu ja elää aina uudelleen. On vain mentävä metsään. On annettava metsän viedä satuun takaisin.

Pysähdyn kivisen rinteen juurelle ja kuuntelen tuulen hiljaista huminaa rinteen kuusikossa. Valtava haapa kasvaa alempana polun reunassa

Kymmeniä metrejä korkea ja vuosikymmeniä vanha, monta talvea nähnyt haapa. Talitintit pyrähtelevät puiden oksissa ja syövät pieniä hyönteisiä. Ilma on leuto ja niille riittää elävää ravintoa.

Otan vesipullosta juotavaa ja kuulen samalla korkean äänen kaukaa. Tai oikeastaan se on äänimyrsky. Joutsenet laulavat joella. Siellä on vielä vapaata vettä. Lähden polkua eteenpäin ja katselen eläinten jälkiä. Monenlaisia kulkijoita metsän hiljaisuudessa on liikkunut. Toiset omia polkujaan, rinteeseen kadoten, toiset metsäpolulla. Kävelen niiden sivussa ja teen puhtaaseen lumeen oman jäljen. "Pyyh, pyyh, pyyh", yksitoikkoinen ääni jatkaa aneemisen kuuloisena. Hömötiaiset, tintit ja kuusitiaiset vaikenevat. Aikansa ne pitivätkin konserttiaan kevättä huokuvassa metsässä. Nyt tuli selvästi solisti areenalle ja pyysi hiljaisuutta. Tylsä ja lannistava ääni vaihtuu nopeasti alakuloiseksi huilumaiseksi soinnuksi. Kuulee heti, että mestari on avaamassa ääntään. Kohta mustarastas lurauttelee kauniita kiemuroitaan kuin taitoluistelija jäällä. Metsässä ei ole muita ääniä. On konsertin aika. Kuuntelen metsäpolun varressa laulua kuin patsaana. En liikahdakaan. Nautin laulusta ja vedän sisääni havujen tuoksua. Polulle on noussut kevään aikana runsaasti vettä, joka on jäätynyt paanteeksi uriin. Kumisaappaiden alla se on liukas. Ajattelen, että päivän aikana siihen sulaa kostea pinta, joka tulee olemaan niljakas. Nyt on vielä aamupäivä ja aurinko kurkistelee kuusenlatvojen välistä.

12. TORKKAHYRRÄT

Avasin vanhan oven,
sahanpuru tuoksui,
hiljaisuus lipui lävitseni,
varoen seurasin sitä.
Pienestä ikkunasta
tuli valonsäde pimeyteen
ja pölyhiukkaset tanssivat,
tanssivat kuin vimmatut.

Kiipeämme vintin orsia ylös veljeni kanssa kuin oravat. Asema-alueen puurivitaloissa on suuret avovintit. Lähes kattoon yltävät verkkoseinämät erottavat asukkaiden käytössä olevat tilat. Niitä on hyvä käppäillä ylös ja pujahtaa naapurin puolelle. Yleensä käymme Turusen vintillä, koska sieltä löytyy kaikkea jännää, jota tutkimme taskulampun valossa.

Nyt minua pelottaa tosi paljon, sillä Turusen veljeksistä vanhin, Rainer on huomannut, että joku käy heidän vintillään. Olemme löytäneet yhdestä laatikosta vanhan käyrän piipun ja nahkapussin, jossa on kessua. Jussi on ottanut ne ja piilottanut meidän puolellemme sahanpurujen sekaan.

Piippuvehkeet ovat Rainerin, joka tuli pari päivää sitten noutamaan niitä iltayöstä, kun me nukuimme. Vintin osa, jossa yövymme kesähelteillä, on lautaseinillä suojattu tila, joten Rainer ei nähnyt meitä.

Hän kaiveli kiroillen laatikoita ja huuteli alas veljilleen. Jiipee kuului vastaavan takaisin ja puhuvan meistä. Hän väitti nähneensä torkkahyrrät heidän puolellaan vinttiä.

Kuulin askelista Rainerin tulevan meidän verkkoaitamme lähelle. Laudat rapisivat ja rautaverkko narahteli nauloja vasten. Sitten kuului rysähdys, kova tömähdys ja kiroilua. Rainer on roteva kooltaan, eikä verkkoseinä ollut kestää hänen painoaan.

"Perkeles torkkahyrrät ootte taas ramunneet meiän vintillä, minä tuon tänne sen kyykäärmeen, jonka löysimmä jokivarren saaresta", Rainer huuteli alas mennessään.

Nyt vintillä on hiljaista. Jokin rapisee seinän raossa ja minä pelkään sen olevan kyykäärme. Vintillä tuoksuu unohtuneelle. Astiat kilisevät alakerrassa ja sieltä kuuluu Turusen tädin kovaäänistä puhetta.

Me tulemme laatikoiden luo ja veljeni avaa päällimmäisen. Laatikko on täynnä kirjoja. Värikkäät kuvat kansissa lumoavat minut. Voisin sukeltaa laatikkoon ja upota tarinoiden virtaan. Pelkonikin unohtuu nähdessäni laatikon aarteet.

"Mitä tässä lukee", kysyn Jussilta ja näytän kirjaa hänelle.

"Älä puhu niin kovvaa, tai Raineri on kohta täälä", Jussi kähisee. " Se on inkkarikiria ja tosi jännä ".

Jussi nostaa päänsä, kuuntelee ja asettaa sormen huulilleen. Kirjalaatikko ei häntä kiinnosta ja veljeni nostaa sen sivuun. Toisessa laatikossa on pino sarjakuvalehtiä, joka katoaa nopeasti hänen poveensa.

"Kuvitettuja lassikoita ja korkiajännityksiä", hän kuiskaa tyytyväisenä.

Minä katselen kirjapinoa ja erityisesti päällimmäisen kannen kuvaa. Siinä on intiaani ja värikäs tausta. Kirja näyttää niin jännittävältä, että otan sen käteeni ja tungen housunkaulukseen.

"Ethän nä ossaa ees lukia", Jussi suhahtaa, mutta en kuuntele, sillä olen lumoutunut kirjan kuvasta.

Palaamme takaisin omalle puolelle ja laskeudumme alas portaita. Minä kätken kirjani patjan alle ja Jussi lähtee käymään Kärppälän poikien luona.

Illalla vuoteessa otan taskulampun, menen peiton alle ja kaivan kirjan esiin. Katselen kansikuvaa, jossa harjastukkainen intiaani hiipii. Kuvassa on myös kaunis nainen ja takana juokseva mies.

Kirjaimet ovat outoja koukeroita, mutta mustavalkoisia kuvia on aina välillä. Kuvat sytyttävät intoa oppia lukemaan. Haluan tietää mitä intiaani vaanii, sillä hänen kasvoillaan on hurjan pelottava ilme. Tungen kirjan nopeasti piiloon, kun äiti tulee huoneeseen.

Hän tulee sanomaan hyvää yötä ja lukee minulle Aku Ankkaa ennen kuin lähtee nukkumaan. Äidin on mentävä asemabaariin jo aikaisin paistamaan munkkeja, eikä hän ehdi lukemaan kuin yhden tarinan.

"Nyt pojat vielä iltarukous", äiti sanoo.

"Levolle laskeun Luojani,
armias ole suojani.
Sijaltain jos en nousisi,
taivaaseen ota tykösi".

Me toistamme äidin mukana rukouksen, ja hän lähtee keittiöstä olohuoneeseen. Minulle on tullut rukouksen aikana paha mieli, koska olemme käyneet Turusen vintillä veljeni kanssa luvatta hakemassa sarjakuvalehtiä ja kirjan.

Selkääni polttaa patjan alla oleva kirja, jonka toin vintiltä. Päätän palauttaa sen takaisin selattuani kirjan läpi.

Katselen intiaanikirjan kuvia ja ajattelen sanoja niiden alapuolella. Tarinasta tulee sillä tavoin jännittävämpi ja voin keksiä itse seikkailun. Kirjan puolessa välissä silmiäni alkaa kirvelemään ja työnnän sen patjan alle.

Aamulla otan Aku Ankan ja keksin puhekuplien sisälle sanoja. Mielestäni niistä tulee hauskoja tarinoita. Iltapäivällä, kun äiti tulee töistä, minä luen hänelle puhekupliin keksimäni sanat.

"Missä välissä sinä jo opit lukemaan", äiti katsoo minua ällistyneenä.

En ole varma äidin ilmeestä, juksaako hän minua vai luinko oikein. Äiti ei kuitenkaan suostu enää lukemaan minulle, koska hänen mielestään osaan itsekin. Niinpä minä jatkan sanojen keksimistä kupliin.

Lopulta kaivan patjan alta kirjan. Sen nimi on *Viimeinen mohikaani*. Kääntelen kirjan sivuja, mutta en ymmärrä pieniä kirjaimia. Päätän lähteä ulos leikkimään.

13. ÄITINI ALZHEIMER JA ENKELIKEINU

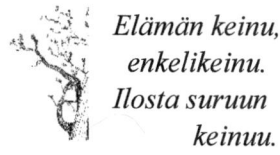

Elämän keinu,
enkelikeinu.
Ilosta suruun
keinuu.

Olen alkanut kutsua pään liikettä enkelikeinuksi. Heilahtelen siinä ja odottelen katulamppujen sammumista. Puolen yön maissa pimenee ja kuuntelen myrskyn puuskia. Ikkunat kumisevat, katto rymisee, puut humisevat ja pääni liikkuu enkelikeinussa. Aamulla soitan äidille Kemijärvelle. Hän on sairastanut Alzheimerin tautia jo vuosia. Äidin kanssa on kiva jutella. Hän muistaa vielä paljon ja elää tässä hetkessä. Puhumme viime yön myrskystä ja kerron valvoneeni sitä kuunnellen.

Puhe menee tavalliseen tapaan vanhoihin asioihin, joita muistelemme. Minä kuuntelen mielelläni vanhojen ihmisten tarinoita. Niissä on koettua elämää, joka on kuin ruisleipää. Ennen pärjättiin vähällä. Miksei nytkin, kun asiat ovat paremmin.

Äidin Alzheimer todettiin vahingossa. Hän tapaakin sanoa ystävänsä olleen hänen enkelinsä.

Eläkeläisten virkistyspäivillä oli muistitesti, eikä äiti halunnut mennä siihen. "Aattelin, että mitä sitä turhia, muistan liianki hyvin, osan voisin jo unohtaakin".

Äidin ystävä oli eri mieltä, hän meni testiin ja sai äitini mukaansa. Testi oli muistikorttipeli, jonka äiti hävisi ja sai kutsun jatkotutkimuksiin.

Hänellä todettiin Alzheimerin tauti ja aloitettiin hoito. Nyt vuosien jälkeen Herra Alzheimer on jo kotiutunut. Istahtanut keinutuoliin ja tapaa kysellä aina välillä samoja.

En ole huomannut vielä kovin dramaattista muutosta äidissä. Hänen kanssaan voi keskustella päivän asioista, politiikasta tai taloudesta, juoruilla tutuista ja sukulaisista, nauraa televisio-ohjelmille.

Kemijärveläisistä ihmisistä kertova Taivaan tulet-sarja on äidin lempiohjelma. Hänen suosikkinsa on alkoholisoitunut Jetsu, jonka toilailut tuovat äidin mieleen ajat Unionin baarissa, jota hän vuosia hoiti. Sarjaa äiti kertoo katsovansa usein silmät märkinä naurusta. "Ilo on elämän valo ja nauru sen ikkuna", hän tapaa sanoa. Äitini on terävä muistisairaanakin. Hän kertoo, että heillä on aivan upea joulusää Lapissa. Puut ovat lumeen kuortuneita ja pakkasta on sopivasti pieniin lumitöihin. Minä kerron, että Karkkilassa sataa vettä. Noutaessani joulukuusen varastokatoksesta kastuin läpimäräksi.

Keskustelun aikana kysyn äidiltä, mikä on paras joulumuisto, joka on jäänyt hänen mieleensä. Ajattelen äidin varhaislapsuuden jouluja pienviljelijän tuvassa Rovaniemen maalaiskunnassa, Juotasjärvellä.

Köyhyyttä ja puutetta, joka oli elämän arkipäivää. Uskon muiston tulevan sieltä, aivan kuin niukkojen aikojen tähtenä.

Äiti kertoo muiston siitä ajasta, kun me lapset olimme pieniä ja he olivat isän kanssa ostoksilla. Yllättäen tämä oli pysäyttänyt auton kaupan eteen ja kääntynyt äidin puoleen.

"Isänne kysyi, että onko nyt varmasti jokaiselle lapselle oma lahaja", äiti sanoo. Se joulu oli ensimmäinen, kun meillä oli varaa lahjoihin.

Minun joululahjani tänä vuonna on se, että olen saanut tietää sairauteni nimen. Servikaalinen dystonia tuntui aluksi oudolta. Ajattelin, että voisiko tämän sairauden käydä läpi ikään kuin tutkinnon, ja lisätä etuliitteen SD.

On helpottavaa tietää, että sairastaa jotain millä on nimi. Ei ole niin omituinen kuin luuli, vaikka on omalaatuisen sairauden leimaama. Elämä jatkuu, sillä dystonia ei ole kuolemaan johtava sairaus.

Yöt ovat vaikeimmat, koska silloin on pakko olla pitkällään. Dystoniani aktivoituu, kun makoilen sängyllä. Kesällä vielä niskat rauhoittuivat yhdessä asennossa, ja ensimmäisen piikin jälkeen pystyin nukkumaan toisellakin kyljelläni.

Nyt tiedän senkin, miten upealta tuntui ennen sairautta nukkua levollisesti missä tahansa asennossa. Merkillistä, miten sitä voi kaivata tavallisia asioita, kun niihin ei enää kykene. Jopa kyljellään makoilua ilman pään nykimistä.

Olen oppinut jo monta asiaa dystonian aikana. Tämä, sairaus on sietosairaus. On vain kestettävä jatkuvaa liikettä. Missä kulkee sietokyvyn raja. Sitä ei voi tietää ennen kuin sietokyvyn toisella puolella.

Syksyn aikana olen tutkinut nettiä paljon. On ollut aikaa istua ja lukea, sillä istuminen on helpoin olotila. Olen etsinyt netistä tietoa dystoniasta ja kokemuksia sairauden kanssa. Olen löytänyt monta tarinaa ja lukenut jokaisen ahmien.

Ajattelen kiitollisena niitä, jotka ovat kertoneet tarinansa lehtijuttuihin tai kirjoittaneet kokemuksia sosiaalisen median palstoille. He ovat antaneet osan itsestään, kivuistaan ja kokemuksistaan sellaisille, joita eivät ehkä koskaan tapaisi.

Kirjallisuutta, varsinkaan suomenkielistä, en ole löytänyt. Kaipaan varsinkin elämänkertoja. Tarinoita sairauden kanssa eläviltä olen etsinyt turhaan ja siitä syystä päätin kirjoittaa oman tarinani kirjaksi.

Dystoniaa sairastavissa on osa herkkiä ihmisiä, jotka ottavat ristiriidat raskaasti. Joillekin tämä on erakkosairaus. Se saa käpertymään sisäänpäin. Toiset eivät halua näyttää sairauttaan.

Vaikka tämä ei ole tappava sairaus, niin jotain dystonia muuttaa ja se näkyy. Ei ole helppo ylittää sosiaalista kynnystä liikuntarajoitteisena, jos on ujo tai vetäytyvä luonne.

Minä tein valinnan olla avoin luettuani syksyn aikana dystoniaa sairastavien kirjoituksia. Sain niistä paljon apua ja helpotusta omiin vaivoihini. Löysin vertaistukea ventovieraiden ihmisten kirjoituksista. Tekstejä, jotka antoivat uskoa paremmasta päivästä, hyvin nukutusta yöstä ja hieman helpommasta huomisesta.

Löysin Suomen Dystonia-yhdistyksen verkkosivut ja luin sieltä lähes kaikki kirjoitukset, jopa vuosien takaa. Nimimerkit tulivat tutuiksi, vaikka ihmisiä niiden takana en tuntenut. Rekisteröidyin sivuille ja aloin kirjoitella sinne. Pidin avoimuudesta ja sain hyviä vastauksia. Tunsin, etten ole yksin, oli muitakin samoja asioita läpi käyviä. Ennen kaikkea oli niitä, jotka olivat menneet eteenpäin. Näin, että tämänkin asian kanssa voi elää ja sopautua. Näinhän se menee elämässä.

Minun kohdallani se tarkoitti sitä, että päätin perustaa oman, dystoniaa sairastavan blogin. Ajattelin, että kirjoitan siihen kokemuksia ja tarinoita dystonian kanssa elämisestä. Otin sillä tavoin pienen vastuun ja tein oman osani. Samalla tavoin kuin ne, jotka auttoivat minua teksteillään sairauden alkuaikoina.

Avattuani blogin ja kirjoitettuani ensimmäiset postaukset, yllätyin heti myönteisestä vastaanotosta. Lukijoita oli alusta lähtien enemmän kuin odotin.

Aloitin kirjoittamalla kokemuksia ja tuntemuksia sairaudesta ja sen hoidoista. Ajattelin, että jossain on kaltaiseni sairastunut, joka etsii tietoa ja toisia saman sairauden kokeneita. Voin ehkä teksteilläni olla auttamassa ja tukemassa oudon sairauden kanssa tuskailevaa.

Lukijoita oli alusta lähtien paljon. Sain hienoa palautetta ja kannustavia viestejä. Tuli lämpimiä viestejä, jotka antoivat iloa ja positiivista mieltä, rohkeutta jatkaa kirjoittelua.

Blogin suosion myötä iski vauhtisokeus. Aloin kirjoittaa yhä enemmän henkilökohtaista, jonka kommentointi sattui joskus kipeästi. Pian jouduin kokemaan miltä tuntuu, kun persoonaan kohdistuu terävää ja rikki repivää arvostelua.

14. KYMMENEN TUNNIN IKUISUUS

Yli kulkevat polut,
hiillos maatuu.
Nyrkissä kekäleet,
kouransa musta,
kivusta, kaipauksesta.

On iltayö ja makoilen liikkumatta ohuella patjalla. Kapea eteinen on valkoiseksi maalattu, loputtoman pitkä käytävä. On hiljaista. Toiset ovat jo nukkumassa. Vilkaisen vierelleni. Muoviseen laatikkoon pakattu Atomuistimeni on siinä, harmaalla muovimatolla. Vieheen keskellä on punainen helmi, kuin pieni vadelma. Uistin on väritykseltään aaltoilevan musta, ja sen poikki kulkee kultaisia juovia. Elämäni ensimmäinen oma viehe. Olen saanut sen huomista eräretkeämme varten.

Nukun eteisen patjalla, koska meille on tullut kylään isän sukulainen ja huoneeni on annettu sedän käyttöön. Menemme huomenna retkelle hänen mökilleen.

Tuntuu oudolta makoilla kapealla käytävällä liikkumatta. Vilkaisen välillä vieressäni, kotelossaan lepäävää uistinta ja ajattelen retkeä. En ole saanut virvelillä vielä haukea ja haaveilen tulevalla retkellä nappaavani sellaisen.

Retken edessä on kuitenkin pitkä yö. Lasken sormillani tunnit, jotka tulisi makoilla tässä käytävällä. Saan luvuksi kymmenen, joka tuntuu oudon paljolta. En voi käsittää kuinka kapeassa käytävässä voi olla paikoillaan niin kauan.

Herään keittiöstä kuuluviin ääniin ja vilkaisen vierelleni. Atomini on siinä, verenpunainen vadelmahelmi ikkunasta heijastuvan auringon valossa kimaltaen. Kymmenen tuntia on kulunut.

Ajattelen, että paikoillaan voi sittenkin makoilla kapealla käytävällä kymmenen tuntia. En mieti sitä enempää, sillä uistin täyttää ajatukseni. Olen koukussa. Uuden vieheeni ensimmäinen saalis.

Eräretkellä tulemme virran rannalle ja Jussi ylittää sen ensimmäisenä. Minun silmissäni joki on valtava. Isä kahlaa virran yli ja vie reppunsa vastarannalle. Katselen, kun hän palaa takaisin kuohujen läpi. Rannalla isä kumartuu ja nosta minut reppuselkään. Ylhäältä katselen kuohuihin isän kävellessä virran yli. Turvallisesti hän laskee minut vastarannan törmälle.

Rantatörmältä vilkaisen ihmetellen virtaa, josta tulimme yli. Isän reppu keikkuu jo metsään katoavalla polulla. Pinkaisen juoksuun läpi heinikon.

Perillä isä kiinnittää Atomin perukkeeseen ja soutelemme lumpeikon laitaan. Isä soutaa ja setä istuu perätuhdolla. Minä heitän ensimmäisen heittoni keskilaudalta.

Puuvene on tervattu ja tuoksuu pastillilta. Voisin nuolla sen pintaa ja nuuskia sitä kuin koira. En kuitenkaan kehtaa koska isäni ja setä ovat veneessä turvallisen leppoisina, hyväntuulisesti rupatellen. Olen aina rakastanut tervan tuoksua. Tulen siitä hyvälle tuulelle.

Näen samalla sudenkorennon leijuvan sateenkaaren värit kimaltelevilla siivillään lumpeikon päällä. Samassa tempaisee. Vavan kärki notkahtaa. Kala on kiinni ensimmäisellä heitolla. Isä kehottaa kelaamaan rauhallisesti, mutta minä en malta, kelaan kiivaasti. Setä myhäilee perätuhdolta, kun isäni koukkaa haaviin elämäni ensimmäisen hauen.

Kalan suupielestä roikkuu uusi uistimeni, jonka helmi välkkyy kilpaa aallokossa keikkuvien lumpeiden kanssa. Isä irrottaa kalan, joka on valtavan suuri.

"Yli puoli kiloa", isä arvioi.

Minä katselen haukea veneen teljolla. Se on kaunis. Sivuevä nytkyy vielä ja kidukset liikkuvat. Mietin mitä Timi sanoisi, kun kertoisin hauesta, tai Anni. Ehtisinköhän käydä näyttämässä haukea, kun palaamme.

Pienen hetken olen maailman onnellisin pikkupoika, joka ei tiedä, että onnettomuus on lähellä. Odottelee kuin sudenkorento korren päällä. Siivet väristen, lähellä, mutta samalla saavuttamattomissa.

Seuraava heittoni on uskomattoman hieno. Taivutan vavan kaarelle selkäni taakse niin kuin isä on opettanut. Abumatic surisee kuin paarma ja uistin singahtaa lentoon. Kesäinen sinitaivas kaartuu yläpuolellamme Atomin kiitäessä kaukana ylhäällä kulkevia utupilviä kohti. Uistin syöksyy kuin raketti. Koskaan ennen en ole heittänyt niin pitkälle. Uusi uistimeni on loistoviehe.

Uistimen lentorataa katseleva setäni vilkaisee minua. Isä nostaa lakin lippaa ja varjostaa silmiä kämmenellä. Minä mietin, miksi siimaa leijuu tuulessa. Sitten näen siiman tulevan virvelini päästä ja kelaan sen sisään.

"Sehän meni poikki", Jussi huudahtaa.

Minä olen hiljaa ja nieleskelen itkua. Uistimeni teki komean lentonsa kauas lumpeikon laitamille siitä syystä, että siima meni poikki. Isä yrittää tarjota toista viehettä, mutta en halua.

Kalaretkeni on ohi ja loppuajan istun apeana katsellen sudenkorentoja. Ihmettelen, kuinka ne voivat pysyä paikallaan siivet hiljaa väristen. Tovin aikaa toiset vielä kalastelevat, ja Jussi saa hauen.

"Sammaa kokoa, ku Hartsun saama", hän sanoo.

Illalla eräkämpällä isä istuu takan ääressä ja ojentaa nyrkkinsä eteeni.

"Kokkeileppa Harri, saakko käen auki", hän sanoo.

Minä olen varma voimistani. Kyllä minä nyrkin avaisin. Olen puitakin halkonut. Isän nyrkkiä en kuitenkaan saa auki. En vaikka kuinka yritän. Kasvot kireinä, irvistellen ja sormet syvällä kouran sivussa punnerran kättä auki.

Lopulta myönnän, ettei isän nyrkki voimillani avaudu. Isä myhäilee, avaa kämmenen, hieraisee päätäni ja nykäisee otsatupsusta. Isän käsi on suuri ja voittamaton. Turvallinen, lämmin ja suojeleva.

15. ELÄMÄN RAITEET

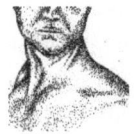

Näen edessäni,
jäljettömän polun.
Aution maiseman,
enkä löydä tietä.

Minulle tuo lapsena kokemani kymmenen tunnin ikuisuus on aina merkinnyt kuoleman unta, niin pitkältä se tuntui pienestä pojasta. Kuolema on minulle uni, joka siirtää toiseen todellisuuteen. Virta, jonka yli isäni kantoi minut lapsena ja voima, joka avaa vahvimmankin nyrkin, niin kuin se avasi isäni kouran.

Kuolema avasi isäni käden yllättäen, kun olin seitsemäntoistavuotiaana juuri aikuisuuden kynnyksellä. Silloin vastaani tuli yö, jossa ymmärsin, miten voimaton ihminen on kuoleman edessä. Talvinen pakkasyö ja matka hiljaisen Kemijärven läpi kohti sairaalaa. Sairauskohtaus oli vienyt isäni nopeasti kuoleman porteista sisään.

Aamulla olin vielä jutellut hänen kanssaan äitini hoitamassa baarissa ennen töihin lähtöä. Olin päässyt rautateille talveksi radanparannustöihin eli topparoikkaan ja sanoin lähtiessäni heipat isälle. Ne olivat samalla hyvästimme tässä elämässä.

Yöllä seisoin äitini ja sisarusteni kanssa isän ruumiin äärellä hämärässä sairaalahuoneessa. Kääre kulki isän leuan alta pään ympäri ja hänen silmänsä olivat peitetyt.

Isä oli kärsinyt kovista päänsäryistä jo nuoruudestaan asti. Viimeisin päänsärkykohtaus, josta isä vielä selvisi, alkoi, kun hän oli työntämässä veljensä pakkaseen uupunutta autoa. Kohtausta hoidettiin Rovaniemen sairaalassa, ja äitini kertoi, että lääkäri sanoi tutkimusten jälkeen isällä olevan aivovaltimon pullistuma eli aneurysma.

Ainoa mahdollisuus hoitaa se, olisi leikkaus Oulun Yliopistollisessa sairaalassa. Äiti kertoi, ettei isä kuitenkaan suostunut lähtemään leikkaukseen. Aneurysma oli puhjennut lounastunnilla äidin baarissa. Huoltamon korjaamopäällikkö oli ajanut isän omalla autollaan hätävalot vilkkuen Kemijärven aluesairaalaan. Äitini kertoi olleensa isän lähellä, kun tämä kuiskaili viimeisiä sanojaan. "Hän puhui minulle muutaman sanan ja ääni alkoi hiljalleen sammua, aivan kuin painua jonnekin", äiti muistelee. "Minä sanoin, että älä niitä nyt ajattele isä, lepää vain". Yöllä meillä kotona soi puhelin, heräsin ja kuulin äitini alkavan parkua kovalla äänellä. Unenomaisen automatkan jälkeen saavuimme sairaalaan ja kävelimme aulaan. Näin käytävällä nuoren lääkärin, jolla oli paksu vaalea tukka kuin iso peruukki. Hän käveli sairaanhoitajan edellä meitä vilkaisematta ja livahti ovesta.

Ajattelin, että hän oli ehkä isääni hoitanut lääkäri, joka pakeni vaikeasta tilanteesta. Mies näytti nuorelta, vain hieman minua vanhemmalta ja niin avuttomalta, että ymmärsin hänen pakenemisensa tilanteesta. Minkäpä hän sille edes olisi voinut, aivoverenvuoto oli ollut voimakas ja vei isän nopeasti.

Sairaalahuoneessa otin isäni käden omaani ja tunsin siinä vielä haaleaa lämpöä. Ajattelin, että kuolema oli nyt avannut isän nyrkin, jota minä en pikkupoikana pystynyt avaamaan. Sanoin mielessäni isälleni hyvää matkaa ja me poistuimme sairaalasta huurteiseen pakkasyöhön.

Isä haudattiin tammikuussa. Muistan, kun seisoimme isän haudalla. Hiutaleita leijaili hiljalleen, kuin pieniä kristalleja. Olin niinä päivinä täyttänyt kahdeksantoista ja kävin autokoulua.

Tammikuun pakkanen ja hämärä kaamos tuntui ankealta. Hauta siinä edessäni oli kuin umpikuja. Sinne isäni arkku laskettiin. Äiti itki kovalla äänellä. Alle kymmenvuotias pikkusisko seisoi vieressäni hiljaisena. Armeijassa oleva Jussi polvistui laskemaan seppeleen, minkä jälkeen poistuimme seurakuntatalolle.

Seuraavana aamuna lähdin töihin ja kuljin työkohteeseen rataa pitkin lapsuudesta tuttuja paikkoja ohitellen. Tulin kohtaan, josta rata haarautui Rovaniemelle ja kohti Kemijärven asemaa. Oli usvainen pakkasaamu eikä näkyvyyttä ollut kuin muutama metri.

Tiesin, että edempänä, radan vieressä, sillan alapuolella on vaihdekoppi. Isäni oli usein ollut siellä vaihdemiehenä. Lapsena koulusta palatessani menin joskus isäni luokse vaihdekopille istumaan. Näin sisällä suuret vivut, joilla rataa pystyi siirtämään. Tunsin piintyneen hien ja lankkujen tuoksun, joka oli minusta jännittävä.

Punaisesta Airam-termospullosta nousi kahvin tuoksu ja ilmassa leijui tupakansavua. Ikkunasta näki sillan alta asemalle ja Kemijärven selälle.

Vaihdekoppi oli risteyskohdassa. Rata erkani siinä ja toinen kulki kohti itää, Kemijärven keskustan ohi, Joutsijärvelle, Sallaan ja Kelloselkään. Toinen vei Rovaniemelle ja sen ohi etelään, Ouluun ja aina Helsinkiin asti.

Isä kävi kääntämässä vaihteen ja tuli karvalakki höyryten sisälle vaihdekoppiin. Hän hieroi käsiään yhteen, avasi termospullon ja kaatoi pieneen Airam-pullon kuppiin kahvia. Sitten hän otti pöydältä punaisen norttiaskin ja raapaisi tikun. Savu leijaili ikkunan edessä kuin harmaat pilvet ulkona taivaalla.

Ohi kulki veturi, joka veti perässään junanvaunuja. Otin korpun ja kastoin sitä kahviin. Samalla katselin ohi kolkuttavia vaunuja ja hörpin kahvia.

Otin kaksi palasokeria lasipurkista, jossa luki *Ahti*-sillä. Purkki tuoksui väkevälle, mutta sokeri oli makeaa. Laitoin huulien väliin palan, kieli vei sen kitalakea vasten ja kahvi kuljetti makean juoman alas.

Seisoin siinä kohdassa, josta lapsena kuljin isän luo vaihdekopille. En sumussa nähnyt muuta kuin pienen rakennuksen ääriviivat. Hahmottelin siinä kokemaani. Isäni nopeaa kuolemaa sairauskohtaukseen, joka muutti kaiken perheessämme.

Tuntui käsittämättömältä, että joulun jälkeisenä aamuna olimme vielä jutelleet, enkä poistuessani tiennyt, että näin isäni viimeisen kerran. Seuraavana yönä pitelin jo hänen haaleaa kättään ja hyvästelin isäni.

Seisoin sumussa ja tunsin olevani umpikujassa. En nähnyt mihinkään suuntaan kuin muutaman metrin. Pakkasusva oli kietoutunut ympärilleni tiukasti ja sakeasti. Ahdistus puristi mieltäni ja ratapölkky tuntui jäisen kovana jalkojeni alla. Katselin rataa ja se toi mieleeni monia muistoja.

Takanani oli lapsuus Asemaperällä, äidin baari, levyautomaatti, pajatso ja erilaiset ihmisluonteet. Tuossa oli isäni vaihdekoppi kaikkine tuoksuineen ja muistoineen. Kemijärven asema oli edessäpäin parinsadan metrin päässä. Edessäni oli rata, joka vei vielä tuntemattomaan tulevaisuuteen.

Olin siinä sumussa avuttomana. Kaikki ympärilläni kaikui. Äänet tulivat syvältä pakkasusvasta. Ilma tuoksui kirpeältä. Katselin ylöspäin ja näin tähtitaivaan kaartuvan yläpuolellani. En ymmärtänyt kuinka selviäisin eteenpäin.

Seuraavana yönä näin kummallisen unen. Heräsin, mutta en saanut silmiäni auki. Tunsin, että huoneessa oli joku, mutta en nähnyt kuka se oli. Päässäni oli kuin tiukka harso, joka sulki silmäni. Väkisin, sormin raottamalla sain harsoa ylös, niin että näin hieman. Näin jotain, mikä ei jäänyt mieleeni.

Olin kääntynyt seinää vasten ja näin patterin päälle laskeutuvat verhot. Verhot olivat täynnä keltaisia kukkia. Kukkia pitkin laskeutui suuria, kirkkaita kyyneleitä. Tartuin verhoihin ja pitelin niistä rystyset valkoisina kiinni. Kyyneleitä valui verhoja pitkin alas käsilleni. Heräsin siihen ja katsoin ihmetellen verhoja kohti ojentuneita käsiäni.

Olen usein juoksulenkeilläni ajatellut, että ne kyyneleet olivat minulle isän jäähyväiset. Elämä jatkui ja vähitellen löysi uuden uomansa. Mikään ei kuitenkaan enää palannut ennalleen. Ajattelin niin, että kaikki muuttuu merkittävän ihmisen poistuessa elämästä.

Minulle se oli ensimmäinen kerta, kun ymmärsin elämän rajallisuuden. Kaikki loppuu kerran ja elämä päättyy tässä maailmassa. Kymmenen tunnin ikuisuus on vielä edessäni vääjäämättä.

Elämä tekee lopulta shakkimatin jokaiselle, mietin ja muistelen shakkipelejä isäni kanssa viimeisenä yhteisenä syksynä. Olin ostanut shakkilaatikon ja pelasimme isän kanssa syysiltoina. Ilta taittui toisinaan yöksi ennen kuin lopetimme.

Jälkeenpäin olen usein ajatellut niitä viimeisen syksyn iltaöitä pelien äärellä. Ulkona oli sysipimeää ja sade ropisi ikkunoihin. Joskus oli kuutamoyö ja kotimme vieressä olevan Kuikkalammen yllä loisti kuu. Usein siinä myös juttelimme kaikenlaista.

Olen ajatellut kiitollisena sitä syksyä ja pelihetkiä isäni kanssa. Sain kokea hänen läsnäoloaan eri tavalla kuin koskaan ennen elämäni aikana. Nuo hetket ja juttelut jäivät perinnöksi isästäni elämän matkalle.

Silloin opin sen, että elämä voi sammua ihmisestä nopeasti, kun on aika lähteä. Se on hetki, jossa kaikki jää aina kesken, vaikka ihminen olisi kuinka innokas, energinen ja aloitekykyinen, kuten isäni oli. Kun elämän mitta tulee täyteen, niin kaikki jää siihen keskeneräisenä ja vajaana. Sellaista elämä vain on.

Muistan, että isäni kuoleman jälkeen kaikki tuntui murenevan. Ajattelin, että isä ja äiti olivat juuri rakentaneet uuden omakotitalon ja kun se viimein oli valmis, isä kuoli. Elämä tuntui pitkään olevan väärinpäin, kuin lapsuuteni peilileikissä.

Vähitellen elämän epävarmuus kuitenkin vahvistui ja muuttui varmuudeksi. Nyt, kun se on jälleen kestävä, on äitini matkalla unohduksen maahan.

Hänellä on paljon pelkoja ja huolia, joita kukaan ei voi selittää tyhjiksi. Suurin huoli äidillä on, kuinka hän pääsisi kotiin.

16. SINIRUUTUINEN PAITA

Hän kipitti niityllä,
seurasi kimalaista
apilankukalle.
Asetti pullon suuaukon
kimalaisen viereen.
Siivet väristen.
kimalainen leijaili
pohjalle

Leirintäalueen kioskin luukku aukeaa ja isäni kumartuu juttelemaan kassatyöntekijän kanssa. Automme on pysäköity portin sisään, äiti istuu autossa ja minä vilahdan takaovesta tutkimaan aluetta. Sisääntulokyltin takana on omenapuu ajoväylien jakajan keskellä. Vehreän vihreänä se levittyy yli reunojensa. Täydet oksat notkuvat omenista kutsuvina. Hellepäivänä niiden katve on viileän varjoisa. En ole koskaan ennen nähnyt luonnossa omenapuuta. Kotiseudullani Kemijärvellä niitä ei kasva, ja tämä on ensimmäinen lomamatkani vanhempieni mukana Etelä-Suomessa.

Päälläni on siniruutuinen paita. Sain paidan Turusen tädiltä juuri kun olimme lähdössä kesälomamatkalle. Oli varhainen aamuhetki ja lähdön jännitys väreili ilmassa. Heinäkuun lopun kesäaamuna ilma oli lämmin, kuin maitovelliä. Västäräkit pomppivat pihalla ja kääntösillan kirskunta kuului alhaalta veturitallilta.

Automme oli pakattu täyteen viikon lomamatkaa varten, isä käynnisti Morris Minin ja minä luin takapenkillä sarjakuvia. Turusen asunnon ovi avautui ja täti juoksi pihan yli.

Hän tuli automme viereen kädessään siniruutuinen paita. Täti ojensi paidan ikkunasta minulle ja kertoi sen jääneen Jamolta pieneksi. Hän toivotti meille vielä hyvää lomamatkaa. Vaihdoin paidan päälleni samalla kun isä käänsi auton keulan Veturitallin mäkeen.

Nyt päälläni on tuo siniruutuinen paita ja seison leirintäalueen väylien välissä, liikenteenjakajan viheriöllä. Katselen ihaillen yläpuolellani kaartuvaa omenapuuta. Näen sinitaivaan oksien raoista. Omenat tuoksuvat huumaavina, kesälinnut laulavat ja kimalaiset pörisevät. Kuulen ohi ajavien autojen äänet ja näen kioskin luukulla isäni nostavan lompakon tiskiltä. Ojennan käteni ylös ja sivelen omenan sileää, vihreänpunervaa pintaa. Mietin sen makua ja tunnen kieleni kostuvan syljestä. Vilkaisen ympärilleni ja teen päätöksen. Nopealla liikkeellä taitan omenan irti ja tungen sen taskuun.

On sesonkiaika ja kaikki vuokramökit ovat varattuja. Vanhempani alkavat pystyttää meidän oranssia soputelttaamme lähelle keittokatosta. Isä kantaa tavaroita nurmelle ja äiti laittaa katoksessa kahvia kiehumaan. Minä menen katoksen laidalle ja istun portaille.

Otan omenan taskusta ja vilkaisen vielä ympärilleni. En ole ihan varma saako leirintäalueen omenia ottaa, mutta epäilen sitä. Olen nähnyt kotiseudun kaupassa omenoita ja niistä joutuu siellä aina maksamaan.

Tunnen jännitystä vatsanpohjassa ja lievää syyllisyyttä. Kukaan ei näytä kuitenkaan kiinnittävän huomiota minuun.

Haukkaan nopeasti ison palan herkullisen näköisestä, juuri kouraani sopivasta omenasta. Maku on karvas ja suussani kirvelee. Irvistän ja kadun ottaneeni omenan. Silmiini kihoavat kyyneleet ja kirpeä hedelmän mehu tursuaa hampaiden välistä suupieliin. Maku on happaman imelä, karvas mehu kirvelee suussani ja polttelee kielellä.

Sylkäisen suuntäyden omenaa portaille ja palaset lennähtävät ohi menevän äitini jalkoihin. Hän vilkaisee minua ja ilmeeni nähtyään purskahtaa nauruun.

Minun silmäni vuotavat vettä ja suupielet valuvat kirpeää sylkeä. Kasvoni saisivat ryppyisen korvasienenkin näyttämään sileältä.

"Mistä ihimeestä sinä olet saanu käsiisi omenan", äiti nauraa.

"Ne on koristeomenapuita ja raakojakin tähän aikaan kesästä vielä". Isäkin naurahtaa ohi mennessään ja minä syljen loput omenasta portaiden viereen. Olen oikeastaan iloinen, etten syyllistynyt omenavarkauteen. Juoksen leirintäalueen rantaan ja näen siellä jäätelökioskin. Vastaani tulee kikattavia tyttöjä, joiden kädessä on jäätelötötteröt. Pudotan kolikon automaattiin. Pallot ovat salaperäisiä, jokaisessa sisällä yllätys. Vatsanpohjassa kipristää, kun väännän varovasti kromista kahvaa. Pallo putoaa kolahtaen ja räpsähtää luukkua vasten. Batman-merkillä varustettu sormus. Pitelen kädessäni aarretta ja vilkuilen ympärilleni kioskin vieressä. Leirintäalueella käy kuhina. On aamupäivä ja lähtijöitä virtaa ulos porteista. Kioskin tasanteella ei ole muita. Väännän vielä loppukierroksen ja toinen pallo kolahtaa alas säiliöstä. Näin edellisellä leirintäalueella jonkun pojan tekevän niin. Kokeilin sitä samaa ja sain heti automaatista tuplapallot. Nyt toisessa pallossa on purukumia. Lähden teltalle tyytyväisenä.

Leirintäalue on täynnä hälinää ja lähes kaikki telttapaikatkin käytössä. Tulen teltallemme ja kuulen sisältä isän ja äidin ääniä. Kiskaisen vetoketjun auki nopealla liikkeellä ja isä nousee kumipatjalta istumaan. Äiti makoilee kyljellään makuupussi suojanaan. Hän näyttää nukkuvan.

"Kato isä, sain bätmän sormuksen", huudahdan innoissani. Näytän isälle sormusta ja hän ottaa sen kouraansa. Pureskelen nautinnollisesti purukumia, makea salmiakin maustama sylki täyttää kitalakeni.

"Käväsehän uudelleen automaatilla", isä sanoo ja ojentaa pari kolikkoa.

Menen kioskille ja kävelen automaatille. Isän antamilla rahoilla saisin kaksi pyöräytystä ja neljä palloa. Olisi vain katsottava, ettei kioskin myyjä huomaa, että käytän oppimaani kikkaa. Vilkaisen luukulle ja näen ikkunassa värikkään lapun, johon on piirretty purjevene. Menen lähemmäs katsomaan, olen jo oppinut lukemaan ja ymmärrän hyvin tekstin. Lapussa lukee, että venevuokra tunniksi maksaa juuri saman summan, jonka isä minulle antoi. Katselen sivulleni venelaiturille. Värisen innosta, kun näen suuret veneet laiturissa. Venelaiturin molemmin puolin on veneitä rivissä. Moottoriveneitä ja purjeveneitä. Innoissani koputan luukkuun. Ostan lipukkeen ja myyjä sanoo, että puolen tunnin kuluttua varaukseni on vapaana.

Minä katselen onnellisena kädessäni olevaa lappua ja ajattelen, kuinka kohta kiitäisimme hienolla purjeveneellä tai pikaliipparin moottori jylisten aalloilla.

Näen kauempana kaksi pikkupoikaa, jotka istuvat pienessä jollassa. Toinen yrittää selvitellä maston ympärille kietoutunutta purjetta ja toinen kiskoo narusta. Minua naurattaa, kun ajattelen heidän paattinsa keikkumista, kun kiidämme kohta ohi veneellämme.

Juoksen teltalle, pysähdyn oviaukon eteen ja kuuntelen nukkuvatko vanhempani. En huutele ulkoa, etten herätä äitiä tai isää, jos he ovat nukkumassa pitkän ajomatkan jälkeen. Samassa näen jonkun liikkuvan teltan sisällä.

"Nouskaa äkkiä ylös, vuokrasin meille venneen ja aika alakaa kohta", minä huudan.

"Mitä sinä Harri nyt olet keksiny", äiti kysyy hymyillen ja kurkistaa vetoketjun välistä.

"Kävesin hommaamasa meille liipparin tai purievenneen", minä sanon ja näytän lippua.

"No sinähän olet vikkelä, voititko arvassa", äiti kysyy ja ottaa lapun.

"Vuokrasin tunniksi ja aika alakaa ihan kohta, tulukaa jo sieltä teltasta", minä hoputan ja kävelen meidän Morriksemme vierelle innosta kihisten.

On kuuma päivä ja olen onnellinen, että olen päässyt isän ja äidin mukana lomamatkalle etelään. Olemme ajaneet Lapista läpi Suomen pysähdellen leirintäalueilla vuokramökissä tai teltassa. Kevyt tuulenvire heilauttelee oranssin telttamme kepeillä tuettua katosta.

Isä tulee ulos vuokralappu kädessään ja vilkaisee minua. "Missä se meiän pikaliippari sitte mahtaa olla", isä kysyy ja kampaa kiharaa tukkaansa taaksepäin.

"Tulukaa perässä", minä huudan ja meinaan lähteä, mutta isä nappaa paitani kauluksesta kiinni.

"Ootahan kippari hetki, niin äitikin ehtii mukkaan", hän nauraa. Äiti tulee kohta kesämekossaan ulos teltasta ja minä juoksen edellä venerantaan. Laiturilla katselen toinen toistaan upeampia laivoja odotellessani perässäni tulevia vanhempia.

Päädyn veneen valinnassa sinivalkoiseen purjeveneeseen, jonka kylkeen on kirjoitettu valkoisella värillä sen nimi "Hispaniola". Veneen nimi oli sama kuin Aarresaari- kirjassa, joka oli mukanani lomamatkalla.

"Otetaan tuo", minä huudahdan ja osoitan isälle sitä. "Otetaan nopeasti ennen kuin joku muu ehtii".

"Saitko avaimen kioskilta", isä kysyy näyttäen verkolla varustettuja portteja ja niiden välissä roikkuvaa suurta lukkoa.

"Unohin pyytää sen", minä sanon ja isä lähtee kanssani kioskille.

Kioskin luukulla isä juttelee myyjälle ja näyttää vuokrakuittia. Myyjä viittilöi rantaan päin. Siellä suurten mäntyjen katveessa on laituri ja pieni jolla, jota aikaisemmin näkemäni pojat vetävät rantaan.

Saatuaan jollan maalle ja lukituksi, he juoksevat kohti kioskia ja tuovat avaimen myyjälle. Isä tulee kioskin luukulta ja kertoo, että lipullani saisi käyttää jollaa tunnin verran.

" Tuolla on se jolla, jonka sinä vuokrasit, mutta ei me taieta kaikki mahtua siihen ", hän sanoo ja ojentaa minulle tötterön.

"Vaihoin vuokralapun jätskiin, mennään paistamaan makkarat ja tullaan sitten rantaan, kuulin että tuota soutuvenettä saa käyttää ilimaseksi".

Äiti odottelee meitä venelaiturin vieressä ja hymyilee. Minä katson laiturilta poistuessamme pettyneenä Hispaniola-purjevenettä, jonka olin valinnut retkellemme.

17. VÄÄRINPÄIN KÄÄNTYNYT MAAILMA

Väsynyt vaeltaja,
elämän vastamäen
raskaan, loputtoman,
uupunut kulkija.
Ihminen.

Aamulla äiti soittaa hätäisenä ja kertoo olevansa eksynyt. Omaishoitajan nukkuessa hän on lähtenyt potkurilla pitkälle lenkille eikä nyt tiedä missä on. Äiti on uupunut ja kuulostaa epätoivoiselta. Rauhoittelen häntä ja kyselen ympärillä olevista rakennuksista. Äidin kuvauksista ymmärrän, että hän on tutussa tienristeyksessä, josta lähtee tie lapsuudenkotiimme Asemaperälle.

Tie kulkee mäkeä ylös Vesitorninmäelle ja ohittaa omakotitaloksi muutetun entisen kaupan. Kävin siellä äidin mukana usein lapsena. Äiti on kulkenut elämänsä aikana päivittäin sen kohdan ohi, jossa hän nyt on. Tutut maisemat ovat matkan myötä muuttuneet oudoiksi.

Soitan vaimoni isälle, joka on omaishoitaja dementiaa sairastavalle vaimolleen ja asuu lähellä paikkaa, jossa arvaan äidin olevan. Appeni lupaa käydä hakemassa hänet autollaan.

Pian äiti soittaakin ja kertoo, että joku ystävällinen mies sattui ajamaan ohi ja nosti hänen potkurinsa auton tavaratelineelle. Nyt he istuvat näiden mukavien ihmisten luona kahvilla ja raatailevat.

"Miten sinä kotiin sieltä löyät, saatko kyydin", kysyn ja ajattelen appeni vievän äidin kotiin.

"Mitä sitä hulluja, pianko mie nyt kottiin potkuttelen", äiti nauraa.

78

Äidin eksymisestä selvisimme appeni ansiosta hyvin, mutta tapaus osoitti Alzheimerin taudin edenneen. Minuun jää pelko ja huoli, vaikka tiedän, että äidillä on omaishoitaja kotona. Olen tunneihminen ja käyn päivän mittaan läpi useita tunnetiloja. Sisäisiä myrskyjä ei ulkopuolinen huomaa muuten, kuin dystonian oireiden voimistumisen vuoksi liikehäiriöinä. Huoli äidin tilanteesta aktivoi oireita ja kauppareissulla niskoja vääntää voimakkaasti. Minun on pakko ottaa vahvaa särkylääkettä. Tunnemaailmani kuohuu äidin sairauden vaikeutumisesta ja huoli aktivoi dystoniaa. Oloni käy rauhattomaksi, enkä pysty lähtemään päivälenkille.

Illalla lämmitän saunan, istun löylyissä ja lepuutan katsettani lasiluukusta loimuavassa tulessa. Saunan lämmössä olo rentoutuu. Hiljalleen tunnemaailmani rauhoittuu ja ymmärrän, että todellisuus on tässä hetkessä.

Teen saunan päälle vielä pieniä askareita, jotka tuntuvat rauhoittavilta ja todellisilta. Tartun niihin tekemisiin, asiat alkavat suhteutua oikeaan mittakaavaan ja paniikki helpottaa.

Ennen nukahtamista ajattelen tuota lapsuuden muistoani, kymmenen tunnin ikuisuutta. Pitkää yötä kauan sitten, siellä kapean käytävän ohuella patjalla.

Niskojen liikkeen ja jännityksen estäessä nukahtamisen olen ajatellut pientä poikaa kapeassa käytävässä. Makoilemassa yksin upea, uusi uistin vierellään. Odottamassa jännittävää kalaretkeä ja ensimmäistä heittoa Atomilla, joka muistutti suurta mehiläistä. Uistimella, jonka keskellä, metallilangassa pyöri verenpunainen helmi.

Helmi, joka muistuttaa punaista kalan silmää, ärsyttää ja saa hauen iskemään. Ensimmäisen haukeni. Ja sitten, seuraavalla heitolla kaikki on ohi. Peli on pelattu, kuin jääkiekossa lisäajan maalilla. Tämä oli tässä. Lähdetään kotiin.

Olen ajatellut sen pienen pojan huolta kymmenestä tunnista. Tunneista paikallaan maaten kapeassa käytävässä. Pohtimassa ajan kulua, matkaa yli yön avaruuden, tiedottomana, mitään tekemättä paikallaan. Olen ajatellut kuolemaa. Pitkää unta ennen ikuista kalaretkeä.

Sudenkorentoa, joka järven pohjassa, mutaliejussa mönkii toukkana loputtoman ajan, ainakin kymmenen tuntia. Kerran se nousee pintaan. Kuoriutuu rumasta kotelostaan ja levittää siipensä.

Sateenkaaren väreissä kimaltelevat siivet. Antaa tuulen viedä ja kiitää yli lumpeikon. Kauniisti kuin minun Atom-uistimeni, jonka kyljessä oli verenpunainen helmi.

On upeaa herätä hyvin nukkuneena ja levänneenä, dystoniakin on hetken oireeton. Siksi pyrin välttämään asioita ja tekemisiä, jotka aktivoivat dystonian oireet. En anna tunnemaailman ja herkän innostumiseni liikaa vallata mieltä.

Ajattelen juoksulenkkiä Karjaanjoen reunaa kulkevalla polulla, rauhallista virtaa ja koskikaroja, jotka sirahdellen lentävät yli uoman. Mietin lapsuuden leikkejä, varsinkin sitä, jota kutsuin peilileikiksi. Siihen leikkiin kiteytyy niin paljon elämäni pelkoja.

Lapsuuteni peilileikkiä en väsynyt leikkimään. Uskomatonta, kuinka jännittävän leikin saa pelkällä peilillä. Minua jännitti, niin että päätä huimasi. Pelko oli lähes sietämätöntä.

Olin katsonut pelkojeni peiliin, joka näytti vain tyhjyyden. Peiliin, joka näytti jokaisen askeleen vievän syvyyteen.

Pelon askel oli pakko ottaa väärinpäin kääntyneessä maailmassa.

Painoin jalkani maata vasten ja tunsin voiman. Tunsin tuen jalan alla ja näin, että todellisuus on tässä. Askel kynnykseltä oli täynnä kauhua, mutta päättyi vahvalle pohjalle. Pienet asiat ovat todellisuutta. Tartuin niihin. Otin vastaan apua, avasin sydämeni.

Muutos alkoi siitä. Asiat alkoivat suhteutua oikeaan mittakaavaan. Paniikki helpotti. Olin kävellyt pelkojen peili kädessä ja astunut kuiluun.

Lapsuuden peilileikki toi turvallisen jännityksen tunteen.

Levitän ajatusten siivet ja nousen ylös kevyessä ilmavirrassa. Sisälläni on jotain, mikä nostaa epätoivon ja pelon yli, kohoaa kuin lintu siivilleen.

Mistä se rohkeus tulee, en ymmärrä sitä. Mikä saa ihmisen uskomaan aina parempaan, pyrkimään valoa kohti? Mistä tulee se voima, joka asettuu rinnalle ja tönäisee mukaan elämän virtaan?

Olen juuri lähdössä lenkille, kun veljeni soittaa ja kysyy, voisinko tulla viikoksi äitini sijaishoitajaksi Lappiin. Isäpuolemme, joka on myös hänen omaishoitajansa, on menossa polvileikkaukseen.

18. SUDENKORENNON SIIPIPEILI

 *Sudenkorennon*
siivessä
hän näkee
sateenkaaren.

Olen löytänyt puron vierestä siipirikon sudenkorennon. En tiedä missä sudenkorento on siipeensä saanut, mutta se ei pysty lentämään. Kivellä se kyhjöttää läpikuultava siipi roikkuen. Otan korennon kouraani ja katselen sitä läheltä. Sudenkorennon kauneus on lumoava. Ajattelen, että vien sen vintille suojaan omaan kätkööni. Annan sen parantua ja päästän korennon sitten lentoon.

"Mitä nä Hartsu oot löytäny, näytäs", kuulen takaani ja olkapäälleni iskeytyy käsi. Jussi on tullut taakseni ja nappaa korennon kädestäni. Viheltäen hän katselee sitä ja kävelee puroon virtaavalle siltarummulle. Veturitallin tien laitaa kulkevassa ojassa juokseva vesi syöksyy rummusta edellisen yön sateiden jälkeen ryöpyten. Kaukaa Kemijärven selän takaa, vaarojen yli nouseva aamupäivän aurinko osuu rummusta virtaavaan veteen ja tekee pieneen putoukseen sateenkaaren.

"Katotaas miten korennolle käy", Jussi sanoo ja kyykistyy puron eteen.

Tajuan mitä Jussi aikoo. Hän haluaa kokeilla osaako sudenkorento uida, niin kuin pääskynpoikaset, joita kerran heitimme veteen. Nyt en aio suostua siihen, sillä olen päättänyt pelastaa sudenkorennon.

Olen kooltani pienempi ja voimiltani heikompi kuin vanhempi veljeni, mutta suojelemisen raivo valtaa minut. Syöksyn hänen kimppuunsa ja yritän ottaa sudenkorennon.

"Näin se lentää, katos Harri", Jussi ojentaa kätensä ylös ja katselee korentoa taivasta vasten.

"Anna tänne, minä löysin sen", huudan ja saan voimaa raivostani, mutta en ylety ottamaan korentoa.

Kamppailemme siltarummun edessä ja saan punnerrettua veljeni nurin. Ihmettelen voimiani, sillä yleensä isoveljeni pyörittelee minua painiessamme, miten tahtoo. Nyt minä olen kuitenkin niskan päällä ja tunnen olevani vahvempi. Olen hauraan korennon puolella ja tunnen, että sisälläni virtaavat väkevät voimat. Minä lähes nautin tästä tilanteesta, jossa olen kerrankin vahvempi. Pinnistän kaikki voimani, saan käännettyä isoveljen selälleen ja kurotan kättäni kohti sudenkorentoa. Jussin käsi ulottuu kuitenkin liian kauas. Hän on selätettynä allani, mutta korentoa en pysty ottamaan pois. Isoveljeni kääntää virnuillen kättään nyrkkiin ja näen korentoni jäävän hänen nyrkkinsä sisään. Jostain saan lisää voimia ja runnon hänet niin maahan, että olen jo pääsemässä kiinni sudenkorentoon.

"Poika hei, tuu tänne", Jussi huutaa ja näen samassa pihatietä kävelevän naapuritalon pikkupojan.

Hän kävelee siihen vierellemme ja seisahtuu katselemaan painiamme. Sudenkorennon napannut veljeni avaa kouransa ja pudottaa korennon pikkupojan jalkojen viereen.

"Polokase poika, pole, pole ny, pole", Jussin huuto kaikuu yli pihamaan.

Näen kuin hidastettuna pienen pojan jalan nousevan ja kengänkannan murskaavan sudenkorentoni soraa vasten.

Nousen ylös ja katson korentoani. Siitä on jäljellä enää yksi, ehjäksi jäänyt siipi. Nostan tuon siiven kouraani ja katselen sitä.

Se on yhä kaunis ja hehkuu sateenkaaren värejä auringossa.

Jussi on jälleen oma itsensä ja tönäisee minut päältään. Hän lähtee rehvakkaasti omille teilleen ja vislailee mennessään.

Myös sudenkorennon murskannut pikkupoika poistuu

säikähtäneen oloisena. Minä vien korennon siiven vintille ja kätken sen rasiaan.

En onnistunut pelastamaan sudenkorentoa, mutta ihmettelen miten saatoin voittaa niin paljon itseäni isomman ja vahvemman veljeni. Ymmärrän, että sudenkorento oli jo kuollut, kun pikkupoika polkaisi sen hajalle. En olisi pystynyt sitä pelastamaan, vaikka olisin saanut sen pois veljeltäni.

Helsingissä käydessään isä tuo meille aina jotain tuliaisia. Nyt hän saapuu kotiin iltamyöhällä Sarrion kanssa. Me olemme sängyssä ja kuuntelemme korvat höröllä. Olohuoneesta kuuluu miesten voimistuvaa keskustelua, lasien kilinää ja läsähdyksiä. Jussi hiippailee kurkkimaan oven raosta ja tulee innoissaan takaisin.

"Ne ampuu jouskareilla etteisen ovveen", hän sähähtää.

"Meiän tuliaisia", minä sanon.

"Niisson imukupit päässä, siihen ku sylykäsee, nii nuoli tarttuu", Jussi intoilee.

Aamulla meitä odottaa kaksi pakettia olohuoneessa. Kummassakin on jousipyssy ja muutama nuoli imukupilla. Vilkaisen eteisen oveen, johon isä on Sarrion kanssa ammuskellut iltayöllä. Näen pyöreitä jälkiä, joissa on himmeä reuna. Haluaisin kokeilla jousella ampumista oveen, mutta äiti kieltää ja lähdemme ulos leikkimään.

Meitä kerääntyy puolenkymmentä Asemaperän poikaa pihalle leikkimään inkkaria ja länkkäriä. Jussi komentaa minut vartioon vattupensaiden suojaan samalla, kun hän lähtee etsimään intiaanikylään hyökänneitä länkkäreitä.

Minua jännittää niin että käteni tärisevät. Näen Kärppälän Tommin tulevan kumarassa hiipien talon kulmalta ja katselevan ympärilleen. Vatsaani sattuu ja tunnen siellä liikkuvan aaltomaista pyörrettä. Kiinni jäämisen tunne on niin voimakas, että painun kumaraan.

Muistan, että nuolen imukuppiin pitää sylkäistä ja valutan sylkeä kuppiin. Suu tuntuu kuivuneen jännityksestä ja minulta pääsee yskäisy.

"Vai täällä pikku inkkari kyttää Willeriä", Tommi huudahtaa ja osoittaa minua nallipyssyllä.

"Käet ylös ja jousipyssy tänne".

Minä hypähdän taaksepäin ja asetan nuolen kannan värisevin sormin jousen jänteeseen. Sitten tähtään, vedän narun kireälle ja päästän irti. Läsähtäen nuoli iskeytyy Tommia otsaan.

"Hyi saakeli mitä limmaa", Tommi kiroaa ja pyyhkii silmilleen valuvaa sylkeä hihalla.

Hän ottaa nuolen, tempaisee jouseni ja paiskaa kummankin Veturitallin rinteeseen. Sitten Tommi painauttaa minut vatsalleen maahan ja pitää käsistäni kiinni. Hän istuu päälleni, enkä meinaa saada henkeä.

"Likkainen kalapianaama, päästä heti inkkari vappaaksi", Jussi seisoo edessämme.

"Willeri otti nuolen ja heitti jousen pusikkoon", minä sanon itkua vääntäen.

"No ku limasella nuolella räiskii", Tommi ärähtää ja nousee päältäni.

19. SAIRAIDEN SAKKI

Kuulin, ettet saanut myötätuntoa.
Sinua ei tuettu sairautesi kanssa.
Piikit ja kotiin, seuraava potilas.
Viiden minuutin ihminen.
Minusta tuntui pahalta.

Herään voimakkaaseen uneen, joka lipuu hetkessä unohduksiin. On puoli neljä aamuyöllä ja vielä pimeää. Niskojen vääntö kääntää pään vasemmalle. Siinä se saa pysyä tyynyä vasten jännittyneenä. Yön pimeydessä pelot vyöryvät yli. Näen niiden tulevan ja tunnen niiden voiman nousevan. Ajattelen lukuisia ihmisiä, jotka tälläkin hetkellä valvovat ja kärsivät kipuja. Lähetän heille hyviä ajatuksia ja toivon rauhaisia unia. Tiedän, että on niin paljon ihmisiä, jotka usein öisin valvovat unettomina ja kivuissaan. Olen tutustunut muutamiin heistä sosiaalisen median vertaistukiryhmässä.

Vähitellen rentoudun ja hyvän olon aalto käy lävitseni kuin tuulenvire. Hymy on jossain olemassa ja tunnen sen saapuvan. Hymy tulee sisälleni ja valaisee sydämeni. Lempeä hymy ja samassa olen jo sylissä. Minun on hyvä olla, pelot painuvat takaisin kuin tummat pilvet. Nukahdan taas.

Ajattelen aamuyön muistoa lapsuusvuosien kesälomamatkalta äidin ja isän mukana. Muisto on tullut mieleeni äitini vuoksi. Alzheimerin tauti on edennyt siihen vaiheeseen, ettei äiti enää selviä yksin. Menen mieluusti hänen sijaishoitajakseen, sillä saamme olla äidin kanssa kahden ja keskustella monista asioista, joista haluaisin häneltä kysellä.

Olemme puhelimessa usein muistelleet vanhoja aikoja, varsinkin äitini nuoruusvuosia. Nyt voimme raatailla kasvotusten. Näen myös, kuinka äidin arkipäivä sujuu sairauden tässä vaiheessa.

Vaimoni ei pysty töiden vuoksi lähtemään mukaan, mutta hän on iloinen, että minä saan tavata äitini ja pystyn lähtemään matkalle sairaudestani huolimatta.

Sairastamani servikaalisen dystonian vuoksi minun on vaikea nukkua selälläni, enkä voi mennä Kemijärvelle yöjunalla makuuvaunussa.

Katselen junalippuja netistä ja huomaan, että VR:llä on tarjousmatkoja istumapaikoilla. Löydän päiväliput ja kohta ne kilahtavat kännykkääni.

Soitan äidille ja juttelemme hänen kanssaan pitkään. Nauramme ja puhumme, että meillä tulee hauska viikko yhdessä. Saan vielä hyviä ohjeita tekonivelleikkaukseen menevältä isäpuoleltani.

Hän on rauhallinen, jykevä mies. He asuvat vanhempieni rakentamassa omakotitalossa kauniilla paikalla, Kuikkalammen rannalla. Muutimme sinne, kun olin teinipoika.

Minä tapasin kalastella lammessa ja uida paljon. Muistan lammen pienet mustat ahvenet ja sen, kuinka lämmin vesi mutapohjaisessa lammessa oli. Siihen aikaan rannassa oli vene ja laituri, nyt on vain ranta ja muistot.

Aion nauttia muistoista ja keskusteluista äitini kanssa loppuun asti. Seisomme äitini kanssa muistojen rannalla ja katselemme mennyttä maailmaa yhdessä.

Ennen lähtöäni minun täytyy kuitenkin selvittää seuraavien dystonian hoitoihin liittyvien botuliinipiikkien aika ja paikka.

Meilahden osastosihteerin puhelin hälyttää, mutta kukaan ei vastaa ja lopulta puhelu palaa vaihteeseen. Vaihde ohjaa minut soittamaan ajanvaraukseen ja antaa numeron.

Soitan siihen ja kuuntelen taukomusiikkia muutaman minuutin, kunnes laitan kännykän kaiuttimen päälle. Puuhailen jotain rauhoittavaksi ajatellun musiikin tahdissa.

Sama kappale on soinut viisitoista minuuttia, kun ajanvaraus vastaa. Hoitaja kysyy tiedot minulta ja kertoo, ettei aikaa ainakaan vielä näy. Hän tietää Lohjan sairaalan lääkäripulan ja antaa numeron, josta voin kysyä ajanvarausta.

Soitan numeroon ja tällä kertaa kappale on maukasta kitarasoundia, jota kuuntelisi kauemminkin, mutta hoitaja vastaa soolon aikana. Hänen äänensä on ystävällisen virallinen. Meilahden sairaalan potilasmäärät ja soittomäärät ovat suuria. Minä olen vain sirpale koneistossa ja yritän välttää jauhautumista siihen. Selitän tilanteeni ja hoitaja on heti kartalla. Minkäpä hän tilanteelle voi.

Hoitaja kertoo, että koska Lohjan sairaalaan ei ole vielä saatu neurologia, potilaat hoidetaan Meilahdessa. "Iltaisin ja ylitöinä".

Ylilääkäri ei ole antanut kuitenkaan vielä lupaa kesäkuun aikoihin, joten hän ei voi ottaa kantaa minun tilanteeseeni. "Voisiko aikaa nopeuttaa", kysyn, mutta hoitaja ei usko sitä. Hän arvioi, että asia selviää kesäkuun alussa ja kutsu tulee sitten.

"Lohjan sairaalan potilaat hoidetaan koko sakki samassa ryhmässä jonain iltana", hän sanoo.

Meidän pieni harvinaisten sairauksien ryhmä on sairaalalle sakki, kas kuin ei säkki. Edes ihmisistä ei puhuta. Asenteet paljastuvat usein sivulauseissa, joissa ne lipsahtavat kuin sammakot lammikkoon.

"Kesäkuun alussa kutsu tulee, jos on tullakseen", hoitaja sanoo lopuksi.

Suljen kännykän ja tunnen seisovani käytävällä, joka päättyy jonnekin tyhjyyteen. Ajattelen, että piikitys, jos se tapahtuu hoitajan kertomalla tavalla ylitöinä, on varmaan nopeaa toimintaa.

Illalla pakkaan tavarat viikon Lapin matkaa varten, päätän sovittaa kaiken yhteen reppuun.

Katson vielä ensimmäisen erän jääkiekon MM-kisojen Suomen pelistä ja menen nukkumaan. Aamulla aikaisin on lähdettävä bussilla kohti Helsingin asemaa.

20. LUMOTTU SEINÄ

Enkeli lenteli
mistähän lenteli.
Seinällä lenteli.
minne se lenteli.

Ruskeassa seinämässä on monta riviä reikiä. Jokaisen reiän alla on numero ja osassa niistä tappi, jonka päästä roikkuu musta johto. Seison keskellä lattiaa pää ylöspäin kenossa ja katselen suu raollaan johtoja, jotka päättyvät johonkin seinämän reikään työnnettyyn mustaan tappiin. Kuulen puhelimen soivan ja keittiössä joulupuuroa sekoittava tätini kurkkaa ovesta. Täti pyytää minua keittiöön hämmentämään riisipuuroa, ettei se palaisi pohjaan. Hän asettaa kauhan kattilan reunalle odottamaan. Nopein askelin täti harppoo huoneen nurkassa sijaitsevalle tuolille ja asettaa kuulokkeet korvilleen. Hän vastaa jotain ja sanoo yhdistävänsä. Nopein sormin täti nappaa tapin seinästä ja painauttaa sen reikään, jossa on kolme valkoista numeroa. Kurkin tädin tekemisiä ja ajattelen, miten hän pystyy liikuttamaan ihmisten ääniä työntämällä tapin seinään.

Katsellessani minä mietin seinää, jonka sisällä risteilee sanoja ja ääniä kohti jotain kaukana olevaa ihmistä. Entä jos keskustelut voisi yhdistää, niin että täysin vieraat ihmiset tapaisivat tuntemattoman ja löytäisivät uuden ystävän. Seinä on mielestäni kuin lumottu. Saisipa siihen vielä kaiuttimen, jonka kautta kaikki puheet kaikuisivat huoneeseen.

Minä istun keittiöjakkaralle kattilan eteen ja alan liikutella kauhalla erilaisia kuvioita hiljalleen sakeutuvassa puurossa. Tavallisesti minusta on hauskaa seurata puuroon syntyviä kuvioita, jotka katoavat nopeasti.

Nyt kuitenkin pirtissä tapahtuu niin jännittäviä asioita, että kauha pysähtyy seuratessani tädin puuhia. Ihailen hänen liikkeitään ja seinällä liikkuvia nopeita sormiaan lumoutuneena. "Herätys Harri, riisipuuro pallaa pohojaan", täti huudahtaa kääntyessään seinämän edestä. Hän on havahtunut pohjaan palavan puuron tuoksuun. Hätkähdän ja huomaan, että kauha on unohtunut paikalleen. Täti juoksee lieden ääreen ja alkaa kiivaasti hämmentää. Hän ei toru minua, sanoo vain, että riisipuuro palaa herkästi pohjaan, jos ei sitä hämmennä koko ajan.

Minua nolottaa koska jäin taas kiinni haaveilusta. Menen sohvalla nukkuvan punaruskean pystykorva Pikin luo ja silitän sitä. Koira huokaisee syvään ja vilkaisee minua. Nuopeasti se lipaisee silittävää kämmentäni ja painauttaa päänsä sohvatyynylle.

Katselen maalaistalon pirtin seinämällä olevaa puhelinkeskusta. Toisessa nurkassa on suuri veivattava puhelin. Serkkuni Minna, joka on saman ikäinen kuin minä, on kertonut, että se on muisto vanhoilta ajoilta.

Jos puhelimen suurta kampea vääntää nopeasti ja kauan, niin silloin pirahtaa keskuksen puhelin. Me olemme Minnan kanssa kokeilleet kammen vääntämistä, ja minä sainkin keskuksen puhelimen pirahtamaan. Täti juoksi vastaamaan ja kysyi mihin yhdistäisi puhelun.

"Korvatunturille", minä sanoin ääntäni muuttaen. Me kuuntelimme käsi suun edessä naurua pidätellen musta luuri kädessä. Meistä oli hauskaa saada Minnan äiti vastaamaan puhelimeen, mutta tämä tietysti tunnisti ääneni ja arvasi jekun. Hän torui meitä ja kielsi enää leikkimästä vanhalla puhelimella.

Seinämä on kuin elävä olento. Näen mielessäni siellä liikkuvat viivat, jotka kulkevat ulos kohti toisia taloja, kauas Rovaniemelle tai Helsinkiin asti. Ajattelen sen olevan lumottu seinä, joka avaa reittejä tuntemattomiin maailmoihin.

"Joskus puhelimeen soitetaan ulkomailtakin ja puhutaan englantia", Minna on kertonut.

Minä vilkaisen tätiä, joka on keskittynyt puuhiinsa keittiössä. Pörrötän raukeaa Pikiä, ja astelen sitten varoen nurkassa sijaitsevan keskustuolin viereen. Puhelinkeskuksen taikaseinä on lumoava. En pysty enää vastustamaan sisälläni aaltoilevaa voimaa, joka vie kättäni kohti seinämää. Tartun metalliseen tappiin, jonka täti juuri oli painauttanut paikoilleen. Tappi on kuin magneetti, joka imaisee sormeni siihen kiinni. Tappi hehkuu kuumana ja punaisena. Se polttaa sormissani ja tunnen kummallisen, kuuman värinän, äänien lämmön sormissani. Sanat pyrkivät ulos johdosta ja vaativat päästä matkaan. Kirjaimilla on kiire löytää perille. Ajattelen, että polte on sisällä tapissa olevien sanojen aiheuttama. Sanat ovat matkalla kohti jotain korvaa ja haluavat kaikki olla ensimmäisiä. Niillä on taakkanaan tarinoita ja juoruja, joiden on löydettävä kuulija.

Sanat tunkeutuvat reiän kautta ulos ja kieppuvat sisällä, kunnes pujahtavat avoimesta ikkunasta ulos sinitaivaalle kuin pääskyt. Yritän saada sanoja nopeammin matkaan ja kiskaisen tapin irti. Työnnän sen toiseen reikään ja yhdistän sanojen virtoja taikurin tavoin, joka liikuttaa sauvaa. Nopein liikkein, kuin lumottuna irrottelen loputkin tapit ja näen äänien kieppuvan toistensa ympärillä kuin häkistään karanneet kanarialinnut.

Painelen tappeja seinän reikiin ja ajattelen mielessäni, miten sanat lennähtelevät ulos seinän takana alkavaan vapauteen ja valitsevat itse kuulijansa. Nyt niitä ei mikään pidä orjinaan. Kukaan ei niitä ohjaa pakolla. Sanat ovat vapaita kuin perhoset. Tai kimalaiset, jotka valitsevat omat kukkansa niityllä.

Pian olen vaihtanut kaikki tapit uusiin paikkoihin ja tehnyt niistä erilaisia kuvioita. Katson tyytyväisenä työni tulosta ja astun taaksepäin. Pysähdyn keskelle lattiaa ihailemaan seinää.

Ajattelen äänien iloista sorinaa, kun ne kohtaavat uusia, mielenkiintoisia sanoja ja tutustuvat tuntemattomiin. Olen lumoutunut tekemästäni ja kuulen mielessäni rasahduksia ja vingahduksia, kun äänet hankautuvat toisiinsa.

Lumoukseni rikkoutuu kovaan rämähdykseen. Keittiössä on pudonnut kattilan kansi lattialle ja kuulen kauhan putoavan kolahtaen hellalle. Keittiöstä kuuluu kiljaisu ja täti juoksee keskusnurkkaukseen.

"Kauhiaa Harri, mitä ihimettä sinä olet teheny, nyt on puhelut sekasin", täti huudahtaa. "Miten mie nyt ossaan pallauttaa kaikki puhelut", hän vaikeroi.

"Vielä joulutoivotuksia ihimiset oli soittamasa", täti huokailee ja alkaa ulkomuistista siirrellä tappeja, joiden numeroista hän näyttää muistavan suuren osan.

Pian keskuspuhelin alkaa pirisemään vaativasti. Täti pyytelee anteeksi ja lupaa yhdistää heti uudelleen. Lumous on haihtunut ja seinä muuttunut pelottavaksi, ruskeaksi jättiläiseksi, jossa on reikiä ja niistä tulee pitkiä sormia, kuin mustekalan lonkeroita. Ne osoittavat minua syyttävästi ja kurottuvat ottamaan kiinni.

Minä juoksen ulos ja pakenen lumisen pihan poikki aitan taakse. Siellä on turvapaikkani, lumilinna, jonka nurkkaan syöksyn itkua tihrustamaan. Ajattelen lonkeroita, jotka kulkevat seinästä vaativina ja syyttävinä.

Niillä on kiire päästä perille ennen joulua. Lonkerot ovat täynnä ääniä, jotka etsivät korvaa, joka kuulisi niiden viestin. Samalla jotain märkää painuu korvaani, minä säikähdän, äänet ovat löytäneet minut.

Pehmeä kuono tuntuu tutulta ja lämpimältä. Nostan varovasti päätäni. Pikin märkä lipaisu nenässä kutittaa. Koira on tullut etsimään minua tutusta piilopaikastani.

"Harrii, alahan tulla sieltä", äidin ääni kuuluu pihasta ja minä kömmin Pikin perässä tunnelista ulos.

"Ja nyt, viivana sissään, kauhia minkä sotkun ja metakan sait aikaan". Äiti on kädet puuskassa oven edessä ja komentaa minua pyytämään tädiltä anteeksi.

Menen sisälle Pikin perässä. Täti ei ole onneksi kovin vihainen. Hän on saanut linjat yhdistettyä ja selitettyä tilanteen.

"Onneksi on joulunaika ja ihimisillä joulumieli", täti sanoo ja pyytää kaikkia joulupuurolle. Tädin miehen kanssa metsällä ollut isäkin tulee sisään, ja Piki haukkuu niin että seinät raikuvat.

21. VIIDAKKOLINJA POHJOISEEN

Onnistujat eivät kiinnosta,
vähemmän menestyjät,
pärjääjät pikkuisen.
Selviytyjät menkööt,
voittajat hävitkööt,
epäonnistujat tervetuloa.

 Kävelen sorakatua kohti linja-autoasemaa. Bussi Helsinkiin lähtee kymmentä vaille kahdeksan. Olen perillä yhdeksän maissa ja ehdin mukavasti junaan ennen kymmentä. Vettä tihuuttaa hiljalleen, mutta en halua matkaan sateenvarjoa, sillä nautin tihkusateesta. Reppu painaa mukavasti selkääni. Siinä on sisällä kaikki mitä matkaani tarvitsen. Pidän siitä ajatuksesta, että kaikki on matkassa ja kulkee repussa. Elämässä on muutenkin liikaa kaikkea, hyödytöntä ryönää, riesaksi asti. Tulen linja-autoasemalle ja näen bussin olevan jo poikittain ovien edessä, se on Pohjolan Liikenteen auto.

Käyn kurkistamassa edessä ja varmistan pääteaseman. Innoissani en huomaa kyltissä mainittuja pieniä taajamia. Olen unohtanut käsitteen viidakkolinja. Nimellä tarkoitetaan bussivuoroa, joka koluaa pienimmätkin kyläpysäkit ja viipyy matkalla puolta pidempään kuin pikavuoro.

Bussin ovi avautuu ja nuori, parrakas mies tervehtii ystävällisesti minua. Ilmoitan määränpään ja maksan neljätoista euroa. Vähän ihmettelen hintaa, koska mielestäni sen pitäisi olla hieman korkeampi.

Katselen itselleni paikan, jossa voin antaa pääni rauhassa vääntyä vasemmalle. Istahdan penkkiin ja asettelen repun viereeni. Auton ovet sulkeutuvat ja bussi nytkähtää liikkeelle.

Vilkaisen kelloa, joka on vasta kahtakymmentä vaille kahdeksan. Äkkiä muistan lasteni Helsingin matkat ja tarinat linjoista, jotka kiertävät kaikki kylätiet ja pysäkit. He kutsuivat niitä viidakkolinjoiksi. Lähetän vaimolleni viestin. Hän kysyy, nousinko sinivalkoiseen bussiin, jos en, niin olen viidakkolinjalla. Kysyn, moneltako tämä on perillä ja pian kuulen, että varttia vaille kymmenen. Minulla on siis parikymmentä minuuttia aikaa kävellä Kampista asemalle. Ehtisin helposti, ellei bussi ole myöhässä.

Koska aikaa on reilusti kulutettavana, soitan äidille. Puhelimessa hän vaikuttaa virkeältä ja läsnä olevalta. Hänen kanssaan on mukava jutella. Äidillä on oma mielipide lähes joka asiaan. Hän tuo elämää kokeneen ihmisen näkökannan keskusteluun. Se ei välttämättä ole aina yleisen mielipiteen mukainen, mutta siitä olen vain iloinen.

Olen hänen kanssaan juteltuani nähnyt usein elämän uudessa mittakaavassa. Tämä kaikki on katoavaa ja me olemme vain vierailijoita tässä maailmassa.

"Mutta nautitaan matkasta", äiti tapaa sanoa. "Elämän pienistä iloista".

Pikkusiskoni Kirsi on hoitanut äitiä nyt alkuviikon ja tulee välillä kertomaan neuvoja äidin hoidossa. Alzheimerin tautia sairastava äitimme on siinä kunnossa, ettei hän enää selviä omin avuin. Puuron keitto aamuisin menee useimmiten hyvin, mutta muu ruoka on omaishoitajan valmistettava.

Dosettiin valmiiksi annostellut lääkkeet äiti muistaa ottaa, mutta usein hän unohtaa syöneensä aamun tai illan annoksen.

"Äiti kippaa uuen satsin, jos silimä välttää", siskoni kertoo puhelimessa. "Kaupassa on tietysti käytävä yhdessä äidin kanssa ja kävelylle mentävä mukaan".

"Juoksulenkillä voit käyä äidin päiväunilla, se nukkuu niin sikeästi", Kirsi sanoo.

Pikkusiskoni kertoo, kuinka äiti yhtenä aamuna kysyi häneltä, että "Siinäkö sinä juutas nyt olet, entä toitko viimeinki sieltä tilalta maalaisjuustoa tuliaisiksi".

"Minähän olen sinun tyttäresi", siskoni oli vastannut.
Lopetamme puhelun ja minä jään miettimään, millaisen äidin kohtaisin kotona. Minua hieman huolettaa, kuinka pärjään koko viikon kahdestaan äidin kanssa.

Viidakkolinja kiertää kaikki kauniit maalaismaisemat. Bussimatka on kattava tutustumismatka harvemmin vierailtuihin pieniin taajamiin Läntisellä-Uudellamaalla. Toinen toistaan kauniimpia kivinavettoja seisoo jykevinä tien laidassa. Vihdin Jokikunta on eräs idyllisimmistä maalaiskunnista, jonka olen nähnyt. Aina kun ajelen pienen kylän läpi, ihailen sen vehreää jokisuistoa, kumpuilevia mäkiä, hyvin hoidettuja peltoja ja kauniita maalaisrakennuksia. Saavumme Vihdin kirkonkylään vajaan tunnin ajon jälkeen.

Olemme edenneet parikymmentä kilometriä ja Helsinkiin on vielä viisikymmentä. Auto pysähtyy jatkuvasti ja koukkailee sivuteiltä vaikuttaville reiteille. Alan ymmärtää mistä nimi viidakkolinja on tullut.

Nummelaan saavumme yhdeksän jälkeen ja matka etenee siitä eteenpäin vauhdilla. Välillä koukataan tietysti pari metsätaivalta, mutta pian aletaan jo lähestyä Helsinkiä.

Perille Kamppiin tullaan jopa viisi minuuttia etuajassa, joten ehdin hyvin asemalle. Etsin raiteen yhdeksän ja vaunun kaksi.

Nousen Intercity-junan toiseen kerrokseen ja katson paikkani. Edellisen kerran matkustin istumapaikalla armeijassa. Silloin kävin Imatralla Rajakoulua ja matkustin yöjunalla Kemijärvelle. Nuorena ja terveenä sellaista reissaamista jaksoi.

Nyt huomaa kaikesta, että tekniikka on tullut VR:n vaunuihin. Istuimen vieressä on pistokkeet kännykän lataukseen ja langaton verkko toimii juohevasti.

Nautin tästä junan liikkeestä ja rytmistä. Juna ei varsinaisesti kolkuta niin kuin ennen, vaan humisee eteenpäin lievästi jyräten ja keinahdellen. Istun toisen kerroksen takanurkassa ja niskatuki narisee koko ajan, mutta olen jo immuuni vähäiselle niskojen narinalle.

Ohitamme Lapuan ja tulemme pian Kauhavalle. Monet muistot kulkevat mieleni läpi kilometrien aikana. Alun jännityksen jälkeen niskani ovat rauhoittuneet, eikä dystonian oireita juurikaan tunnu. Ainoastaan jos keskityn johonkin, vaikka katsomaan ikkunasta tiettyä kohtaa maisemassa, niskani jäykistyvät ja vääntö vasemmalle alkaa.

Rennosti päätä sivulle nojaamalla ikkunaverhoa vasten, voin kirjoitella pädille ja oloni on lähes oireeton. Matkakirjaksi olen ottanut Barbara Demickin kirjan Suljettu maa. Kirja kertoo kuuden Pohjois-Koreasta loikanneen ihmisen tarinan. Junassa on mukava lueskella. Annan ajatuseni levätä lauseissa. Kirjan puhutteleva sanoma sopii hyvin radanvarren karuihin maisemiin.

Ambulanssi viilettää junan viereistä tietä, en tiedä, että se on pieni enne tulevasta yöstä ja äidistäni.

22. MANSIKAT JA MORRIS MINI

Tänään
kaipasin kotiin
veturitallin törmälle.
Piilopaikkaan
punaisten marjojen alle
vattupensaiden suojaan.

Nousemme veljeni kanssa hiljaisina veturitallin törmää. Jussin kädessä heilahtelee isän pitkä heittovapa, minun taskussani peltinen vieherasia.

"Rik-ki, rik-ki", ääni taskussani on syyttävä. Näen mielessäni vieheen perässä lipuvan hauen selän, suurena kuin tukin kylki. Nyt edessämme on kotiinpaluu ja toivomme, ettei isä olisi kotona.

Koulusta tullessa olin kuullut suuresta hauesta, joka oli jäänyt tulvien jälkeen Veturitallin rannan lammikkoon. Kerroin hauesta Jussille, joka innostui heti.

Vilkaisimme komeron ovea. Kotona ei ollut muita. Isä oli iltavuorossa asemalla, äiti töissä kahvilassa, Katri vielä koulussa.

Isän kalastusvälineet, pitkä heittovapa ja rasia täynnä vieheitä, perhoja ja uistimia. Jussi nappasi vavan ja minä vieheet.

Nyt rasian laitoja vasten napsahtelee yksi puolikas vaappu. Ainoa jäljellä oleva viehe täydestä rasiasta. "Rik-ki, rik-ki".

Olimme yrittäneet haukea pari tuntia ilman yhtään nykäisyä. Vuorotellen olimme heitelleet vieheitä hauen viereen. Yksi toisensa jälkeen uistimet olivat jääneet lampareen juurakoihin kiinni, niin että siima oli riuhtoessa katkennut.

Lopulta yksi vaappu oli saanut hauen huomion. Kala oli seurannut viehettä ja avannut suuren kitansa.

Muistan tilanteen kuin hidastettuna, vaikka se tapahtui nopeasti.

"Jättihauki iskee", veljeni huudahti ja tunsin kouraisun vatsassani.

Hauki lipui kohti, suuri kita avautui ja puraisi vieheen poikki. Minä nostin puolikkaan vaapun ilmaan polvet vavisten. Apeana palaamme retkeltämme. Vieheet ovat jääneet juurakoihin ja näen isän seisovan puurivitalon kulmalla. Kävelen hitaasti jättäytyen veljeni taakse. Polveni tärisevät sillä isän ilme on tuima. Sanomatta mitään hän ottaa vavan veljeltäni ja vieherasian minulta.

Isä tuntee vieherasian keveyden ja ravistelee sitä katsoen samalla meitä tiukasti. Puolikas vaappu kolisee rasiassa kuin noppa arpajaisissa. Arvaan, ettei se ole voittoarpa.

Pihan perällä Jurmun setä vahaa valkoista Morris Miniään. Isä heilauttaa sedälle kättä ja tämä vilkaisee meitä vihaisesti mennessämme sisään.

Äiti itkee makuuhuoneessa ja kertoo, että Jurmun setä on käynyt huutamassa meillä kotona. Olimme sotkeneet hänen uuden ja vasta pestyn autonsa mädillä mansikoilla.

Mansikat saimme pakettiautosta, joka kierteli Asemaperällä myymässä marjoja. Menimme pyytämään maistiaisia ja leppoisa setä antoi meille pussillisen vanhentuneita mansikoita.

"Maistiaisia poijat, syökäähän kaikki", hän sanoi ojentaessaan pussia.

Me ryntäsimme talon päätyyn napsimaan harvinaisia herkkuja, mutta mansikat olivat enimmäkseen vanhoja mätiä löllöjä. Söimme kelvolliset, mutta pahanmakuisia jäi vielä yli puoli pussia. Jussi huomasi pihan perällä puhtaana kiiltävän Morriksen.

Auto oli päätyasunnossa asuvan veturinkuljettajan silmäterä. Hän oli yleensä mukava meille, mutta kiivastui, jos teimme jotain kuritonta tai kiusasimme hänen tytärtään.

Vaikka Anni oli pihan paras kaverini, niin joskus tein hänelle kiusaa saadakseni huomiota. Usein sain sitä myös Annin isältä, ja osasin pelätä Jurmun setää.

Tällä kertaa innostus ja ympärillä hyörivät kaverit peittosivat pelkoni. Pian minun viskaamani ensimmäinen mädäntynyt mansikka lensi uljaassa kaaressa yli pihan ja läiskähti puhtaalle, valkoiselle katolle.

Mansikka hajosi auton pellille ja täytti sen punaisilla pisaroilla. Minusta auto näytti kauniilta ja vilkaisin veljeäni tyytyväisenä. Hänen ilmeensä ja katseensa saivat hymyni hyytymään. Jussi katsoi Jurmun ovea kohti.

"Nyt karkuun Harri", veljeni huudahti ja pinkaisi pakoon. Jähmetyin paikalleni mansikkapussi kädessä. Naapurin setä harppoi vihaisena kohti. Viime hetkellä jalkani alkoivat toimia. Juoksin minkä pystyin, mutta Jurmun sedän koura huitaisi pääni yli ja tarttui hiuksiin. Kipu repi päänahkaani sedän tiukassa otteessa.

Veturitallin jyrkkä törmä ja sakeat vattupensaat tulivat avukseni. Jurmun setä kaatui pensaikkoon kovan kiroilun säestämänä. Hieroin päänahkaani ja kuulin rytinän, mutta en uskaltanut katsoa taakseni. Juoksin henkeni edestä hiustupsua köyhempänä.

Syöksyin rinnettä alas läpi vattupensaiden, ylitin veturitallin pihan ja ohitin kääntösillan. Juoksin niin kovaa kuin pääsin, ylitin kiskot ja pingoin kohti rantaa. Puhina takanani hiljeni ja ajattelin päässeeni pakoon.

Nyt pakomatkamme on päättynyt. Isä iskee viehelaatikon pöydälle ja asettaa vavan komeroon. Hän komentaa meidät istumaan keittiön tuoleille odottamaan tuomiota.

Pitkän ajan jälkeen isä palaa keittiöön ja istuu meitä vastapäätä. Tuiman näköisenä isä sanoo, että on päättänyt lähettää meidät kasvatuslaitokseen.

Isän mielestä me olemme sen tarpeessa. Hän sanoo poliisiauton tulevan noutamaan meidät iltapäivän aikana. Voimme ottaa mukaan koulureput ja siihen kirjat.

Minun vatsaani kihelmöi, pyörre nousee päähän ja humisee
korvissa. Menemme veljeni kanssa huoneeseemme. Vilkaisen
itkevää äitiä ohi kävellessämme ja näen hänen selkänsä
hytkyvän.

Tultuamme huoneeseen veljeni sulkee oven ja virnuilee
innoissaan.

"Tämä on kuule Hartsu kova juttu, aatteles mitä jätkät sannoo",
hän suhahtaa.

Jussi kävelee ympäri huonetta rehvastellen ja pohtii ääneen,
miten saisi kerrottua kavereille lähdöstä. " Ja pollariautolla
vielä, voi helekutin kuustoista ".

Minä en tiedä olisinko innoissani vai peloissani. Olen
rajamailla ja ajatukseni ovat törmällä kypsyvissä vatuissa.
Mehukkaissa herkuissa, joita tapasin syödä ja poimia mukiin.
Nyt vatut keräisivät toiset.

Veljeni innostuksen mukana kuitenkin sytyn ajatukselle, että
pääsemme jännittävälle reissulle. Uusi kokemus saa
kiinnostukseni heräämään ja mietin, pärjäisinkö siellä.

"Sanot vaan mulle jos kiusataan, niin Torkan nyrkki heiluu",
Jussi pyörittelee rystysiään silmieni edessä.

Minä olen tyhjä sisältä kuin viimeinen mohikaani
pakomatkalla. Näen suosikkikirjani kulman pilkistävän patjan
alta ja muistan, etten ole palauttanut sitä vieläkään.

Olen oppinut lukemaan ja kirja on kesken reuna taitettuna.
Otan kirjan ja tungen sen reppuuni. Veljeni on jo ovella
odottamassa. Menemme keittiöön ja isä käskee pihalle
odottamaan poliisiautoa.

"Me tulemme äidin kanssa sitten teitä katsomaan
kasvatuslaitokseen, jos olette ottaneet opiksenne, pääsette kotiin
takaisin", isä sanoo vakavaan äänensävyyn.

Minä vilkaisen makuuhuonetta kohti nähdäkseni äidin, mutta
ovi on kiinni. Polveni menevät hervottomiksi ja olen kompastua
mattoon, kun astun veljeni perässä ulos.

Pihalla on hiljaista ja veljeäni harmittaa yleisön puute. Aurinko
paistaa vielä korkealta, vaikka on jo lähes ilta. Pääskyset

kaartelevat poutapilvien alapuolella, pieni tuulenvire hyväilee kasvojani. Vatsassa on kumma tunne, sinne valuu sulaa metallia, mutta se on kylmää.

Samalla veljeni näkee viereisen rivitalon pihalla Kärppälän Tommin ja huitoo innoissaan. Tämä heilauttaa kättään ja menee sisälle. Veljeäni harmittaa ja hän kiroilee hiljaa, ettei isä kuule.

"Koko piha tyhyjä, näkkeeköhä kukkaan pollariautoa, toivottavasti se tulee pillit vinkuen ja valot vilikkuen", Jussi vaikeroi.

Minä katselen tielle ja kuulen lähestyvän auton äänen. Vatsanpohjassani kihelmöi ja polvet valahtavat tunnottomiksi. Olo herpoaa pakettiauton ajaessa ohi. Odottelemme loputtoman kauan poliisiautoa, jota ei kuulu eikä näy.

"Tulukaahan koppelon poijat sissää sieltä norkoilemasta", portaille tullut isä huutaa.

Äiti istuu keittiön pöydän ääressä pää käsien varassa. Hän ei itke enää, mutta nytkähtelee. Isä katsoo meitä vakavana ja sanoo onnistuneensa perumaan kasvatuslaitokseen lähettämisen. Ainoa ehto olisi se, että me halaisimme äitiä ja pyytäisimme anteeksi.

"Jurmun sedältä saatte käyä pyytämässä anteeksi, luppaatte, ettette ennää sotke autoa", isä sanoo ja katsoo meitä silmiin.

Veljeni kasvot valahtavat, pettymys jännän jutun peruuntumisesta on vaikea kestää. Halaamme äitiä ja pyydämme anteeksi.

"Polliisiauto, voihan vitjatti, ainaki tunti piti pihalla törröttää, onneksi ei ehitty leuhkia tästä kellekkää", Jussi meuhkaa.

Minä otan patjan alta kirjani ja kuvittelen mielessäni, että olisin karannut kasvatuslaitoksesta kuin viimeinen mohikaani.

Illalla, ennen nukahtamista juttelemme vielä isän keksimästä tavasta kasvattaa meitä. Veljeni sanoo, että pelottelu kasvatuslaitoksella ja poliisiautolla oli isän mielestä varmaan hyvä idea säikäyttää meidät kilteiksi.

Minä ajattelen, että kyllä se säikäyttikin, mutta veljeni mielestä suurin rangaistus oli pettymys, kun poliisikyyti peruuntui.

23. HERRA ALZHEIMER SAAPUU

Löysin arvokkaan rahan.
Rannalla joku vaihtoi
rahan uudempaan.
Kotona minua kadutti.

Kuka vaihtoi äitini.
Herra Alzheimer?

Veljeni soittaa junan ohittaessa Oulaisten aseman. Hän kysyy, moneltako olen Rovaniemellä ja lupaa tulla vastaan. Jussi sanoo, että menemme ensin syömään heille. Seuraavana päivänä jatkan hänen kyydissään tai bussilla Kemijärvelle. Jussi kertoo tapauksen kotoa tältä päivältä. Äiti oli lähtenyt keittämään kahvia ja huutanut keittiöstä, että mistä tänne uudenaikainen kahvinkeitin on tuotu. Veljeni meni keittiöön ja siellä lainehti tiskipöytä. Äiti oli unohtanut laittaa tuttuun kahvinkeittimeen kannun alle. Intercity-juna saapuu Rovaniemelle varttia vaille yhdeksän illalla. Matka on kestänyt vajaat yksitoista tuntia. Veljeni on vastassa asemalla, minä heitän repun autoon ja ajamme hänen kotiinsa.

Siellä syömme veljeni vaimon valmistaman aterian, saunomme ja katsomme jääkiekkopelin. Pelin jälkeen lähdemme nukkumaan.

Herään aamulla ja katson ikkunasta. Ulkona pomppii useampiakin jäniksiä. Veljeni kertoo, että ne syövät istutuksia. Pieni talvipoikanen viilettää pellon laitaa ja näyttää söpöltä.

Nousen ylös ja menen alakertaan. Jussi on valmistanut pekoniaamiaisen, joka maistuu kahvin kera. Sää on upea. Pellot ovat hieman kuurassa. Ounasvaaran rinteet näkyvät ikkunasta.

"Äiti on viety yöllä ambulanssilla sairaalaan", Jussi kertoo ja mieleeni tulee muistikuva junan ohi viilettävästä ambulanssista. Veljeni sanoo äidin pääsevän kotiin jo tänään, kunhan hänet ensin tutkitaan. Kiertelemme hieman ympäristössä, ja Jussi kertoo alueen värikkäästä historiasta. Paikkaa on pidetty aikoinaan sonnihakana ja siinä lähettyvillä on ollut myös sodan aikana vankileiri.

Ajamme päivällä Rovaniemen linja-autoasemalle ja nousen Sodankylään menevään bussiin, joka kulkee Kemijärven kautta. Ostan lipun ja istun etuosaan. Valitsen paikan, niin että voin katsoa vasemmalle, koska sinne pää kuitenkin vääntyy. Olisi noloa istua oikealle puolelle ja katsella koko ajan vieressä istuvaa.

Auto käy vielä mutkan rautatieasemalla ja suuntaa sitten kohti Napapiiriä. Maisema on kauniin karua. Porot ruokailevat tien varressa rauhallisesti, jängillä pilkottaa lumiläikkiä ja lampareissa on vielä jääkannet. En tarvitse muuta katsottavaa. Annan silmieni levätä rauhallisessa maisemassa.

Kemijärvelle saavuttuani soitan siskoni hakemaan minut bussiasemalta. Mielestäni järven vedenpinta on oudon alhainen. Mutaiset rannat näkyvät ulottuvan kauas väylille ja saarekkeita on noussut näkyviin.

"Miksi vesi on niin matalalla", kysyn kuljettajalta.

"Sillä suojellaan Rovaniemeä liialta vedennousulta", hän sanoo.

Muistan veden olleen näin matalalla silloin kun asuimme Asemaperällä. Me seikkailimme veden paljastamilla mutasaarekkeilla. Löysin sieltä kerran vanhan lantin ja toin sen rantaan.

Vanha mies, joka käveli rannassa halusi vaihtaa vanhan kolikon kanssani oikeaan markkaan. Vaihdoin sen silloin mieluusti ja ihmettelin, että vanhalla pinttyneellä lantilla sai oikeaa rahaa, jolla voi ostaa karkkia.

Nuorempi sisareni Kirsi tulee noutamaan minut ja ajamme kotiin. Hän kertoo äidin sairaskohtauksesta, jonka aikana joutui soittamaan ambulanssin. Hetki oli niin hätäinen, ettei edes hätänumero ollut muistunut hänen mieleensä. Onneksi tilanteesta selvittiin säikähdyksellä.

Kotona äiti makoilee väsyneenä makuuhuoneen sängyllä. Rutistan hänet hellästi syleilyyn ja äiti laskeutuu takaisin pitkäkseen. Hänellä on ankara päänsärky, joka ei meinaa hellittää edes lääkkeillä. Siskoni vie kylmägeelin otsalle ja äiti yrittää levähtää.

Juomme siskoni kanssa kahvit ja juttelemme. Meillä on hauskoja muistoja ja nauramme niille yhdessä. Miten se olikaan eilen, kun kaikki tapahtui ja nyt ollaan tässä. Äitikin tulee mukaan ja istuu jakkaralle juttelemaan.

Kirsi on lähdössä iltajunalla kotiinsa ja neuvoo minua lukemattomissa käytännön asioissa. Hän näyttää pyykinpesukoneen toimivat ohjelmat ja kertoo tiskikoneen oikuista, ohjeistaa lääkkeiden jaossa ja auton käytössä.

Auto on vanha ja vaatii joissain tilanteissa erityiskikkoja. Se ei aina käynnisty, luultavasti siksi, että starttimoottoriin on tullut kulumia ja toisinaan on yritettävä käynnistää useammin. Akku voi käynnistäessä tyhjentyä, joten on yritettävä uudelleen lyhyesti.

"Yleensä tarvitaan parikymmentä starttia, ennen kuin auto käynnistyy tai sitten akku loppuu", Kirsi kertoo.

Toinen ohje koskee vaihteita. Kolmonen menee helposti suoraan silmään ja auto nytkähtää risteyksessä eteenpäin ja sammuu siihen. Tämän jälkeen akun voi hädissään startata tyhjiin.

Seuraava neuvo on käyttää ensin vaihde kakkosella ja sieltä työntää ykkönen silmään, silloin matka lähtee sujuvasti liikkeelle.

"Tien päälle volkkari ei kertaakaan jättänyt", Kirsi sanoo.

Neuvoja ja asioita tulee niin paljon, että kysyn, voinko lähteä välillä käymään lenkillä. Siskoni lupaa ja sanoo laittavansa sillä välin kanafileitä ja salaattia. Minä lähden vaihtamaan juoksuvaatteet ylleni.

On nautinto ravata hiljalleen tuttua mäkeä ja ajatella samalla, että tätä tietä kuljin lapsena kouluun ja nuorena kesätöihin. Tämä tie on minulle ehkä merkittävin muisto lapsuuden Asematien jälkeen.

Juoksen myös ensimmäisen kouluni, Särkelän koulun ohi. Sinne liittyy monia muistoja ja koulupihaa katsoessani mieleeni tulee muisto toisen luokan liikuntatunnilta. Oli talviaamu ja kova pakkanen. Me kokoonnuimme suurelle pihalle jäädytetylle kentälle ja suurin osa koululaisista sitoi luistimet jalkaansa. Minulla ja parilla muulla lapsella ei ollut luistimia, joten opettajamme käski meidät kentän sivulle katselemaan. Opettaja oli pitkä mies, joka luistimet jalassa näytti suunnattoman suurelta.

Eräs luistelijoista huusi vähän ennen pelin alkua, että hänellä on kakkahätä.

"Paskanna housuihin", opettaja huudahti ja vihelsi pillillä pelin alkuun.

Minun on täytynyt säikähtää opettajan ääntä, koska se on jäänyt mieleeni. Ei se ollut edes karjaisu, vaan pikemminkin selkeä komento. Uskon, että koulukaverini saattoi totella opettajaa, niin iso auktoriteetti hän meille oli. Kukaan ei puhunut asiasta jälkeenpäin. Siihen aikaan, varsinkin miesopettajat olivat useimmiten karskeja ja etäisiä.

Jatkan juoksuani alamäkeä Kemijärven rautatieaseman ohi Asematielle. Tuttu ja muistoja täynnä oleva reitti vie ohi lapsuudenkotini ja veturitallin. Ilmassa on keväistä tuoksua ja sää on poutapilvinen.

Otan kuvan veturitallin mäestä. Siitä laskettiin lapsena rattikelkalla. Kääntösilta on yhä veturitallin edessä ja tukeilla lastatut vaunut peittävät tien rantaan.

Viimeinen Asematien puurivitaloista on palanut ja jäljellä on vain peruskivet, jotka on kerätty kasaan. Katselen ja kuvaan niitä. Muistan, kuinka siellä asuivat Kärppälän pojat, joiden kanssa leikimme lapsena.

Tulen kotiin ja käyn suihkussa. Oloni on lenkin jälkeen hyvä ja keittiöstä tulee herkullinen ruuan tuoksu. Siskoni ja äitini ovat valmistaneet kanafileitä, salaattia ja paistettuja perunoita. Kerään suuren annoksen eteeni. Olen jättänyt liian pitkän ruokailuvälin ja käteni tärisevät. Ruokailun päälle otamme kahvia ja menemme olohuoneeseen juttelemaan. Äidin päänsärky ei meinaa hellittää. Kirsi käy jäägeelin ja asettaa sen hellästi äidin otsalle. Kuuden jälkeen laitan saunan lämpiämään ja vien siskoni asemalle. Halaamme Kemijärven asemapihalla ja lähden takaisin kotiin äitiä hoitamaan. Muistan ohjeet vaihteista liikennevaloissa ja ajo sujuu hyvin. Vanha kunnon volkkari, oiva ajopeli.

Palattuani takaisin totean vähän huolestuneena, että olen nyt yksin vastuussa äidistä. Ajattelen sen tilaisuutena jutella ja muistella menneitä.

Saunan lämmitessä makoilemme makuuhuoneen sängyllä äidin kanssa vierekkäin ja annamme keskustelun virrata. On mukava kuunnella äitini lempeää tarinointia.

"Sinä et ole päästänyt katkeruutta sydämeesi, et vaikka olet joutunut kokemaan kovia aikoja elämässäsi," sanon äidille.

"Kovistakin kohtalon iskuista juttelet ilman katkeruutta".

Äiti myöntelee ja sanoo selvinneensä kaikesta säilyttämällä valoisan mielen. Siirrymme muistelemaan minun lapsuuttani ja äiti kertoo niistä ajoista, kun olin peukalopoika ja hän yritti vieroittaa minut peukalon imemisestä.

Äiti sanoo, että olin pienempi ja heikompi kuin isommat sisareni ja hän yritti suojella minua. Minulla oli lapsena usein angiina ja lääkäri määräsi hoidoksi penisilliiniä ja höyryn hengittämistä pyyhe pään päällä. Kerron muistavani hoidon ja sanon, että höyryävässä vedessä oli eukalyptuksen tuoksu.

"Sitä laitettiin kuumaan veteen muutamia tippoja" äiti kertoo.

Keskustelumme aikana äiti nukahtaa ja minä asettelen peiton hänen päälleen. Kävelen keittiöön ja laitan vielä kahvia tippumaan. Sitten otan pädini ja alan kirjoittaa päivän tapahtumia muistiin. Minulla on hyvä olla keskustelumme jälkeen. Katson kymmenen uutiset ja lueskelen pöydällä olevaa Lapin Kansaa. Kello yhdentoista aikaan kuulen makuuhuoneen oven avautuvan. Ajattelen äidin menevän pissalle vessaan ja palaavan nukkumaan.

"Kuka perkele meiät on tuonu tänne paleleen", äiti sanoo karskilla äänellä ja seisoo eteisessä käsiään yhteen hieroen. Nyt on edessäni toinen ihminen. Toinen äiti, jonka kanssa äsken keskustelimme ja muistelimme hellästi menneitä. Tämä äiti ei tunne minua. Hän on kyllä äitini, mutta puhuja on Herra Alzheimer, joka alkaa syyttää minua salajuonesta, jossa olen toisten mukana. Olemme juonineet hänen oikean omaishoitajamiehensä livahtamaan vieraisiin naisiin. "Perkeleen rontit, minua ette huijaa pipopäät".

Alkaa ronski kiroilu, syyttely ja haukkuminen, joka kertoo äidin verrattomasta verbaalisesta lahjakkuudesta. Lopulta hän rauhoittuu ja makoilemme taas vierekkäin menneitä muistellen. Hän kertoilee isoisästään, joka raivasi kauas korpeen maatilan. Äiti muistelee isovanhempiensa ja isänsä luonteita niin monin ja tarkoin sanankääntein, että nukahdamme kumpikin niihin tarinoihin.

Minä herään rapinaan, joka syntyy, kun äiti hiipii eteiseen. Hän menee vessaan, niin kuin arvelenkin, mutta sieltä alkaakin kuulua puhelimen painikkeiden ääniä. "Saatanan pukki, huorissa vain kulet", kuulen äidin ärisevän ja ymmärrän, että hän puhuu miehelleen sairaalaan. Kuulen äidin kiroillen sättivän isäpuoltani siitä, että tämä on lähtenyt reissuun huoraamaan ja jättänyt hänet tänne jonkun oudon tyypin kanssa. Äiti palaa makuuhuoneeseen ja kysyn mihin hän soitti. Äiti kertoo saman minkä jo kuulin ja sujahtaa makuulle korkean peittopinon alle. Täkeistä huolimatta hän kuitenkin palelee. "Eteisestä tullee kylymää vetoa" äiti valittaa.

Juttelen jotain rauhoittaakseni hänet ja nukahdamme siihen.

Puoli yhdeltä herään kovaan kolkutukseen, joka kuuluu ulko-ovelta. On hämärä ja tajuan, että joku hakkaa kovalla esineellä ulko-ovea. Kurkistan ikkunasta ja näen vanhemman miehen seisovan porrastasanteella. Hän on selin, enkä tunnista miestä. Avaan ikkunan ja näen tutun naapurin isännän seisovan portailla. Hän kääntyy katsomaan ja sanoo isäpuoleni soittaneen heille sairaalasta, että täällä on kuulemma joku hätä. Naapuri on minulle tuttu mies lapsuudesta, mukava ja auttavainen ihminen. Hän seisoo vaimonsa kanssa ovella, kun menen avaamaan. Kättelen heidät ja pyydän sisään. Naapurit tulevat makuuhuoneen ovelle ja äiti alkaa heti rummuttaa syytöksiään juonittelusta. Hänet on kuulemma jätetty tänne ja pakotettu vangiksi salajuonella. Naapurit näkevät mikä on tilanne ja lähtevät pois. Ovella naapurin emäntä neuvoo minua piilottamaan äidin puhelimen. Minä otankin sen yöpöydälleni. Yhden maissa kännykkä soi. Isäpuoleni kertoo pyytäneensä naapurit katsomaan meitä äidin puhelun vuoksi. "Huorissa son perkele", viereeni hiipinyt äiti haukkuu kovalla äänellä. Minä ojennan puhelimen hänelle ja isäpuoleni saa äidin rauhoittumaan. Yllättäen äiti muuttuu taas ja pyytää anteeksi. Lopuksi sovimme, että menemme seuraavana päivänä yhdessä katsomaan isäpuoltani sairaalaan, lopetamme puhelun ja nukahdamme uudelleen.

Puoli neljältä aamuyöllä herään siihen, että äiti seisoo vaatteet päällä ovella ja kysyy kovalla äänellä, mitä minä urvelo vielä nukun. Hän kertoo meidän lähtevän nyt sinne sairaalaan niin kuin sovittiin. Yritän selittää, että on aamuyö ja siellä nukutaan. Äiti vastaa ryöpyllä kirosanoja ja luonteeni arvioita, etten tiennyt hänen osaavankaan sellaisia sanoja. Pyydän äitiä tulemaan sänkyyn nukkumaan, niin menemme seuraavana päivänä yhdessä sairaalaan. Äiti haistattelee minulle pitkät ja sanoo menevänsä yksin, vaikka kävellen. Samoin tein hän painelee ovesta ulos.

110

Näen ikkunasta äitini harmaatukkaisen hahmon kävelevän rivakasti tietä pitkin kohti naapuria. Minulla tulee kiire ja juoksen alusvaatteet ylläni, paljain jaloin äidin perään. Saan hänet kiinni naapurin pihalla ja käännytän lempeästi, mutta päättäväisesti takaisin. Hän tulee kotiin sisälle, mutta livahtaa hetkessä, kuin salamanteri takaisin ovesta. Tällä kertaa hän ehtii naapurin ovelle asti ja haluaa keskustella tutun emännän, hänen oikean ystävänsä kanssa. Minä en anna hänen soittaa ovikelloa ja äiti huutaa kovalla äänellä apua. Hän onnistuu potkaisemaan naapurin ovea ja jatkaa huutamistaan. Lempeästi, mutta lujasti tartun äitiä olkapäistä ja talutan hänet kotipihalle. Siinä kävelemme edestakaisin, kunnes äiti suostuu tulemaan sisälle.

Nyt istumme olohuoneessa. Äiti suostuu ottamaan aamulääkkeet ja Alzheimer-laastarin. Hän katsoo minua ja sanoo minun olevan vartija, joka on määrätty pitämään häntä vankina.

Äiti haluaisi omaan kotiinsa, joka ei ole täällä. Hänen oma kotinsa on toisaalla, samanlainen kuin tämä, mutta eri paikassa. Siellä ovat kaikki tutut, oikeat ihmiset. Eivät kaltaiseni tyhmät pipopäät.

On pelottavaa kohdata täydellinen muutos omassa äidissään täysin yllättäen. Herra Alzheimer saapui taloon, otti komennon ja nyt odotan pitkän ja raskaan yön jälkeen, että tuttu äitini palaisi takaisin.

Huoli ja jännite äidin tilanteesta on uuvuttanut minut ja se on kustu dystonialle. Huomaan, kuinka pääni kääntyy kohti vasenta olkavartta. Kipu nousee niskoista päähän ja näkökenttään tulee sahalaitakuvioinen migreeniaura. Näköhäiriö laajenee, enkä pysty enää lukemaan. Menen lepäämään ja yritän etsiä asentoa, jossa pystyisin nukahtamaan.

24. VETURITALLIN TAKANA AARRESAARI

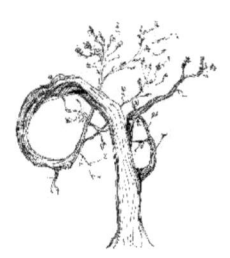

*"Istun saran reunalla
papan vieressä penkillä.
On kaunis, aurinkoinen,
lämmin kesäpäivä.
Papalla on koivunoksia,
hän sitoo vastoja ja juttelee.
Olen onnellinen."*
Vaimoni lapsuusmuisto

Kaatopaikka, joka on radan sivussa veturitallin takana, vetää meitä Asemaperän lapsia puoleensa. Helsingin pikajunan vaunut tuodaan sinne siivottaviksi ja usein sieltä löytää jotain jännää, ainakin tyhjiä limupulloja kauppaan vietäväksi. Vaunuista löytynyt jäte heitellään muutaman neliön aitauksen sisään.

Vaunuista siivotun tavaran kaatopaikka on mielessäni paikka lempikirjastani *Aarressaari*. Olen oppinut lukemaan, koska äitini ei ehtinyt lukemaan minulle lehtiä. Aloin itse keksimään puhekupliin sanoja.

Minä olen Jim Hawkins, kajuuttapoika, joka on löytänyt Billy Bonesin matka-arkusta aarrekartan. Nyt olemme Pitkä John Silverin kanssa matkalla Asemaperän Aarresaarelle, joka on täynnä ihmeellisiä tavaroita, joita junassa matkustaneet ihmiset ovat hylänneet tai unohtaneet vaunuihin.

Tiedämme, että roskapaikalta löytyy todellisia aarteita. Olemme Timin kanssa löytäneet sieltä kerran kynälamputkin. Rikkinäiset tosin, mutta muuten hienot ja käyttökelpoiset, varsinkin poliisia ja rosvoa leikkiessä.

Pitkä John Silver on Anni, paras kaverini asematalojen pihalla. Hän on kanssani matkalla Aarresaarelle. Papukaija Flintin kuvittelemme Annin olkapäälle.

"Pihkura soikoon, vauhtia vetelykset", papukaija sanoo Annin äänellä. Kirjassa papukaija Flint on kova kiroilemaan, mutta Anni ei suostu sanomaan oikeita kirosanoja.

Yöjunan vaunujen siivouksen jälkeen koko veturitallin takamaasto tyhjenee jännittävän hiljaiseksi. Siniset vaunut veturitallin takana ovat kuin laivan hylkyjä. Päätepysäkki on sorakenttä, joka ulottuu Kemijoen rantaan asti. Sieltä voi nähdä useita väyliä ja korkeita saaria. Mielikuvitukseni luo seikkailun tunteen, joka alkaa jo veturitallin kääntösillan jälkeen.

On edettävä varovasti, sillä kääntösillan ja veturitallin hoitaja on mielikuvituksessamme *Aarresaari* kirjan Pew, sokea kerjäläinen, joka joukkoineen jahtaa kanssamme aarretta. Olemme vahvoilla, jos hän ei näe meitä veturitallin tornista tai kääntösillan kopista.

Vierelläni hiipivä Pitkä John Silver kysyy, "Hei Jim, kuinka se Pewi voi nähdä meidät", kun se on sokea.

"Sillä on raakoja apureita ja sitäpaitti merirosvoilla on kuues aisti", minä sanon.

"Mikä se kuues aisti on kajuuttapoika Jim", kysyy Annin olkapäällä kököttävä kapteeni Flint.

"Aavistus, höntti papukaija lintti", minä kuiskaan papukaijan kysymykseen.

"Höntti lintti, höntti lintti, höntti", Flint alkaa hokea Annin äänellä ja minä asetan sormen huulilleni.

Meillä on kiire päästä tutkimaan Aarresaaren löytöjä, sillä tiedän, että niitä etsimään on matkalla muitakin. On ehdittävä ennen heitä, sillä himoitut aarteet, tyhjät limsapullot ja muut löydöt vievät muuten viereisten talojen merirosvot.

Kurkin piilopaikastamme kohti veturitallista kauempana sijaitsevia puurivitaloja, mutta en näe ketään. Kärppälän pojat eivät ole varmaan vielä heränneet. Ovat olleet yökalassa, minä ajattelen.

Vaikeinta on pitää hiljaisena Annin olkapäällä kälättävää papukaijaa, kapteeni Flintiä, aarteen kätkijää.

113

"Aarre on tuolla, aarre, aarre, aarre"', papukaija selittää kovalla äänellä, vaikka yritän vaientaa sitä. Onneksi kääntösillan päällä on valtava dieselveturi, jonka taakse juoksemme suojaan. Tulemme veturitallin taakse. Piki ja ratapölkyt tuoksuvat väkevästi. Aurinko kuumottaa ja taivaalla liikkuu suuria tummia pilvirykelmiä. Ukkosta on ilmassa ja punertavasta seinämästä hohkaa paahtava kuumuus. Lähdemme radan vierustaa seuraten hiipimään kohti vaunuja.

Pitkä John Silver kysyy mihin aarre on kätketty ja papukaija hänen olkapäällään alkaa taas kailottaa aarre-sanaa.

Asetan sormen kurkulleni ja vedän sen yli merirosvovaroituksen. Olen oppinut sen kirjoista.

"Kurkkumme leikataan auki, jos he saavat meidät kiinni", minä sanon.

"Vai auki, hehhee, taitaa kajuuttapoikaa Jimillä pelottaa, hiiohoo", Pitkä John Silver nauraa möreällä äänellä.

"Vaiti senkin pitkä piraattiryöväri", minä suutun, koska karskit merimiehet eivät naureskele ryöstöretkillä.

Tulemme vaunujonon päähän ja hiippailemme sen vierustaa kohti harmaalautaista kehikkoa. Sinne vaunusiivoojat ovat tyhjentäneet jätteet ja muun matkustajien jättämän roinan. Meille ne roinat ovat aarteita. Teemme sieltä löytöjä joka kerralla.

Tiedän, että olemme paikalla ensimmäisenä, koska roskien seassa on pulloja. Niitä keräävät kaikki Asemaperän aarteenetsijät. Palautuspulloilla saa kaupasta karkkia ja hyvällä tuurilla sarjakuvalehden.

Noukimme Pitkä John Silverin kanssa pulloja nopeasti ja viemme ne lautakehikon taakse turvaan. Korkeassa keossa on sanomalehtiä, tyhjiä savukeaskeja ja muita matkustajilta jääneitä jätteitä.

"Hei, täällä on intiaanin kuva", Anni huudahtaa ja unohtaa roolinsa.

"Hota- päänsärkypulveria, tosi hyvä löytö Pitkä John Silver", sanon.

Paperipussissa on tomahawk kädessä vaanivan intiaanin kuva ja minä taittelen sen taskuuni. Tutkimme kaikki sen päivän siivouksen jäljet. Löydämme pari pidempää sarjakuvasivua sanomalehdistä ja varsinaisena aarteena Jerry Cottonin, jonka kannessa seisoo rosvo lentokoneen siivellä pyssy kädessä. *"Kanisterit soittaa siivellä "*, Anni tavaa kannen tekstiä. "Ei ne mitää kanistereita ole, näytäppä mulle sitä kottonia", sanon ja alan lukea otsikon tekstiä. *"Ganisterit soittaa siivellä* tässä lukee", sanon tyytyväisenä lukutaidostani. Mitään muita jänniä löytöjä emme tee ja minä olen hieman pettynyt. Olin toivonut löytäväni linkkuveitsen. Oikean linkkarin, jonka terän voisi kääntää sisään. Olen nähnyt sellaisen kaupassa, mutta minulla ei ole ollut siihen koskaan riittävästi rahaa. Pulloja on nyt kuitenkin tavallista enemmän ja ehdimme kerätä kaikki talteen ennen toisia aarteenetsijöitä. Viemme pullot veturitallin taakse, vattupensaiden alle kätköön. Sovimme, että käymme yhdessä iltapäivällä viemässä ne kauppaan ja ostamme karkkia. Äkkiä Anni muistaa, että hänen pitää lähteä äitinsä kanssa sovittamaan uutta mekkoa ompelijalle ja niin pitkä John Silver poistuu helmat hulmuten ylös veturitallin törmää hieman vasenta jalkaansa ontuen.

Kajuuttapoika Jim Hawkins seisoo nyt yksin aarrekasalla. Katselen pulloriviä, jonka olemme rahdanneet pensaiden suojaan ja käyn sisäistä painia, jonka tunnen häviäväni. Pulloja on niin paljon, että rahoilla saisi linkkarin, mutta silloin joudun pettämään Pitkä John Silverin. Pettäisin uskollisen toverini ja samalla pihan parhaan kaverini.

Mielessäni kuljen kaupan käytävää ja katselen linkkareita. Niitä on tangossa muovipakkauksista roikkuen. Minä valitsen meripihkan värisellä kahvalla varustetun, koska olen nyt merirosvo. Ajattelen, että voisin tulla seuraavana päivänä keräämään uusia pulloja näiden tilalle, eikä Anni huomaisi mitään.

Sitä paitsi merirosvot ovat merirosvoja, minä päätän sisäisen painini ja juoksen kotiin noutamaan vintiltä kassia. Kerään pullot siihen ja kiirehdin kassia raahaten kauppaan.

Pieni liikekeskus on aamupäivästä täynnä asiakkaita. Pujahdan kassini kanssa viemään pullot kaupan takaosaan ja saan niistä myyjätädiltä kuitin. Katson numeroita siinä ja kävelen retkitarvikehyllylle. Koukussa roikkuu hieno linkkuveitsi upeassa paketissa. Summa, jonka sain pulloista, riittäisi sopivasti unelmaani. Näen hyllyssä myös hienon taskulampun, jonka valossa olisi mukava illalla peiton alla katsella kuvakirjoja.

Rahasumma lapulla ei kuitenkaan riitä siihen ja linkkaria olen haaveillut jo pitkään, ainakin pari viikkoa. Siitä lähtien kun näin sellaisen kaverillani Timillä. Hänellä oli tosin hienompi versio, jossa on korkkiruuvi ja pieni sahakin.

Ajattelen ontuvaa ystävääni Pitkä John Silveriä, joka parhaillaan sovittaa mekkoa ompelijalla. Hän saa vuoleskella joskus linkkarillani, päätän jälleen heränneen sisäisen kamppailuni.

Otan paketin ja kipaisen kassalle. Ojennan kuitin myyjälle ja juoksen ulos. Olen hetken Asemaperän onnellisin pikkupoika. Suorastaan lennän Asematietä pitkin.

Kotia lähestyessäni näen puurivitalon päätyasunnon pihassa valkoisen Morris Minin. Annin isä vahaa sitä parhaillaan. Syöksyn ojan pohjalle ja hiippailen sieltä varastojen taakse. Otan linkkarin paketista ja taitan sen auki. Terä kimaltelee mustien pilvivuorien välistä paistavassa auringossa. Ensimmäiset suuret pisarat putoavat viereeni ja ukkosen jyrinä kuuluu kaukaa järveltä, veturitallin yläpuolelta.

Juoksen varastorakennuksen suojassa kotia kohti. Autoa vahaava Jurmun setä sadattelee kovalla äänellä sadetta. Samalla päätynaapurin ovi avautuu ja Anni juoksee kuistille iloisesti nauraen. Hän huiskuttaa minulle.

"Hei Jim Hawkins, minä pääsin jo, voiaanki viiä niitä pulloja jo tänään kauppaan", hän huutaa.

Olen keskellä suurta hiekkapihaa ja pysähdyn. Taitan linkkarin kiinni ja tungen sen taskuuni. Tuntuu pahalta jäädä kiinni kaverini huijaamisesta, pala nousee kurkkuuni ja ensi kertaa kadun raskaasti tekoani. Olen nyt pettänyt merirosvotoverini Pitkä John Silverin ja samalla Annin, pihan parhaan kaverini. Olen tehnyt halveksittavan teon, jota oikea merirosvo ei voi tehdä koskaan toverilleen, paitsi jos on petturi. Ja sitä minä nyt olen. Olen pettänyt ystäväni luottamuksen. Seison sateessa ja kastun likomäräksi. Uutta, himoitsemaani linkkaria puristan taskussani rystyset valkoisina.

Näen Pitkä John Silverin iloisen naurun. Näen hänen huuliensa liikkuvan ja katseen odottavan käteni heilautusta, kutsua jatkamaan seikkailua ja matkaa myymään aarteemme. Ostamaan yhdessä jotain kivaa ja nauttimaan niistä kahdestaan. Tunnen petokseni aiheuttaman kivun, niin että minua alkaa oksettaa.

Lähden juoksemaan ja kuulen Annin huutavan perääni. Ryntään alas veturitallin törmää. Juoksen vadelmapensaiden läpi, enkä välitä niiden raapaisuista.

Juoksen yli kentän, ohi kääntösillan ja kopissa istuvan sokean Pewin, joka katselee minua ihmeissään. Juoksen poikki ratojen, aina rantaan asti.

Siellä hyppään raiteiden väliin ja pingon radan keskellä niin kovaa kuin pääsen. Yritän päästä karkuun petostani.

25. ÄITINI TARINAT

Olen unohduksen rannalla,
kadonneiden veneiden valkamassa.
Menneet kesät, rantakivien raapaisut,
rahinat pohjassa, elämän jäljet.
Äänet unohduksen rannalla,
kadonneiden veneiden satamassa.

On pelottava hetki, kun tajuaa, että oma äiti on enää vain tyhjenevä kuori. Kaikki muistot katoavat yksi kerrallaan. Minä olen hänen poikansa, mutta kuitenkin vieras tunkeilija ja kiusaaja. Olen äidin mielestä vanginvartija ja hän analysoi luonnettani terävillä, sisintä repivillä ilmauksilla. Käytössä ovat kaikki ihmisruumiin osat.

Saan kuulla ihmeellisiä tarinoita, joiden elävyyttä ja juonirikkautta dekkarikirjailijat voivat vain kadehtia. Kuulen arvailuja äitiä vastaan suunnitelluista salajuonista värikkäinä ja kieleltään rikkaina kuvauksina.

Äidin arviot minusta ovat osuvia ja luonteenpiirteeni mielenkiintoisia. Olen oppinut nopeasti, ettei omaishoitajalla ole arvoa Herra Alzheimerin vääristyneessä maailmassa.

Sanat leiskahtavat äidin suusta niin luontevasti, että ne huvittaisivat, ellei sanoja olisi oma rakas äiti. Sama äiti, joka muutamaa hetkeä aikaisemmin oli hellästi lähellä ja kertoi herkkiä muistoja lapsuudesta.

Päivän aikana äiti palaa takaisin. Hän alkaa puhella, me halaamme ja keitämme kahvit. Lähdemme kävelylle ja kuljemme hiljaa astellen kevätauringossa.

Meillä on onnellinen ja rauhaisa hetki. Osaan nauttia ja iloita tästä tilanteesta, sillä tiedän, että kaikki voi hetkessä muuttua.

118

Naapurit, jotka yöllä kävivät ovella, haravoivat lumen alta paljastunutta kellanvaaleaa nurmea. Haemme aamun lehden ja menemme juttelemaan. Yöllisestä käynnistä ei puhuta. Se on päätetty unohtaa. Keskustelemme ilmalämpöpumpusta, joka on ilmestynyt naapurin seinälle.

Kotona laitamme jauhelihakastiketta ja perunoita sekä salaattia. Puhelin soi usein ja viestit vinkuvat. Sisarukset soittavat yön tapahtumista.

Ruokapöydässä äiti alkaa kertoa tarinaa käynnistään samanlaisessa talossa kuin tämä kotitalo. Ihmettelen, missä vaiheessa hän siellä ehti käymään. Äiti hymyilee tietävän oloisena.

Päivälliseksi löydämme pakasteesta valmiin käristyksen. Lämmitämme sen ja pesen perunat kiehumaan.

Illalla Jussi tulee, lupaa lämmittää saunan ja hoitaa äitiä, niin että minä pääsen lenkille.

Aamulla herään vasta kahdeksan aikaan ja tunnen olevani täysin terve dystonian väännöistä. Uni on parantanut dystonian hetkeksi. Parantava uni.

Minun on hyvä olla. Katselen mäkeä alas lammelle. On niin kaunista, että päätän mennä rannalle aamukahville ja kuvaamaan.

Veljeni tulee takapihalle ja kertoo, että on lähdössä töihin. Hän on antanut aamulääkkeet äidille ja sanoo menevänsä töiden päälle Rovaniemelle.

Minä kävelen alas rantaan. Telkkäpariskuntia lentelee lammen ympäri ja linnut kokoontuvat vastarannalle. Tulen ylös, keitän aamupuuron ja äiti lähtee sänkyyn lepäämään.

Hänen tarinansa on tällä kertaa iso ja vihainen lääkäri, joka tunki yöllä väkisin lääkkeitä suuhun.

"Olikohan se ees lääkäri", äiti pohtii.

Päivällä käymme yhdessä tutussa kaupassa. Siellä on mukava kauppias, joka tapaa tervehtiä kaikkia asiakkaita. Äidille hän sanoo päivää parikin kertaa tullessaan hyllyjen välissä vastaan.

Kotona äiti pilkkoo tomaatit ja minä valmistan keiton. Tunnelma on puuhakkaan leppoisa. Äiti kyselee toistuvasti, missä hänen miehensä on. "Jalakaleikkauksessa sairaalassa", kerron aina uudelleen. "Kuinka monta jalakaa sillä oikein on", äiti tokaisee lopulta.

Iltapäivällä käymme isäpuoltani katsomassa. Sairaalahuoneessa on hiljaista, vaikka siellä on pari muutakin potilasta. Ankeus on huoneessa läsnä niin vahvasti, että minun tekisi mieli lähteä sieltä heti pois. Juttelemme puolisen tuntia ja pois lähtiessämme otamme mukaan sairaalan lainaamosta apuvälineitä kotihoitoa varten. Kävellessämme pihamaan poikki tunnen äidin nivelrikon runteleman käden sormeni iholla. Kotona juomme kahvit leipäjuuston kera ja lähdemme kävelylle. Äiti puhua pulputtaa koko ajan, muistelee menneitä ja tarinoi ihmisistä.

Palattuamme äiti alkaa uudelleen muistella tarinaa, jonka hän kertoi eräänä iltana, kun istuimme vuoteen reunalla vierekkäin. Muistan sen hyvin, koska sen tarinan ja lyhyiden unien jälkeen äiti katosi pitkäksi aikaa. Hänen tilalleen tuli syyttelevä ja kiroileva Herra Alzheimer.

Nyt äiti kertoo taas saman tarinan ja kyselee, että minnehän se Harri taas meni.

"Tässähän minä olen", sanon.

"No missä se kolomas sitte on", äiti pohtii.

26. PIILOPAIKKA

Ajattelen sellaista onnen hetkeä,
missä sulkee silmänsä ja se saapuu.
Onnen hetki lipuu mieleen,
kuin kuikka hiljaisessa lahdelmassa.
Tai veden pintaa liippaava pääsky,
joka kiitää sinitaivaalle.
Hetkeä, johon voisi jäädä.
Huomaa olevansa huoleton ja vapaa.
Voisi jäädä siihen hetkeen.
On onnellinen.

Pyöräilen Asematietä kohti veturitallin risteystä. On leppoisan viileä kesäilta ja tuuli pelmauttaa hiukseni otsalle. Pyyhkäisen niitä sivuun ja käännyn vauhdilla varastorakennusten kohdalta alas oikopolulle. Hiekka viurauttaa renkaita jyrkässä laskussa, mutta saan pyörän pysymään pystyssä. Oikaisen ojan pohjalla kivikon välistä kohti keltaisen varaston päätyä. Jatkan siitä oikealle puolelle jäävien maakellarien ja varastorakennuksen ohi, kun näen mustan auton tulevan kulman takaa. Tuulilasin läpi heijastuu hahmoja ja silmiini jää kuva auton rattiin, nyrkkiin puristuneesta kädestä, sitten jysähtää ja törmään auton keulaan.

Etupihalta, varaston vierustaa tuleva auto törmää pyörääni hieman sivuttain ja minä lennähdän konepellin yli hiekalle. Kipu kädessäni on voimakas ja purskahdan itkuun. Näen äitini juoksevan kotiovelta kohti kolaripaikkaa ja kuulen auton oven avautuvan. Kipu siirtyy sormiini, säteilee sieltä koko olemukseen ja tuntuu kuin päässä huimaisi.

"Sinä saaterin kaahari tulit viimisen kerran tähän pihhaan nuin kovvaa", kuulen äitini huutavan Sarriolle.

En jää odottamaan äitiäni tai autosta nousevaa Sarrion setää. Hyppään ylös ja pinkaisen juoksuun kotirivitalomme toista päätyä kohti. Siellä kopin vieressä naapuri pitää Lassiekoiraansa hihnassa. Koira on jo vanha ja hieman äreä. Ei kovin vihainen ja päällekäyvä, mutta haukkuu ohi mennessä niin kovaa, että kierrän sen yleensä kaukaa.

Nyt kipu sormissani on niin viiltävä, että juoksen nurmikolla istuvan koiran vierestä, eikä se näytä edes huomaavan minua. Kivusta huolimatta ihmettelen sitä ja jälkeenpäin ajattelen, että todellisten pelkojen ja kipujen kohdatessa katoavat pienet pelot. Ryntään talon päädyn ohi veturitallin rinteeseen ja syöksyn vattupensaiden suojaan. Kyhjötän siellä tutussa turvapaikassani ja roikotan kolarissa puskurin väliin jääneitä hervottomia sormiani hiljaa uikuttaen. Katselen suuria vadelmapensaiden oksia, jotka roikkuvat yläpuolellani.

Kaikkialta kuuluu kesän ääniä, lintujen laulua, hyttysten ininää ja mehiläisten pörinää. Hiki on liimannut hiukset otsalleni ja alhaalta, veturitallin ja ratapihan takaa, Kemijärveltä puhaltaa viileä tuuli. Tuoksu, jonka tunnen, on ratapölkkyjen, pien ja vattupensaiden sekoitus, kesäillan tuoksu. Päätän olla täällä piilossani koko kesän. Syön vattuja ja palaan vasta syksyllä takaisin.

Kyyhötän ja nyyhkytän siinä kättäni roikottaen ja puhallellen. Äitini ääni kuuluu veturitallin törmän päältä. Hän tietää minun piilopaikkani vattupensaissa ja löytää kohta luokseni.

Itken tyrskien äidin esiliinaa vasten. Hän katsoo sormiani, jotka ovat turvonneet muodottomiksi ja kertoo sanoneensa suorat sanat Sarrion sedälle. Tämä pitää takapihan varastossa myymälänsä tavaroita säilössä ja ajaa pihaamme kovalla vauhdilla.

"Se ajjaa siittä syystä niin kovvaa, että sais muka varkaat kiinni", äiti puuskahtaa ja minua alkaa hänen kiukkunsa naurattaa.

"Minä annoin kunnon huutia sille ja sanoin, että kaahailu loppuu tähän punaseen sekunttiin", äiti sanoo.

Hän puristaa minua kainaloon ja puhaltaa sormiini. Kipu alkaa hieman hellittää ja sormeni liikkuvat. Äiti kertoo, että onnekseni tulin sivuttain auton puskuria päin ja lennähdin siitä konepellin yli. Törmäyksestä ja vauhdikkaasta lennosta selviän kovilla sormikivuilla. Mieleeni jää tilanteesta muistikuva, jossa näen mustan auton, kiiltävän puskurin ja tunnen lentäväni ilmassa kuin lintu. Hiljaa leijuen putoan veturitallin törmälle. Katselen vattupensaiden alta ylleni kaartuvia oksia. Hehkuvan punaisten marjojen tuoksu on väkevä ja tekee minut onnelliseksi.

27. VANHUKSET NAVETASSA

Arjen onni.
Onnen kestävin muoto.
Aika kuluttaa sitä,
hioo ja muotoilee.
Syyt paljastuvat aikanaan.
Arki hioo ne esiin.
Onnen syyt.

Herätessäni mieleeni tulee muisto lapsuudestani. Makoilen veturitallin törmällä vattupensaiden alla ja katselen oksien lomasta sinitaivaalle. Tunnen kesätuulen ja vattujen väkevän tuoksun. Kuulen kirskuntaa, jonka tiedän aiheutuvan veturitallin kääntösillan liikkeestä. Olen usein rauhoittanut mieleni tuolla muistolla ja tunnen levollisen olon sisälläni. Dystonia on rauhoittunut hyvin nukutun yön aikana. Ulkona on aamusta pilvipoutaa, mutta nopeasti pilvet kerääntyvät harmaaksi massaksi Kuikkalammen yläpuolelle. Tuulikello kalisee rytmikkäästi. Telkkä lentää pönttöönsä tarkasti, ottaa hidastuksen siivet levällään ja sujahtaa reiästä sisään. Olen nukkunut yön äidin vieressä. Alzheimerin tauti on edennyt niin pitkälle, ettei äitiä uskalla jättää yksin nukkumaan koko yöksi. Varsinkin kun viime päivinä on sattunut yöllisiä karkaamisia ja ambulanssin soittoa vaatineita sairaskohtauksia. Yö on mennyt kuitenkin hyvin ja kurkkaan vierelleni. Äiti makaa ääneti harmaa pää seinää kohti kääntyneenä. "Hyvää huomenta äitirakas", minä sanon ja äiti käännähtää selälleen. Hän kertoo heränneensä jo kuudelta. Nousen keittämään aamukahvit ja sen päälle kaurapuuron. Syötyämme kysyn äidiltä, voisinko käydä lenkillä. Hän lupaa ja sanoo

124

pysyvänsä kotona lenkkini ajan. Halaan äitiä lujasti ja sanon, ettet saa lähteä mihinkään.

Juoksen alas mäkeä ja ajattelen ensin hölkätä Kemijärven keskustan läpi Pitkällesillalle ottamaan valokuvia. Juoksen Pelkosenniementietä ja ohitan vanhan omakotitalon, jossa lapsuudessani oli kauppa. Sitä sanottiin Kostamon kaupaksi. Pyöräilin sinne ostamaan karkkia aina kun sain rahaa. Kauppaan oli Asemaperältä matkaa kilometrin verran.

Kostamon kaupasta sai Kieku ja Kaiku- karkkeja, jotka maksoivat kaksi ja puoli penniä kappale, karkit maistuivat pehmeälle toffeelle ja niiden päällä oli kovettunut kuori. Hyllyjen alapuolelta löysin laatikon, jossa oli kapeita, pitkiä sarjakuvalehtiä. Ne maksoivat parikymmentä penniä. Lehdissä seikkailivat Tex Willer ja Kit Carson. Selailin sarjakuvia polvillani kaupan lattialla.

Juoksen Pelkosenniementien päähän ja käännyn Rovaniementielle, joka vie keskustaan. Katselen suurta kaukolämmön teollisuusrakennusta ja valtavaa piippua. Sen takana ovat Kemijoen väylät, kaukana niiden takana lopetettu sellutehdas ja siitä vasemmalla Perävaaran huvikeskus.

Hölkkään pyörätietä lähelle Kemijärven keskustaa, Uittoniemeen asti. Siinä kohdassa on toisella puolella entinen Unionin huoltoasema, jossa äitini hoiti kauan sitten kahvilaa. Siellä hän paistoi legendaarisia munkkejaan, jotka tunnettiin ympäri Suomea rekkamiesten kertomina.

Juoksen suojatien yli ja hölkkään lähes umpeen kasvanutta polkua uittorantaan. Tuttu rakennus, jonka rannasta aikoinaan lähdimme aamuisin järvelle, on yhä pystyssä.

Jatkan siitä kohti niemeä ja otan kuvia. Uittoniemessä on enää yksi laiva ja vanha uittovene. Muistan, kuinka kesätöissä ollessani ajelimme samanlaisella veneellä kovassa myrskyssä Kemijoen pääväylällä. Veneen keula oli aallokossa toisinaan lähes pystyssä, mutta se tuntui hauskalta. Nyt vene makaa hylättynä rannassa.

Vesi on niin alhaalla, että punaruskeaa maata näkyy kauas ulapalle. Mutaisessa maassa on siellä täällä pudonneita ja poisheitettyjä rautaosia. Mieleeni tulee paljon muistoja tästä lahdelmasta, niin täynnä elämää paikka oli aikoinaan. Juoksen Uittoniemestä poispäin ja muistelen monia muitakin tuon ajan tapahtumia. Tielle tullessani näen autojonojen lipuvan keskustasta kohti Särkikangasta ja Kemijärven asemaa. Elämä jatkuu, virtaa aina toisaalla ja poispäin. Minua alkaa jo huolettaa äitini, joka jäi yksin kotiin, sillä olen ollut lenkillä yli tunnin. Vettä alkaa tihuuttaa loppumatkasta ja tihennän vähän juoksutahtia.

Äiti on keitellyt sillä välin meille kahvit ja ennen suihkuun menoa istahdan juomaan kupillisen. Äiti alkaa muistella taas vanhoja aikoja. Hän muistaa hyvin menneisyyden ja minä uskon tarinoiden olevan nyt todenperäisiä. Kuuntelen mielelläni, olenhan luonteeltani tarinankerääjä.

Äiti kertoo eräästä nuoresta parista, jonka tunnistan hänen isovanhemmikseen. Kauan sitten he raivasivat tilan tiettömään Lapin korpeen.

Mies oli metsänostaja Tornionjoen varresta. Hän oli löytänyt talon paikan retkillään. Äidin isoisä raivasi maatilan ja toi nuoren vaimonsa Juotasjokea pitkin syvälle metsän keskelle.

Voimakastahtoinen nuori vaimo ei koskaan ymmärtänyt, miksi mies oli tuonut hänet sinne karuun korpeen. Hän puhui asiasta aina kun heille tuli riitaa.

Toisinaan riita kävi niin kovaksi, että äiti kertoi seinien rytisseen. Kaksi voimakasta tahtoa otti yhteen. Pieni tyttö oli pelännyt ja hänen lempeä äitinsä oli kietonut tytön kainaloonsa. Äitini kertoo, että taloon miniäksi tullut isoäitini jäi isäntäväen jalkoihin. Kerron muistavani hyvin isoäitini, joka oli herkkä ja hellä luonteeltaan.

Vuodet vierivät ja tilan korpeen raivannut aviopari vanheni. Tuli aika jättää tila seuraavalle polvelle. He jakoivat tilan ja metsän lapsilleen. Vanhukset eivät ymmärtäneet lisätä testamenttiin ehtoa elämän loppuun kestävästä

126

asumisoikeudesta ja se kostautui. He olivat tulleet nuorina korpeen, raivanneet tilan sinne ja jättäneet maat ja metsät lapsilleen. Nyt he olivat avuttomia vanhuksia.

Äiti kertoo, että vanhusten oma lapsi lupasi ottaa heidät sillä ehdolla kotiinsa, että saa mittavasta metsäpalstasta puolet. Perillinen muutti metsät rahaksi.

Kesän kynnyksellä, kun taloon oli tulossa häät, hän siirsi vanhukset pirtin nurkasta navetan parteen. Rähjäiset ja mässyttävät vanhukset olivat siellä pois juhlakansan silmistä. Sinne he myös jäivät.

Äitini kertoo, kuinka hän nuorena tyttönä kävi katsomassa vanhuksia. Elettiin alkusyksyä, eikä lehmiä ollut vielä navetassa. Kaikki parret olivat puhtaan valkeiksi kalkittuja ja yhteen parteen oli nostettu vanhuksille vuoteet. Siellä he makasivat vällyjen alla. Kyyneleet ryppyisillä poskilla. "Itkien lähin pois, olin vielä niin nuori, etten voinu mittää", äiti kertoo.

Hän sanoo hävenneensä vanhusten kohtaloa koko elämänsä ajan.

"Olen vaiennu siitä vuosikymmeniä, mutta nyt haluan kertoa, koska se painaa mieltäni", äiti sanoo ja pitää hetken taukoa.

Perillinen, joka oli muuttanut metsät rahaksi, joutui ottamaan heidät talven tullen sisälle, mutta väsyi vanhusten pitoon pirtissään. Hän oli mennyt kunnanisien luo ja sanonut, ettei jaksa huolehtia vanhuksista.

Vanhukset siirrettiin vanhainkotiin kauas toiselle paikkakunnalle, sinne mistä he olivat lähteneet kerran korpeakin raivaamaan. Tuo kunta oli velvollinen vastaamaan vanhuksien ylläpidosta, koska sinne he olivat veronsakin maksaneet elämänsä aikana. Aikanaan he sinne myös kuolivat.

Hautajaiset olivat karut ja niukat. Vanhukset haudattiin ja sen päälle mentiin muistotilaisuuteen. Oli hautajaiskahvien aika ja äiti kertoo, että enoni oli mennyt tiskille.

Silloin pöydässä istunut perillinen, joka ei ollut jaksanut vanhuksista huolehtia, oli pyytänyt ostamaan myös hänelle pullakahvit ja tuomaan pöytään.

Enoni oli kertonut äidille ajatelleensa, ettei täti pullakahveja ansaitse, mutta oli kuitenkin ostanut ja vienyt ne pöytään. "Hautajaiskahvitkin tuo perillinen maksatti muilla", äiti kertoo. Kysyn äidiltäni, että maksoiko elämä vanhusten huonon kohtelun takaisin.

Äitini sanoo, ettei hän koskaan huomannut tämän kantavan edes huonoa omaatuntoa asiasta. "Hän eli varsin tyytyväisenä osaansa".

"Hänen pojastaan tuli kylälle ankara juoppo ja metsärahat juoksivat kurkusta alas", äiti lopettaa tarinansa.

Olemme jutelleet niin kauan, että on aika laittaa nukkumaan. Iltayöstä alkaa kova myrsky, katto rymisee ja puut taipuvat tuulessa. Ovet narahtelevat ja aukeilevat. Tuulikello kalkattaa ulkona.

Äiti nukkuu sikeästi ja puhuu välillä unissaan. Minä mietin hänen tarinaansa, nuorenparin ympyrää, joka sulkeutui heidän kohdallaan vanhuksina karulla tavalla.

Pitkän päivän uuvuttamana tunnen niskojen vääntävän päätäni sivuun. Olen keskittynyt äidin hoitamiseen, niin että dystonia on unohtunut. Nyt se on huomannut hetkensä tulleen ja palaa takaisin kivut mukanaan.

28. KORTTIRINKI TAKAHUONEESSA

Elämä jakaa kortit.
Niillä on pelattava.
Risaisilla korteilla
Lopulta ne ovat parhaat
Ainakin omat.

Sarrion setä on isäni kaveri jo nuoruuden päiviltä. Hänellä on Kemijärvellä huonekaluliikkeen lisäksi kahvila ja nakkikioski. Isällä on usein tapana käydä hänen liikkeessään. Olen tällä kertaa päässyt mukaan, koska koulun kesäloma on juuri alkanut. Halusin mukaan, vaikka tiedänkin isäni voivan viipyä liikkeessä kauan. "Vanhoilla kamuilla juttua piisaa", hän tapaa sanoa. Isä kampaa lainehtivan tukkansa auton taustapeiliin katsoen. On alkukesän aurinkoinen päivä ja isä on käärinyt paidanhihansa. Hän pudottaa kouraani muutaman kolikon, nousee autosta ja menee liikkeeseen. Minä käyn läheiseltä kioskilta uuden Tarzanin ja purukumin, jossa on kuvallinen keräilykortti.

Sinä päivänä isä tuntuu viipyvän kaverinsa kaupassa vielä pidempään kuin tavallisesti. Ehdin lukea lehden läpi ja alan katsella ohikulkijoita. Kuumuus käy autossa niin sietämättömäksi, että minun on noustava ulos. Juoksentelen kadulla ja harjoittelen pikajuoksua. Lopulta päätän mennä liikkeeseen. Sisällä on hiljaista ja hämärää. Viileys tuntuu hyvältä iholla. Seison hetken paikoillani huonekalujen keskellä ja nautin kuuman kadun jälkeen viileydestä. Myyntitiskin vieressä on metallijalkainen metallikuppi, joka haisee tupakalle. Siinä on painike, jota tapaan painauttaa, kun pääsen isän mukana sisälle, mutta nyt en uskalla.

Katson salin kalusteita, hyllystöjä ja isoja, muhkeita nahkakalustoja, joissa on päätä huimaava tuoksu. Myyjiä tai asiakkaita ei liikkeessä näy. Asetan käteni pöydällä humisevan tuulettimen eteen, se napsahtelee osuessaan suojaristikkoon. Kävelen liikkeen takaosaan vievän paksun oviverhon viereen ja kuulen miesten puhuvan äänekkäästi. Menen ovelle ja avaan sitä hieman. Kurkistan myymälän keittiöön ja takahuoneeseen vievälle käytävälle. Kovaääninen keskustelu katkeaa nauruun ja huudahduksiin. Minua jännittää ja samalla kiinnostaa nähdä mitä huoneessa tapahtuu. Siirrän verhon syrjään ja kävelen keittiöön. Siellä on vain ruokapöytä, kahvikuppeja ja suuri pannu keskellä pöytää. Kävelen takahuoneen ovelle, kerään rohkeutta ja avaan sen.

Tupakalle, kahville ja pinttyneelle hielle tuoksuvan huoneen keskellä on suuri pyöreä pöytä, jonka ympärillä istuu miehiä pelikortit kädessä. Pöydällä, pelaajien edessä on setelinippuja ja korkeita kolikkopinoja.

Katselen kaltevia kolikkotorneja ihmetellen, miten ne pysyvät pystyssä. Näen erään liikkeen myyjistä nauravan ja lyövän kortit pöytään. Nopealla huitaisulla hän pyyhkäisee pöydän keskeltä kasan kolikkoja ja nuhruisia seteleitä. Rahat kahmaissut setä on tuttu. Hän tapaa jutella minulle, kun käyn kaupassa isän mukana.

Kuuntelen oven edessä remakkaa naurua, juttelua ja älähdyksiä. Sakea tupakansavu kiemurtelee kuin käärme kohti kattoa. Naurut, sanat ja huudahdukset kaikuvat huoneen seinistä kuin pingispallo. Savut ja äänet sekoittuvat toisiinsa, kiertyen pöydän yläpuolella roikkuvan ruskean varjostimen pölyisiin hapsuihin.

"Harri hei, tuleppa tänne", isän ääni kuuluu pöydän takaa.

Kävelen isän vierelle ja katselen hänen edessään olevaa kolikkopinoa. Isällä on savuke suupielessä, hän katselee tiiviisti kortteja kädessään ja siirtää setelipinosta rahaa pöydän keskelle.

"Käväseppä ostamassa jäätelö kioskilta, isä tulee kohta", hän sanoo ja ojentaa muutaman kolikon pinosta.

Minä otan rahat ja lähden huoneesta. Ulos tultuani kävelen mäen ylös ja ostan torin laidan kioskilta vaniljatuutin. Menen auton takapenkille ja syön nautiskellen jäätelöä. Autossa on kuuma ja kylmä tuutti maistuu hyvältä. Syön niin hitaasti, että jäätelö alkaa sulaa. Valkoisina vanoina se valuu leualle ja tipahtelee paidalleni. Isä viipyy kaupassa pitkään ja ehdin lukea sarjakuvalehteni toiseen kertaan. Saapuessaan hän sanoo, etten saa kertoa kotona korttipelistä. Kotiin tultuamme syön makkarakeittoa ja lähden pyörällä käymään Timillä. Leikimme hänen Matchbox-autoradallaan ja käymme läpi Tarzan-korttikokoelmiamme. Purukumin mukana tulevia keräilykortteja tulee tosinaan samanlaisia ja niitä vaihdellaan innokkaasti.

Timillä on kortteja puolet enemmän kuin minulla. Hänellä on muutama harvinainen kortti, joista yhden haluaisin omaan kokoelmaani. Yritän tarjota vaihdossa kahta korttia, joita minulla on useita samanlaisia, mutta Timi ei suostu, koska niitä on hänelläkin monta.

Minä katselen ympärilleni ja tajuan, että Timillä on kaikkea enemmän kuin minulla. Huoneen nurkassa ovat kiiltäväteräiset jääkiekkoluistimet ja Koho-maila odottamassa talven pelejä. Pöydällä on uusi kasettinauhuri, jonka kävimme yhdessä ostamassa Kemijärven keskustan sähköliikkeestä.

"Minä haluan kasettimankan", Timi sanoi äidilleen kerran. Olin tuonut hänen kuunneltavakseen pienen, litteän nauhurin. Isä oli saanut sen lainaan Sarriolta ja me olimme Jussin kanssa nauhoittaneet siihen radiosta Sladea.

" Tuo sitten loppurahat takaisin ", Timin äiti sanoi ja ojensi pari seteliä.

"Saanko ostaa kasetinki", Timi kysyi ja hänen äitinsä nyökkäsi hymyillen.

Minä ymmärsin sillä hetkellä, että on olemassa kaksi eri maailmaa ja rahalla pääsee niistä parempaan. Raha on piletti taikamaailmaan.

Pääsimme keskustaan Timin isän kyydillä ja menimme liikkeeseen. Timi käveli mankkojen luo ja myyjä alkoi esitellä niitä.

Timi valitsi radiolla varustetun mallin, johon voi nauhoittaa radiosta tai sisäisestä mikrofonista. Kasetteja myymälässä ei ollut kuin vanhempaa tanssimusiikkia ja yksi Deep Purplen kasetti, joka oli myyjän oma.

"Saat kaupan päälle", myyjä sanoi ja otti kasetin tiskillä olevan mankan pesästä.

Nyt Timillä on pöydällä jo useita kasetteja pinossa. Katselen niiden nimiä ja otan yhden käteeni. Se on CCR:n uusin kasetti. Avaan sen ja laitan Travelin' Bandin soimaan.

29. MATKALLA KOTIIN

On luotettava sydämeen,
omaan mieluiten.
On uskallettava olla mieltä,
vaikkei olisi mieliksi.

Kello on varttia vaille viisi aamulla ja Kemijärven linja-autoasemalla on hiljaista. Toukokuu on yli puolessa, vettä tihuuttaa ja rakennuksen yläkulman valvontakamerassa on vesipisaroita linssin päällä.

Viikko sijaishoitajana on takana, kokemusrikas ja monella tavalla opettava viikko. Näin ja koin viikon aikana paljon, kuulin äitini kertomana muistoja menneestä ja tiedän nyt missä vaiheessa hänen sairastamansa Alzheimerin tauti on.

Pysähdyn pohtimaan ihmisen matkaa tässä elämässä, lähtöasemaa ja saapumista päätepysäkille. Minne siitä matka jatkuu, on arvoitus, mutta pala palalta ihminen aivan kuin puretaan ennen sinne saapumista. Jotain tuosta elämän arvoituksesta ymmärsin viikon aikana.

Pikkubussi saapuu umpiperäkärryä vetäen ja pysähtyy nitkahtaen linja-autoaseman eteen. Kuljettaja kurottaa avaamaan oven ja sanoo huomenen. Maksan seitsemäntoista euroa matkasta Rovaniemelle ja vaihdamme muutaman sanan sateesta.

"Kessää se tekkee", kuski tuumii ja katselee kohti Kemijärven tummuvien jäiden takana piirtyviä vaaroja.

Hänellä on tummansininen pilottitakki ja lippalakki takaraivolla.

Vettä valuu ikkunaa pitkin kuin suuria kyyneleitä. Minullakin on vähän surullinen olo ja haikea tunnelma. Olen kokenut, nähnyt ja kuullut viikon aikana niin paljon, että kokonaisuuden muodostumiseen menee aikaa.

Matkaa Kemijärveltä Rovaniemelle on hieman vajaa yhdeksänkymmentä kilometriä ja bussilta se kestää noin puolitoista tuntia.

Misin pysäkiltä kyytiin nousee kauppavaatteisiin sonnustautunut keski-ikäinen nainen ja yhdestä tienhaarasta poimitaan matkaan tuulipukuinen vanha mies. Meidät kolme matkustajaa bussi vie läpi soiden ja lumitäplien värittämien karujen aapojen kohti Rovaniemeä.

Sade valuu ikkunan pinnassa koko matkan ajan. Vesinorot lasissa vievät ajatukseni viikkoon sijaishoitajana. Pisarat ikkunassa itkevät puolestani, sillä omat kyyneleeni ja tunteeni ovat säilöttynä syvällä, enkä ole uskaltanut avata niiden lukkoja.

Ensimmäinen yö kotona, Alzheimerin tautia sairastavan äitini sijaishoitajana oli shokki, josta en ole toipunut. Sulattelen ja muotoilen kokemuksiani varmasti vielä pitkään. Pystyn vastaanottamaan kokemukset ja varsinkin sen yhden painajaismaisen yön kaoottiset vaiheet vain pieninä annoksina.

Minusta ei ole siihen, että annetaan asioiden olla, mennä ja unohtua. Yritän ymmärtää mitä muistisairaalle äidilleni tapahtuu. Yritän myös pohtia mitä kaikkea koin ja kuulin tuon viikon aikana.

Mietin äitiäni ja ensimmäistä yötä. Ajattelen syitä siihen mikä käynnisti niin voimakkaan Alzheimer-taudin oireet hänessä. Kuulin, että vastaavia kohtauksia oli ollut aikaisemminkin, mutta ne olivat olleet lyhyempiä. Nyt ilmeisesti suuria tekijöitä olivat muutokset, joita tuli liian monta yhdellä kertaa.

Oireet muuttivat äitiä niin paljon, että minun on vaikea sitä käsittää. On lähes mahdotonta sisäistää, kuinka oma rakas äitini niin nopeasti muuttui täysin vieraaksi. Ei tunnistanut minua ja nimitteli kaikilla mahdollisilla tavoilla.

Veljeni, joka on luonteeltaan erilainen, suhtautui tapahtumaan huumorilla ja nimittelyt suurimmalta osin huvittivat häntä. Jussi kertoi kohdanneensa työnsä vuoksi niin vaikeita asioita, että osasi suhteuttaa niihin myös äitimme käyttäytymisen sairauskohtausten aikana.

Viimeisenä iltana muistelimme yhdessä omaishoitajaviikkoani. Alzheimerin taudin aiheuttamat oireet äidissä, nimittelyt, kiroilut, karkaamiset ja ihmeelliset tarinat huolettivat. Minua pelotti äitini muuttuminen vieraaksi.

Kotona Karkkilassa olen iltamyöhällä. Rakas vaimoni on vastassa ja syömme iltapalaa. Olen niin väsynyt, että nukahdan heti päästyäni vuoteeseen. Yöllä herään kovaan ukkoseen, jyrisee ja salamat välähtelevät. Lopulta ukkonen hiljenee ja alkaa kova, rytmikäs sade. Aamuyön auringon säteet heijastuvat ikkunasta ja minä nukahdan uudelleen

Unessa olen mummilassa ja suuri pirtti on tuttu lapsuudesta, mutta jotenkin erilainen. Huoneessa on hälinää ja samalla rauhallinen tunnelma. Tuttuja ihmisiä liikkuu ohi haalentuen hiljaa taustalle.

Näen mummoni, joka kuoli jo vuosia sitten. Hän palveli aina toisia, oli kai oppinut siihen jo nuorena ja teki sen luontevan kauniisti. Yllättäen hän pyytääkin nyt minua ojentamaan kahvia tuolissa istuvalle enolleni. Äitikin on hiljakseen taustalla. Eno on yleensä ystävällinen, hieman veijarikin. Nyt hän on hiljainen.

Ojennan kahvipannua enon kuppia kohti, mutta hän alkaa laskea ja ymmärrän enoni tekevän kuolemaa. Olemme kokoontuneet jättämään hänelle jäähyväiset.

Hän ei ole kovin vanha, ehkä keski-ikäinen, jotenkin ajaton mies. Hän laskee ja haukkoo henkeään, päästyään seitsemään kahdeksaan eno sulkee suunsa kuin nyökäten ja on pois.

Suru huoneessa ei ole kovin suuri, kuolema on kuin näytös. Tajuan siinä unitilassa, että minulle näytettiin mitä kuolema on. Tilanne näytetään unessa uudelleen hidastettuna, kuin elokuvassa. Taas laskeminen, hengen haukkominen ja suun sulkeminen nyökäten. Näin se menee, näin ihminen lähtee tästä ajasta.

"Ymmärsitkö", joku kysyy minulta unessa.

Herään siihen ja olen hieman väsynyt, sillä uni oli raskas. Kello on puoli seitsemän ja talitiainen laulaa puussa junnaavaa säveltään. Nousen keittämään kahvit. Kävelen pihalle ja hörpin kahvia, joka on väkevää ja maistuu kookosrasvan pehmentämänä herkulliselta. Nautin omenankukkien tuoksusta ja otan kuvia niistä.

Ampiainen pörisee katon rajassa. Päätän estää sen pesän teon, muuten se on terassilla istumisen riesana elokuussa, kun kuningatar ajaa kuhnurinsa pesästä.

Kirjosiepot ovat tehneet pesän omenapuuhun kiinnittämääni pönttöön. Istun terassin tuolille ja annan koko aamupäivän tuoksuineen ja tunnelmineen imeytyä sisääni. Leijun atmosfäärissä ja tunnen väreilyä sen mukana. Mietin vielä unta enostani, joka kuoli vuosia sitten onnettomuudessa ja ajattelen, että uni liittyi äitini kertomukseen sijaishoitajana.

Puhuimme äidin kanssa paljon asioita ja monet tarinat olivat muistoja. Taaksepäin katsominen lienee paras vaihtoehto, kun elämän mitta alkaa täyttyä. On hyvä katsoa mistä tultiin, kenen kanssa matkattiin ja mitä tapahtui.

Ensimmäisen, raskaan ja painajaismaisen yön jälkeen viikko sujui jo hienosti. Vaikean yön ja sairauden väkevän esiintulon jälkeen pienet oirehtimiset ja muistihäiriöt tuntuivat vähäisiltä.

Äidin mielestä ulkona oli aina joku lapsi menossa lampeen, tyttö kadonnut tai kaikki muut juuri huoneessa olleet poistuneet. Minä vain olin jäänyt pipopäiseksi vartijaksi.

Olimme äidin kanssa kahden, mutta porukkaa tuntui olevan paikalla äidin mielestä paljonkin. Jostain syystä he olivat kuitenkin aina hukassa, hukkumassa tai kieroilemassa äidin selän takana.

Äitini on hyvä tarinankertoja ja muistelija. Kuuntelen mieluusti hänen kertomuksiaan. Minulla ei ole syytä epäillä niitä muistoja silloin kun hän on läsnä. Pidän niitä tarkkoina ajan ja ihmisten kuvauksina.

Äidin muistojen pitävyyttä todistaa se, etteivät ne oleellisesti muutu. Ihmiset, ympäristö, sananparret ja luonteet pysyvät samanlaisina. Harhaisilta kuulostavat tarinat poikkeavat selvästi muistoista.

30. PALTEEN JA PUSKURIN VÄLISSÄ

 *Kasvot hehkuvat taustapeilistä,*
kromi kiiltää puskureista,
Silmissä sumenee.
En voi tehdä mitään,
litistyn palteeseen,
tunnen tukehtuvani.

Meillä on ollut koira kotona niin kauan kuin muistan. Isäni on
erämies, joka metsästää ja kalastaa vieheillä ja pyydyksillä.
Eräretkillään hän pitää aina koiraa mukanaan.
Kilpailijaluonteena koiran pitää tietysti olla kaunis pystykorva,
ja oikea haukkuva lintukoira.
Koiria isä käyttää kilpailuissa. Nykyinen koiramme Raiku on
saanut monta palkintoa. Se on suomenpystykorva ja meille
hyvin rakas.
Ensimmäinen koiramme, jonka muistan, oli myös pystykorva,
nimeltään Nuoli. Nimen se sai kuonon muodosta. Etsin eräänä
aamuna sitä, kun keittiön pöydän alta kuului murinaa.
Kurkistin sinne ja näin pienen koiran makaavan kippurassa
pöydän alla. Sen hampaat olivat irvessä ja kuola valui
vääntyneistä suupielistä.
Koiranpentua ei ollut meillä enää, kun tulin leikkimästä. Isä
kertoi, että Nuoli sairasti penikkatautia. En enää koskaan nähnyt
sitä, mutta vieläkin, kun suljen silmäni, näen Nuolin pöydän
alla, tuskaisena ja kouristuneena. Muistan pienen koiranpennun
kivuliaan vikinän.
Kovinkaan kauan ei isä malttanut olla ilman uutta koiraa. Hän
halusi teerimetsälle haukkuvan pystykorvan. Uusi
suomenpystykorvamme oli jo aikuinen koira, jonka isä sai
vanhalta metsästyskaveriltaan. Raikulla oli upea punaruskea
väri ja selässä komea harjas.

Nimensä Raiku oli saanut jo edelliseltä omistajalta, emmekä tietenkään vaihtaneet sitä, olihan se täysin sointuva koiran luonteen ja värityksen suhteen. Raiku oli aina valmis eräretkille ja iltalenkeille.

Kerran äiti pyysi minua käyttämään Raikua pikku lenkillä. Koira juoksi heti tien laitaan ja pelkäsin sen karkaavan. Samalla käveli tietä pitkin kaksi tyttöä, nauraen ja kikatellen. Minä en kehdannut huutaa kovalla äänellä. Pelkäsin tyttöjen kuulevan ja luulevan minun huutavan heille. Läiskytin kämmenellä jalkaani ja huhuilin Raikua luokseni. Matalalla äänellä kutsuin sitä, mutta koira ei totellut, vaan livahti tien yli. Tytöt menivät ohi, mutta Raiku oli jo kadonnut näkyvistä. Minä juoksin tien laitaan huutelemaan sitä. Koiraamme ei näkynyt missään.

Menin sisään ja kerroin Raikun karanneen. Äiti arveli sen tulevan kotiin, kun nälkä yllättää, mutta se ei palannut. Kävimme Jussin kanssa iltayöstä huutelemassa sitä, mutta tuloksetta. Palasimme sisälle surullisina siitä, että koiramme oli karannut.

Nyt Raiku on pysynyt kateissa yli viikon. Odotan usein kuistilla ja katselen liiterikatoksen ja maakellareiden välistä laskeutuvalle polulle. Raiku on usein tullut siitä kotiin. Näen mielessäni, kuinka koira juoksee yli pihan, pörheä häntä heiluen, haukkuen iloisesti. Raiku ei kuitenkaan tule.

Etsimme Jussin kanssa Raikua joka päivä. Kuljemme Asemaperän katuja koulun jälkeen ja huutelemme sitä, vaikka pihoilla huhuilu nolottaa.

Viikonloppuna etsimme Särkikankaan jokaiselta kadulta, kun tulemme erään vanhan talon kohdalle. Vinttihuoneen ikkuna avautuu ja mies tulee tupakalle. Hän kuulee huutelumme, katselee meitä ja huitoo pihaan.

"Teiltäkös se hurtta on hukassa", hän kysyy.

Me kerromme etsivämme Raiku-nimistä punaruskeaa
pystykorvaa, joka karkasi muutamia päiviä sitten.
Mies imaisee savut, katselee alas paloportaita, rykii ja on
hiljaa. Me odotamme, vaikka alamme arvata jotain ikävää
tapahtuneen.

"Se teiän Raiku taisi jäähä tuossa muuan päivä sen Raivion
auton alle", mies sanoo lopulta.

"Kauppias oli ruokatillauksia kulettamassa", mies kertoo.
"Koira sattu juokseen samalla siihen ja jäi alle".
Mies kertoo, että Raiku oli lentänyt kinokseen ja kuollut heti.
Raivio oli käynyt heittämässä koiran farmarinsa peräkonttiin ja
sanonut vievänsä sen kierroksen jälkeen kaatopaikalle.

Me lähdemme apeina Jussin kanssa kotiinpäin. Juttelemme
tapauksesta ja minä alan kantaa kaunaa kauppiaalle, joka oli
ajanut koiramme yli.

Aikaisemmin pidin häntä mukavana kaupan setänä, joka jakoi
joskus liikkeessään meille karkkejakin. Nyt vihaan häntä ja
hänen autoaan.

Yhtenä päivänä olemme tiellä leikkimässä, kun kauppias ajaa
ohitsemme. Minä heitän pikkukivillä autoa ja Raivio pysäyttää
sen lumivallien viereen.

"Asemaperän poijatko täällä kiviä viskoo, kyllä minä teiät
tunnen", hän ärähtää ja painelee polkua alas puurivitaloille.

Sydämeni hypähtää kurkkuun, kun näen miehen astuvan
kotiovestamme sisään. Jonkun ajan kuluttua Raivio palaa posket
helottaen. Hän vilkaisee tuimasti meitä ja hyppää autoon ovi
paukahtaen.

Toiset pojat kiipeävät kärppänä lumivallin päälle, mutta minä
jähmetyn lumipalteen eteen. Näen Raivion kääntävän autoa ja
peruuttavan minua kohti.

"Torkkahyrrä äkkiä tänne", Kärppälän Tommi huutaa ja Jussi
ojentaa kättään.

Kaikki kaverit käskevät tulemaan ylös turvaan, mutta jalkani
eivät tottele. Näen vain kiiltävän puskurin, joka painaa vatsaani,
niin että hengitykseni salpautuu.

Minua ei jostain syystä pelota, mutta en pysty liikkumaan tai puhumaan. Punaiset posket hehkuvat taustapeilistä, kromi kiiltää puskureista ja minä tunnen litistyväni jäisen lumivallin ja puskurin väliin. Silmissäni sumenee ja pysyn pystyssä vain auton puskurin pitämänä. En voi tehdä mitään, edes huutamaan en pysty. Äkkiä olen vapaa. Auto kääntyy, viurahtelee hetken ja Raivio kaasuttaa pois. Putoan nelinkontin ja haukon henkeäni. Kaverit tulevat nostamaan minut ylös ja Jussi hakkaa selkään. Vähän ajan kuluttua kiipeän jo lumivallin päälle kuin orava.

"Kauppias Raivio kävi kertomassa, että Raiku oli juossu hänen autonsa alle", äiti kertoo kotona asian, jonka me jo tiedämme.

"Kuka teistä pojista heitti kivillä kauppiaan autoa kohti, Raivio uhkaili polliisilla ja korvauksilla", äiti kysyy, katsoen meitä vuorotellen.

"Minä se vissiinki sitä yliajajaa viskelin", mutisen hiljaa.

"Vai vissiinki viskelit", äitiä naurattaa.

Puskurin ja lumivallin väliin jäämisestä en uskalla kotona kertoa mitään. Vatsani kohdalla on isot mustelmat pitkään ja selkääni sattuu, mutta vähitellen kipu hiipuu.

Saunaan en suostu menemään vähään aikaan, ettei kukaan huomaa mustelmia. Näen usein painajaisia, joissa olen tukehtua puristuksiin.

31. SYVÄAIVOSTIMULAATIO HARKINTAAN

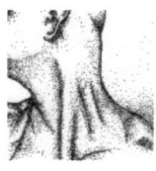 *Dystonia on jännittävä sairaus,*
noin kolme miljoonaa
koko maailmassa.
Kansa, jonka jäsenissä
vääntöä riittää.

Vettä tihuuttaa tuulilasiin. Ajelen moottoritietä Helsinkiin ja
pitelen kädellä leukaani. Botuliinipiikit annetaan tällä kertaa
Meilahden sairaalassa, koska Lohjan neurologitilanne on
edelleenkin heikko.

Viimeisestä piikistä on jo yli kolme kuukautta ja botuliini
haihtunut lihaksista. Niskoja vääntää koko ajan, varsinkin
tehdessäni jotain keskittyneesti, niin että pään tulisi olla
eteenpäin.

Dystoniaan hoidoksi annettavat botuliinipiikit ovat auttaneet
jonkin verran, mutta kokonaan ne eivät ole lihasten ylitoimintaa
poistaneet. Kovin suuria odotuksia piikkien suhteen minulla ei
enää ole. Kolmen hoitokerran jälkeen botuliinihoidoista on ollut
vain lievää apua.

Eniten pistokset auttoivat kahdella ensimmäisellä kerralla, kun
dystonian aktivoimiin lihaksiin pistettiin eri merkkistä
botuliinia.

Vuodenvaihteessa Lohjan sairaalassa siirryttiin toiseen
botuliiniin. Sen jälkeen pistosten teho on ollut jonkin verran
pienempi. Mitään merkittävää eroa en tosin ole havainnut,
onhan minulla vasta muutama hoitokerta takana.

Odotan Meilahden käynniltäni kokemusta EMG-laitteen
käytöstä pistoskohtien löytämisessä. Laite on neurologin
käytössä dystonian aktivoimien lihasten etsimisessä ja ilmaisee
ne voimakkaalla surinalla.

Pistosten tehon heikkous saattaisi johtua siitä, ettei neurologini Lohjan sairaalassa ole löytänyt tarkalleen oikeita lihaksia pistäessään ilman laitetta.

Vertaistukiryhmässäni olen kuullut, että eräs dystonian hoidoissa lähes gurun hohteen saanut neurologi käyttää pistäessään aina EMG-laitetta. Kerrotaan, ettei syvällä olevia lihaksia, joihin dystonia on edennyt, löydä pelkästään käsin tunnustelemalla. Toiset kuitenkin sanovat, että hyvä neurologi löytää oikeat pistoskohdat myös ilman sitä.

Olen lukenut monta tarinaa ja kokemusta dystonian eri muodoista ja pistokokemuksista oman sairauteni matkan varrella. Minulla on jo aikamoinen työkalupakki kokemuksia, joista toiset samaa sairautta potevat ovat kertoneet.

Dystonia on sairaus, jota ei pakkoliikkeiden ja lihasten ylitoiminnan vuoksi ole helppoa piilotella. Terveiden maailmassa sairas on aina jonkinlainen kummajainen, varsinkin sairas, joka käyttäytyy poikkeuksellisesti.

Vasta sitten kun sairaus tulee lähelle, itselle tai läheiselle, se muuttuu tutuksi. Käy usein liiankin läheiseksi. Toisaalta sairauden peitteleminen on äärimmäisen raskasta. Minä yritin sitä ensimmäisten oireiden ilmetessä.

Dystonia on sairaus, joka usein näyttää tulevan herkälle ihmisille. Kiltille suorittajaluonteelle, joka yrittää miellyttää muita ja kärsii tunnonvaivoja, jos ei onnistu siinä.

Miellyttämisen kierre on äärettömän uuvuttava ja epäonnistuminen varma, koska kaikkia ei voi miellyttää.

Pohdiskellessani tulen sateiseen Helsinkiin ja ajan Meilahteen.

Ulkona sataa tihuuttaa eikä minulla ole sateenvarjoa. Kaivan kännykän esiin ja katson reittihausta rakennuksen osoitteen. Meilahden sairaala-alue on suuri ja mietin missä rakennuksista on neurologinen osasto.

Kävelen pääsisäänkäynnin kohdalle. Tupakoivia potilaita nojailee siinä kaiteeseen. Sisällä neuvonta kertoo ystävällisesti neurologian polin löytyvän alemmasta kerroksesta.

Kävellessäni alas sairaalan portaita huomaan vanhan tuttavani. Ehdin nähdä hänen hymyilevän, kun lymyilen sivummalla olevalle sohvalle.

"Oliko Harri täällä". Neurologi on kävellyt sohvien luo ja pyytää minua sisään etunimellä, se tuntuu mukavalta. Hän on todella ystävällinen eikä vaikuta millään tavalla kiireiseltä. Aluksi hän kävelyttää minua huoneessa edestakaisin. Hän tutkii asentoani ja pyytää sen jälkeen minua riisumaan paidan sekä istumaan. Tutkittuaan ja kyseltyään, neurologi ottaa EMG-laitteen, joka on pieni harmaa koje, samankokoinen kuin kännykät ennen. Lääkäri kiinnittää laitteen piuhat niskaani ja ryhtyy tutkimaan. Laite surisee kuin ampiaispesä ja pian tulevat ensimmäiset pistokset. Neurologi juttelee ja vastaa kysymyksiini. Minua alkaa jostain syystä heikottamaan pistosten lopussa ja neurologi toteaa, että olen aivan harmaa. Hän käskee ottamaan lasin vettä. Sydämeni tuntuu jysähtelevän ja oloni on heikko. Pistoskohdat ovat neurologin mukaan EMG-laitteella lähes samat kuin ilman sitä pistetyt, joten hyvin on Lohjan neurologini ne löytänyt.

Kiitän, että piikityksiin käytettiin konetta. En ollut aikaisemmin varma ovatko kohdat oikeat. Neurologi kertoo käyttävänsä laitetta apuna, koska sen avulla löytää varmemmin oikeat pistoskohdat.

Kerron kipujen siirtyneen myös olkavarteen ja hän kokeilee koneella sieltäkin. EMG-laitteesta ei kuitenkaan kuulu hälyttävää ääntä, joten dystonia ei ole levinnyt olkavarteen. Kipu tulee siitä, että hartiat yrittävät korjata niskojen virheliikettä.

Kysyn botuliinimerkkien erosta, koska dystonian aktivoimiin lihaksiini on pistetty kahta eri botuliinia. Ensimmäisellä kerralla käytetty tuntui vaikutukseltaan vähän vahvemmalta. Neurologi on sitä mieltä, että botuliinit ovat samantasoisia. Hän kertoo, että Meilahdessa siirryttiin nykyisin käytettävään botuliiniin aiemmin kuin Lohjalla.

Yllättäen Meilahden neurologi ryhtyy kertomaan DBS-leikkauksesta yhtenä hoitovaihtoehtona, jos botuliinihoito ei auttaisi minua. Aivojen syviä osia stimuloiva leikkaus on hoitomuoto, jota sairaanhoidossa käytetään dystonian oireiden lievittämiseen, jos botuliini ei auta tai siihen on kehittynyt immuniteetti.

Aivostimulaatiota käytettiin aluksi Parkinsonin tautia sairastavien hoidossa, kunnes havaittiin sen auttavan myös dystonian oireisiin.

Leikkauksessa pääkuoreen porataan reiät, joiden kautta aivoihin asetetaan elektrodit. Ihon alle sijoitetut johdot kulkevat useimmiten solisluun alapuolelle sijoitettuun stimulaattoriin. Sieltä laite lähettää sähköimpulsseja liikehäiriöitä aiheuttavaan aivotumakkeeseen.

DBS-leikkaus on hyvin kallis kirurginen toimenpide, joka sisältää harvinaisia, mutta todellisia vaaratekijöitä.

Neurologi jättää ajatuksen DBS-leikkauksesta minulle pohdittavaksi. Hän muistuttaa, että botuliinihoito on riskitön vaihtoehto, mutta jos se ei auta, on vielä olemassa DBS-leikkaushoito.

Neurologi selittää leikkaushoidon riskejä. Leikkauskohta voi tulehtua tai aiheutuu pieni aivoverenvuoto.

Tulehduksen sattuessa elektrodit joudutaan poistamaan pitkäksi aikaa ennen kuin uusi leikkaus on mahdollinen. Ajattelen itse harkitsevani leikkausta vasta siinä vaiheessa, jos niskojen vääntö muuttuu niin voimakkaaksi, etten pysty pitämään päätä enää yhtään suorassa.

Pidän tästä käynnistä Meilahdessa ja arvostan neurologin kiireetöntä asennetta, vaikka hän hoiti ylitöinä meitä Lohjan sairaalan potilaita. Hyvä käynti kaikin puolin minulle.

Siitä jäi pureksittavaa vielä monelle lenkille, ajattelen poistuessani sairaalan ovesta tihkusateeseen. Itse en edes ajatellut leikkausta ja pienet vaaratekijät mietityttävät. Tosin jatkuva pää sivuttain vääntyminen on uuvuttavaa.

Meilahdessa minua hoitanut neurologi oli niin vakuuttava, että hänen hoidossaan kävisin toistekin. Hän oli asiantunteva, ystävällinen, varmaotteinen ja hymyilikin vielä puhuessaan. Pohdin lievää piikkikammoani, lääkärissä käynti on aina hieman jännittävää. Tämä neurologi osasi vapauttaa tilanteen. Kiirettä hänellä ei ollut ja minä sain kysyä rauhassa mitä mielessäni oli.

32. MUSTAT KAUNARIT

Iltaa piti sanoa naapurin tädille,
en pitänyt siitä.
En kokenut kuuluvani siihen maailmaan,
jossa sanotaan itsestään selviä asioita.
Eivätkö aikuiset tiedä, että on ilta?
Sitten ymmärsin.
Naapurin täti oli unohtanut illan.
Minun piti muistuttaa siitä.

Veturitallin takaa kuljetaan Kemijärven rantaan. Väylä on kovien pakkasten jälkeen jäätynyt ja lumeton teräsjää kantaa hyvin. Luistelen hokkareilla toisten Asemaperän lasten joukossa yli väylän. Viima nostaa lumipyörteitä jääkannelle ja pyörittää niitä ilmassa kuin lumikeijuja. Sellaisilta tytötkin näyttävät väylän keskellä. He tekevät taitavia pyörähdyksiä ja pysähtyvät luistimien kärjessä olevilla harjaterillä, niin että jää sirahtaa ja ilmaan lentää kiteitä.

Isosiskoni Katri on saanut uudet, valkoisina hohtavat kaunoluistimet. Katselen ihaillen hänen pyörähdyksiään.

Minä pääsen jääkiekkopeliin mukaan maalivahdiksi. Isä on ostanut Jussille uudet käytetyt luistimet, ja minulla on jaloissa häneltä pieneksi jääneet.

Ne ovat hieman suuret, enkä osaa vielä kovin hyvin luistella. Horjahtelen maaliin, otan mailasta tukea ja lämään kohti pelaajia. Parista lumipaakusta tehdyt maalit ovat molemmin puolin Kemijoen väylää.

Välillä jää rysähtää ja pitää pelottavaa pauketta. Pitkä halkeama ilmestyy hetkessä väylän poikki. Railo kulkee kuin näkymättömän käden piirtämänä maalipaakkujen välistä rantavallille asti. Isoja poikia naurattaa ja he huutavat maalia. Minua vähän pelottaa.

Näen mielessäni valtavan railon leviävän allamme ja nielaisevan kuohuihin kaikki luistelijat. Samassa kiekko livahtaa jalkojeni välistä.

"Herätys Harri, keskity peliin", Jussi huutaa ja luistelee eteeni.

"Jää ei kestä, kato nyt tuota railoa", minä sanon.

"Tässä on metrinen jää", Jussi nauraa.

"Torkkahyrrät hei, peli jatkuu", Kärppälän Tommi huutaa. Jussi luistelee aloitukseen ja peli jatkuu. Saan torjuttua pari maalia kohti tulevaa lämäriä, toisen vahingossa luistimella ja minulle huudellaan kehujakin. Jussi tekee maalin toiseen päähän ja peli on tasoissa.

"Hyvä Harri, hienosti torjuttu", Jurmun Anni huutaa luistellessaan ohi.

Katselen Annin luistelua, joka on mielestäni taitavaa. Hän pysyy jalat suorassa, kun taas minulla luistimet tahtovat taittua linkkuun jäätä vasten. Anni tekee jopa pyörähdyksiä ja nostaa kädet ylöspäin.

Seuraan lumoutuneena hänen luisteluaan, joka päättyy tiukkaan, jäätä pölläyttävään jarrutukseen ja pyllähdykseen. Anni kikattaa ja minuakin naurattaa. En huomaa Kärppälän Tommia, joka liruttaa kiekon maaliin.

"Voi halavatun kuustoista tuota uneksijaa", Jussi huutaa ja iskee mailalla jäähän.

Illan hämärtyessä jää tyhjenee Asemaperän lapsista. Menemme kotiin ja asetan veljeni vanhat luistimet vintin portaiden alatasolle. Katselen niiden kiiltäviä teriä. Ajattelen pyytää isää viemään ne teroitettavaksi seuraavana päivänä. Menen sisään ja juon iltakaakaon.

Meillä on veteen sekoitettua Viri-kaakaota. Sekaan saa kaataa vähän maitoa, mutta se paakkuuntuu ja maistuu väkevän karhealta suussa. Kaverillani Timillä on kotona aitoa O´boy-kaakaota, joka juodaan kokonaan maitoon sekoitettuna. Timi tekee kupin täyteen pullamössöä ja syö sen ahmien, niin että pöydällä lainehtii kaakaolätäkkö.

Viriä hörppiessäni muistelen kaiholla niitä hetkiä, kun minutkin on Timin luona pyydetty kaakaolle. Hänen isänsä on autoilija ja heillä on suuria rekka-autoja pihalla ja hallissa. Minä juon paakkuisen, tummanruskean kaakaoni ja syön leivän, jonka päälle leikkaan siivun sipuliteemakkaraa.

Talvella me emme voi nukkua vintillä, koska siellä ei ole lämmitystä. Minulla ja veljelläni on kerrossänky keittiössä ikkunan viereistä seinää vasten. Sivuseinä on myös ruokakomeron seinä ja sen takana on naapurin keittiö. Joskus pujahdan ruokakomeroon salaa kuuntelemaan. Jurmun setä puhuu niin kovalla äänellä, että sen kuulee helposti. Annin äidillä on hiljainen ääni, mutta joskus he riitelevät ja myös hän huutaa.

Toisinaan Annin täti käy heillä kylässä. Minä olen jutellut hänen kanssaan pihalla ja joskus hän on pyytänyt minutkin sisälle mehulle ja pullalle. Kerran hän koputti ruokakomeron seinään ja huusi minua nimeltä juuri kun olin korva seinässä.

Menin juosten naapuriin ja sain Annin tädiltä lahjapaketin sekä halauksen. Avasin paketin kotona ja siellä oli Tammen kultainen kirja. Pidän kirjaa tyynyn alla ja luen sitä iltaisin.

Pihalla juorutaan, että Annin täti on kehitysvammainen, mutta minä en sitä usko, sillä olen ihastunut häneen.

Menen nukkumaan kerrossängyn alapetille ja ajattelen luistimia, jotka saan nyt omaksi, kun ne ovat jääneet veljelleni pieniksi. Päätän palata heti aamulla jäälle harjoittelemaan luistelua.

Aamulla herätessäni vilkaisen ikkunasta ja totean tyytyväisenä sään olevan selkeän. Tänään voi mennä taas luistelemaan, ajattelen ja päätän käydä kysymässä Annia tai Timiä mukaani. Äiti tulee ovesta ja komentaa ottamaan leipää. Minä haukottelen ja katselen ikkunasta Kemijoen jäisiä väyliä.

Jussi sanoo aina, että tässä kohtaa on oikeastaan Kemijoki ja järvi alkaa vasta keskustan toiselta puolelta kulkevan Pitkänsillan jälkeen.

Isä on kertonut, että Veturitallin rannan kohdalta kulki ennen Kemijoen useita väyliä, joiden välissä oli saarekkeita ja kannaksia. Minusta tuo valtava vesialue, joka nyt oli jään ja lumen peitossa, näyttää kuitenkin järveltä.

"Lähetäänkö jäälle luisteleen", minä kysyn, mutta alapetiltä ei kuulu vastausta.

"Jussi lähti jo aamulla kovalla tohinalla ulos", äiti sanoo ja menee höyryävä kahvikuppi kädessään olohuoneeseen. Puen ja syön nopeasti leivän, hörpin maidon seisaaltaan ja menen vintin ovelle. Olin jättänyt luistimet siihen käsieni tasolle portaille, mutta nyt paikka on tyhjä. Kipaisen ylös vintille ja pysähdyn leveille ylälaudoille. Ne hohkaavat kylminä jalkapohjiani vasten ja tunnen ilmassa kylmien sahanpurujen imelän tuoksun.

Juoksen takaisin alas ja kysyn olohuoneessa istuvalta äidiltä, missä Jussi ja luistimet ovat. Äiti sanoo, ettei tiedä. Minä ajattelen, että Jussi varmasti tietää missä luistimet ovat, joten menen pihalle laskemaan mäkeä.

Tunnin päästä näen veljeni kävelevän Asematietä pitkin. Veljeni kertoo myyneensä vanhat hokkarinsa Kärppälän Tommille. Minä purskahdan itkuun ja potkin lumipaakkuja. Harmittaa aivan sietämättömästi. Olin juuri oppinut luistelemaankin.

Veljeni on yleensä suojeleva, jos minua kiusataan. Toisaalta hän on minua vahvempi ja kooltaan suurempi. Nyt Jussi on huomannut, että hänen vanhoilla luistimillaan on kysyntää Asemaperällä.

Minulle ne olisivat menneet ilmaiseksi, mutta toisilta pojilta sai rahaa. Rahalla puolestaan pääsee elokuviin ja saa karkkia. Elämän suuria huveja meille köyhille rautatieläisten pojille.

Isä ajaa samassa pihaan Morris Minillään ja kysyy mitä itken. Kerron veljeni myyneen vanhat luistimensa. Ne luistimet, jotka piti antaa minulle. Isä on vihainen veljelleni, mutta kauppoja ei hänen mielestään voi enää perua.

"Lähdetään Harri kattomaan hokkareita kaupasta", isä sanoo.

Ajamme Kemijärven keskustaan ja menemme Teräkselle. Se on kauppa, jossa myydään vähän kaikkea, myös urheilutarvikkeita. Uusia luistimia isä ei edes vilkaise. Kävelemme suoraan käytettyjen luistimien korille. Isä nostaa luistimet ja vilkaisee hintalappua. Minä sovitan hokkareita, jotka hölskyvät hieman. Sanon isälle, että hyvin ne käyvät, jos laitetaan pari villasukkaa. Isä menee myyjän luo ja alkaa hieromaan kauppoja.

Minua hävettää, vaikka tiedän, että isä on kova tinkaamaan. Hän vaatii aina alennusta kaupassa käydessään. Nyt isä palaa tuiman näköisenä ja nostaa luistimet takaisin koriin. Vilkaisen pettyneenä taakseni, kun lähdemme autoon.

Kotimatkalla isä tokaisee, että luistimet olivat minulle liian suuret. Ajattelen mielessäni, että isä ei ostanut luistimia, koska ei saanut niihin alennusta. En uskalla kuitenkaan sanoa sitä.

Illalla isä saa omasta mielestään loistavan idean. Hän keksii, että isosiskoni vanhoista kaunoluistimista voisi tehdä minulle hokkarit. Katri on saanut uudet kaunoluistimet, joten hänen vanhat luistimensa ovat joutilaina komerossa.

Minä toivon, että siskonikin olisi myynyt luistimensa. Isä tulee kuitenkin kaunarit kädessään keittiöön. Hän on ideansa lumoissa ja ällistelee säästeliästä keksintöään.

Hän sanoo leikkaavansa kaunoluistimien varret pois ja tekevänsä minulle omat hokkarit. Minä katselen isää epäuskoisena.

"Tyttöjen valkoisista kaunareista poikien mustat hokkarit", ajattelen, mutta en uskalla sanoa mitään. Pettymys päivän käynnistä Teräksellä ja aitojen hokkareiden menetys on niin raju, että se sulkee suuni kuin jääkansi järven.

Isä väittää tekevänsä minulle niin hienot hokkarit, ettei kukaan huomaisi eroa. Minun mielestäni tyttöjen luistimia ei saa poikien luistimiksi millään ilveellä.

Isä on kuitenkin vauhdissa eikä kuulisi, vaikka uskaltaisin sanoakin jotain. Terävällä puukolla hän leikkaa kaunoluistimien varret poikki ja vertailee niiden pituutta.

151

Vislaillen isä käy komerosta purkin mustaa kenkämaalia. Hän ottaa ensimmäisen luistimen ja vetelee pensselillä siihen pintaa. Maalattuaan molemmat luistimet isä asettaa ne kuivumaan. "Katoppa Harri, nyt sulla on uuet hokkarit", hän sanoo tyytyväisenä.

Seuraavana päivänä lähdemme veljeni ja kaverien kanssa Särkikankaan kaukalolle. Sidon luistimet jalkaani ja syöksyn kentälle. Harjoittelen vielä kulmassa kaartelua kuullessani ensimmäisen huudon kaukalon laidalta. Tarkat silmät ovat poimineet herkullisen yksityiskohdan jaloistani. Mustana kiiltävä, lohkeileva maali ja leikatut varret eivät peitä totuutta. Minulla on tyttöjen luistimet, maalatut kaunarit jaloissa. "Torkalla on kaunarit", huomion tehnyt huudahtaa. Kaunareistani kuulee nopeasti koko kaukalo ja ohi luistelevat heittävät arvioita niistä. Minä menen riisumaan luistimet ja lähden itkien kotiin päin. Jostain kuuluu aikuisen huuto, joka kieltää nimittelyn. Minua huuto itkettää lisää. Juoksen luistimet kädessä kotiin niin kovaa kuin pääsen.

Veljeni pyytää minua seuraavanakin iltana kaukalolle. Hän kertoo keksineensä hyvän idean ja minä näkisin sen kaukalolla. Menemme sinne myöhään illalla ja Jussi kävelee suoraan valotolpalle. Hän kääntää vivusta ja koko kaukalo pimenee. Toiset luistelijat kiroilevat luullessaan sähköjen katkenneen. Menemme kentälle luistelemaan, eikä minun luistimiani huomaa kukaan.

Luistelu on pelkkää törmäilyä, mutta meistä se on hauskaa. Lopulta joku huomaa käydä valotolpalla ja pian kirkkaat valonheittimet syttyvät. Lähdemme kotiin. Minä heitän mustat hokkarini vintin nurkkaan ja sinne ne unohtuvat.

33. DYSTONIA VAIKEUTUU

 *Moni salailee dystoniaa, jos pystyy.*
Sairauden vaikeutuessa se on mahdotonta.
Diagnoosi on yleensä helpotus.
Elämä jatkuu, dystonialla tai ilman.
Kun sen huomaa,
astuu ison askeleen eteenpäin.

Ajatus on minussa. Tunnen sen liikkuvan ja poukkoilevan sydämen seinämistä. Annan sen olla ja kasvaa rauhassa. Ajan oloon se kypsyy ja turhat rönsyt tippuvat, oleellinen kestää. Ajatus on kuin puu aukealla, sen on tultava koetelluksi. Tuulien on puhallettava, myrskyjen ravisteltava, lumitaakkojen painettava ja auringon paahdettava. Aikanaan se kypsyy ja kantaa hedelmää, mutta vasta aikanaan.

Ajatus on syväaivostimulaatio, josta neurologi kertoi minulle Meilahden neuropolilla. Hän piti sitä yhtenä mahdollisuutena sairastamani dystonian hoidoksi, siinä tapauksessa, ettei botuliinihoidoista ole apua.

Leikkaus lievittää lihasjännitteitä enemmän tai vähemmän. Usein jännitteet eivät kokonaan poistu, vaan pistoksia tarvitaan jatkossakin. DBS-leikkausten teho on yksilöllinen, niin kuin kaikki muukin dystoniassa.

Leikkaushoito on yleistynyt dystonian hoidossa. Ne ovat usein tuoneet helpotusta vaikeista lihaskouristuksista kärsiville potilaille.

Syväaivostimulaatio sisältää myös riskejä, joita ei ole syytä vähätellä. Lievästä niskaväännöstä kärsivälle sitä tuskin tehdäänkään. Koska leikkaus on hintava. Vaikea dystonia lihasjännitteineen on kuitenkin elämää rasittava ja invalidisoiva sairaus. Niissä tapauksissa leikkaus riskeineen on perusteltu.

Aivoverenvuodon mahdollisuus on noin prosentin luokkaa. Se on pieni, mutta oleellinen ja vakavasti otettava. Myös leikkaus itse on tietysti aina riski ja voi aiheuttaa ikäviä yllätyksiä.

On selvää, että terve ihminen kauhistelee leikkausta, jossa päähän porataan reiät ja aivoihin asetetaan elektrodit. Vaikeaa dystoniaa sairastavalle se voi olla kuitenkin viimeinen oljenkorsi, joka lieventää vääntöjä, pakkoliikkeitä ja vapinaa. Tiedän useiden dystoniaa sairastavien pohtivan DBS-leikkausta. Moni on niin väsynyt lihaskouristuksiin ja kipuihin, että leikkauksen riskit niiden rinnalla tuntuvat pieniltä.

Minun piikeistäni on nyt runsaan viikon jälkeen ollut vain lievää apua. Tuntuu siltä, että saatan olla immuuni botuliinille. Pistoskohdat haettiin EMG-laitteella ja annettiin ammattitaitoisen rauhallisesti, joten siitä ei teho ole kiinni.

Autolla ajaessani päätä on edelleen pidettävä kädellä suorassa. Pientäkään apua siihen vääntöön ei piikeistä vielä ole ollut. Tosin tehon, eli vasteen, sanotaan olevan voimakkain vasta kahden viikon kuluttua pistoksista.

Botuliinin, jota nyt on siirrytty käyttämään, pitäisi tehota nopeammin. Makoillessani rentona pää vääntyy silti yhä sivulle ja kouristuu siihen. En ole koko vuoden aikana pystynyt lepäämään vuoteella ja lueskelemaan ilman pään vääntymistä.

Saan nukahdettua muutamaksi tunniksi pään venkoilun väsyttämänä. Heti herättyäni, minun on kuitenkin noustava ylös, koska liike alkaa taas uudelleen. Kouristuneet niskat ovat kivuliaat ja joudun käyttämään särkylääkkeitä.

Lievää helpotusta piikit ovat kuitenkin tuoneet juuri nukkumisen. Olen nukkunut pidempään pistosten jälkeen. Ehkä lepojännitys on vähentynyt. Odotan toiveikkaana, että botuliinin vaikutus lisääntyy ajan myötä.

Vertaistukiryhmän keskustelujen perusteella tiedän useiden dystoniaa sairastavien elävän tuskissaan. Pistoshoidot eivät tunnu tehoavan ja niissä käyminen turhauttaa.

On masentavaa odottaa kuukausia pääsyä hoitoon, joka on jopa viidessä minuutissa ohi, eikä siitä ole paljoa apua. Tällaisia tapauksia valitettavasti on useita. Minä sain hyvää hoitoa Meilahdessa. Tunsin neurologin keskittyvän tilanteeseeni koko käynnin ajan. Pohdin botuliineja, joita pistoksiin käytetään. Aineet ovat kalliita ja lääkäri tietysti puolustaa sillä hetkellä käytettävää lääkettä. Olen kuitenkin sitä mieltä, että myös muita botuliineja tulisi kokeilla, jos nykyinen lääkeaine ei tehoa. Dystonia on yksilöllinen ja lähes jokaisella sairaalla eri vivahtein ilmenevä sairaus, siksi myös lääkkeiden tehot ovat yksilöllisiä. Olen lukenut kokemuksia dystoniaa sairastavista, jotka ovat saaneet apua, kun eri botuliineja on kokeiltu ja löydetty sopivin.

Ihmisen pitää kasvaa vahvaksi, voidakseen olla riittävän voimakas ja säilyttääkseen samalla herkkyytensä, ajattelen. On kasvettava pieneksi kyetäkseen kantamaan oman minänsä painon ja kestämään itsensä. On kasvettava, mutta pieneksi kasvaminen on harvoin näyttävä tavoite.

Oma henkinen koko ei löydy mittataulukosta muihin vertaamalla. Siinä turpoaa tai surkastuu. Ego paisuu kuin sammakon rinta tai kutistuu kuin puhkaistu vappupallo. Elämän peiliin ei helposti halua katsoa. Elämän selfie on todellisuus sisäisestä ihmisestä.

Hymyile, sillä olet kuvassa, sitä pyyntöä elämä ei koskaan esitä. On itse löydettävä hymyilevä elämä. On etsittävä ja käännettävä jokainen elämän sivu.

Onnellisuus on mielestäni ihmisen luonnollinen olotila. Muu tila on poikkeus ja elämä etsii aina tasapainoa. Siitä syystä onnea myydään niin paljon ja sillä on helppo myydä mitä vain. Ja myydäänkin.

Ostipa mitä hyvänsä niin lopulta ostaa onnea. Hetki, kun tajuaakin ostaneensa omaansa, sydämessään jo olevaa, on onnellinen hetki. Minullahan olikin jo ostamani.

Milloin viimeksi olin onnellinen. Aidosti sydänjuuria myöten, niin kuin puun mahla virtaa oksiin, kasvattaa lehtiä ja hedelmiä. Linnut laulavat oksilla ja lehvät suojaavat auringolta. Onnellinen ilman syytä. Olla vain olemassa ja olla onnellinen. Se on paljon sanottu ja herättää kysymyksiä. Ensimmäisenä sitä kysyy syytä itseltään. Miksi olen onnellinen? Hyviä syitä on monia, yleensä ostettuja. On järkevää olla onnellinen, kun on syy. Ilman syytä onnellinen on kuin outo lintu, joka on eksynyt väärälle leveysasteelle. Lapsi voi juosta kaduilla, hypähdellä kiljahdellen ja nauraen. Samoin käyttäytyvää aikuista vieroksutaan kylähulluna. Mihin minä kadotin sen pienen lapsen, joka osasi iloita kuralätäköistä. Hyppäsi niihin, niin että vesi roiskui. Olin onnellinen rankkasateesta ja tein puroja lätäköiden väliin.

34. RATTIKELKKA

Ruokakomerossa oli viileää,
tuoksui menneelle kesälle.
Hyllyillä oli vatuista tehtyä hilloa,
puolukkapurkkeja,
syksyllä säilöttyjä sieniä.

Arvaan sisällön nähdessäni ison paketin keittiön nurkassa. Paketin paperit eivät paljoa peittele, ne on äkkiä repäisty irti. Näen jo silmissäni pitkän Veturitallin mäen, jäisen tien, joka vie kääntösillalle asti. Mäen puolivälissä tien katkaisee Asematie. Yleensä meitä on laskemassa useampia Asemaperän lapsia, ja tien reunalla seisoo joku varoittamassa autoista. Syytä olikin varoa, sillä autot menivät usein kovalla vauhdilla ohi. Risteyksessä seisova huitaisi kädellä nähdessään, ettei autoja tullut. Merkin nähnyt juoksi ensin kelkan vierellä niin kauan kuin uskalsi ja hyppäsi kyytiin. Toisinaan auto saattoi varoittajan merkistä huolimatta ehtiä lähes kohdalle, juuri kun kelkka ylitti risteyksen.

Uusi kelkkani kulkisi lujaa ja vaikka siinä oli jarru, sen käyttäminen tuntui raukkamaiselta. Täysiä alas, niin kovaa kuin pääsi, olisi ainoa vaihtoehto. Jäinen tie antoi metallisille kiskoille vauhdin, jota oli vaikea hallita.

"Vieppä Harri se kelekka jo pihhaan," äiti sanoo, kun olen kiskaissut uutuuttaan kiiltävän jarrun lattialautaan, niin että siihen jää naarmu.

Jouluaterialla minä suunnittelen mielessäni seuraavan päivän mäenlaskua. Ensimmäiseksi aion kysyä Annia, jos näen häntä pihalla. En uskalla mennä kysymään ovelta, koska pelkään Annin isää.

Hän kävi ennen joulua meillä kotona rähjäämässä äidille isän ollessa töissä. Olin vahingossa heittänyt Annia lumipallolla, kun olimme poikien kanssa lumisotasilla.

Olimme tehneet lumivallin pihatien sivulle Timin kanssa ja kävimme kiivasta taistelua Jussia ja hajottamon kaksosia vastaan.

Häkälän pojat asuivat Asematien päässä, autohajottamon pihassa olevassa junanvaunussa, joka oli muutettu asunnoksi. Jori ja Jari olivat niin saman näköisiä, että heidän äitinsäkin joskus erehtyi tunnistaessaan poikia.

Häkälän Usko oli äidin mielestä rapajuoppo, mutta me pojat pidimme hänestä. Häkälä istui tai makoili kesäisin vaununsa katolla ja katseli sieltä Kemijärven selälle. Meidät nähdessään hän kysyi, oliko pojilla myytävää romua.

Me kävimme rataa pitkin Särkikankaan ja keskustan välillä olevalla huoltoasemalla. Sen takapihalla, radan lähellä oli aidattu alue täynnä kaikenlaista rojua.

Jos löysimme sopivia auton osia, Häkälä osti ne. Parhaiten hän maksoi akuista, joita myymällä saimme rahaa paukkuihin. Parhaita olivat kiinarit, jotka pamahtivat kovaa ja seinäpommit, joita viskottiin talojen päätyihin.

Häkälän pojat olivat pienikokoisia ja nopeita, Jussi puolestaan suurimpana helpoin kohde lumipalloille. Me heittelimme Jussia ja samalla Häkälät hiippailivat selustaamme. Minä sain lumipallon niskaani ja Timi, joka kääntyi katsomaan, suoraan naamalleen.

Timi kiljaisi ja alkoi itkeä. Häkälän pojat lähtivät juoksemaan pakoon ja minä heitin lumipallon heidän peräänsä. Juuri silloin Anni käveli ohi äitinsä kanssa ja lumipalloni osui hänen poskeensa.

"Harri, miksi sinä heitit", Jurmun täti huudahti ja pyyhki lumeen sekoittuneita kyyneleitä Annin poskelta.

Minä pinkaisin vauhdilla sisälle. Keittiössä puuhaileva äitini katsoi ihmeissään, kun avasin ruokakomeron oven ja pujahdin sisään. Ruokakomerossa oli viileää ja menneen kesän tuoksua.

Hyllyt pursuivat erilaisia purkkeja, vatuista tehtyä hilloa, puolukkaa ja syksyllä säilöttyjä suolasieniä. Ohuen seinän läpi kuulin naapurin keittiöstä kovaäänistä keskustelua. Jurmun täti kertoi miehelleen, että tämän pitää mennä sanomaan naapuriin, että Harri on heittänyt lumipallon Annin naamalle.

"Minä menen heti", Jurmun setä älähti ja minä tunsin, kuinka jääkylmää metallia valui vatsanpohjaani.

"Ethän sinä vain syö siellä joulutorttuja", äiti avasi ruokakomeron oven ja katsoi minua tutkivasti.

Ulko-ovelta kuului rysähdys, kun se avattiin voimalla. Äiti arvasi miksi olin piilossa. Hän laittoi sormen huulille ja sulki oven.

Askeleet eteisessä lähestyivät ja keittiön ovea jyskytettiin. Kohta kuului Jurmun sedän ääni, se kuulosti ukkosen jyrinältä. Painoin kädet korviani vasten ja tunsin tuoksun, joka tuli pääni yläpuolella olevista purkeista. Kesällä kerättyjen vadelmien tuoksu oli niin huumaavaa, että Jurmun sedän puheen pauhu hiipui.

Näin mielessäni, kuinka yläpuolellani kaartuivat vattupensaat ja punaiset, hehkuvat suuret marjat. Korkealla taivaalla kulkivat poutapilvet. Palasin mielessäni piilopaikkaani vadelmapensaiden alle.

"Saa olla sitte viiminen kerta tämmönen peli, tytöltä oli mennä silimä", Jurmun sedän ääni tuli oven läpi kuin suuri käsi, joka ojentui minua kohti.

"Anteeksi on pyyettävä".

"Iliman muuta Harri tullee pyytään anteeksi, oli varmasti vahinko se lumipallo", äiti sanoi.

"No niihän ne pojat villiintyy, mutta nyt se on loppu", Jurmun sedän ääni oli jo rauhallisempi.

"Terveisiä Outille ja hyvvää joulua", äiti sanoi. "Me jutellaan tästä, kuhan isä tullee asemalta".

"No nii, hyvvää joulua teiänki perheelle", Jurmun sedän ääni oli käheä, kun hän sulki oven.

Minä käännyin katselemaan ylähyllyn vattupurkkeja ja kuulin oven avautuvan selkäni takana. Äiti jätti sen auki ja meni pois. Kuulin äidin liikkuvan ja tunsin hänen tuoksunsa katoavan keittiöstä.

Minun mielestäni äiti tuoksuu kodilta ja koti tuoksuu äidiltä.

Isä tuoksuu pakkasilmassa nousevalta höyryltä, junan kirskuvilta pyöriltä, erärepulta ja termospullon kahvilta.

35. AINOA OIKEA KOTI

Hän seisoi keskellä risteystä,
siniharmaa aamutakki yllä,
heilutteli kättä kuin liikennepoliisi.
Hänen siroilla kasvoillaan
oli epävarma, mietiskelevä ilme.
Haaleat silmät katsoivat tyhjyyteen,
etsivät jotain tuttua.

Äiti purskahtaa itkuun kysyessäni muistaako hän yölliset
tapahtumat sijaishoitoviikollani. Hän kertoo muistavansa,
vaikka toivoo, että olisi ne unohtanut.
"Miksi minusta piti tulla tällainen", äiti itkee ja huokailee.
"Ei se sinun syytäsi ole, Alzheimerin taudista se johtuu", minä
sanon.
"Sairaus panee tekemään ja sanomaan asioita, joita
myöhemmin katuu".
Tuona iltana äiti kertoi, että tapasin pienenä sanoa ennen
nukahtamista, että pidä sitten huoli, ettei peukalo hipsi yöllä
suuhuni. Tunnin kuluttua Alzheimerin tauti muutti kaiken.
Juttelemme puhelimessa kuluneesta viikosta ja äiti kertoo auton
olevan rikki ja viety huoltoon. Sama auto, jonka käyttöön ja
oikkuihin sain ohjeet tuurausviikollani.
Sen viikon volkkari palveli minua hyvin. Ainoastaan
viimeisenä päivänä, juuri kun minun piti käydä apteekista
äidille Alzheimer-laastareita, auto kieltäytyi käynnistymästä.
Nyt volkkari oli jättänyt välille. Elämässä kaikki pettää lopulta,
jopa vanha kunnon volkkari. Mikäs ihme sitten, jos ihmisen
koneistokin jättää kerran välille.
Onneksi äidilläni on isäpuoleni turvana ja omaishoitajana. Hän
toipuu hiljalleen parin viikon takaisesta polvileikkauksesta ja
vastaa samalla äitini hoidosta. Ajattelen, että kotona on nyt

kaksi sairasta, jotka huolehtivat toisistaan ja turvaavat naapureihin.

Polven hoito on vaatinut viime päivinä käyntejä sairaalassa, ja auton rikkoutuminen on aiheuttanut lisää järjestelyjä. Onneksi ystävälliset naapurit ovat olleet auttamassa ja käyttäneet kaupassa.

"Tiiäkkö, että tämä talo, jossa me ollaan kylässä, on lammen rannalla", äiti sanoo.

Ajattelen, että äitini on kylässä omassa kodissaan ja kuvailee paikkaa kuin uutta ympäristöä. Hän kertoo lammesta, jonka rantatörmällä on asunut pian 50 vuotta.

"Ja rantasaunakin täällä on", hän ihastelee.

"Muistatko äiti, kun me asuimme samanlaisessa talossa, jonka rantaan isä rakensi myös saunan", minä kysyn ja äiti nauraa.

"Tottakai minä sen vetoisan lautakasan muistan, ei siinä kylyvetty kuin pari kertaa". Äidin nauru tarttuu minuunkin ja muistelemme yhdessä isän nikkaroimaa rantasaunaa.

"Sitä sai lämmittää monta tuntia, eikä silti tullu löylyjä", äiti muistelee.

"Tässä talossa on palion hienompi rantasauna, mutta ei me tällä reissulla ehitä kylypemään".

Äiti puhuu koko ajan samasta rantasaunasta, mutta en ryhdy siitä tinkaamaan. Turhaa se olisikin, koska äiti ei enää tunnista omaa kotiaan kuin hetkittäin.

Hän on vähitellen matkalla sinne, minne muistisairaat tapaavat palata, ensimmäiseen kotiinsa. Hänelle se on Juotasjärvellä sijainnut lapsuuskoti. Nyt äiti on omassa kodissaan kylässä ja pohtii paikan nimeä.

Tiedän, että Alzheimerin tautiin liittyy aikoja, kun sairauden ote hetkeksi herpoaa ja äiti palaa takaisin sellaisena, kuin hänet tunnen. Surullista kuitenkin on, että äiti muistaa myös tilanteet joina sairaus sai hänet sanomaan ja tekemään outoja asioita.

Ne hetket tekevät surulliseksi ja tuovat kyyneleet silmiin molemmille. Voin vain lohduttaa, että syy on Herra Alzheimerin eikä kärsivän äitini.

Nyt äidillä tuntuu olevan selkeä jakso. Hän alkaa yllättäen muistella isän kuoleman jälkeistä aikaa ja omakotitaloamme, jonka olimme vähällä menettää.

"Tarkoitatko tarinaa taloa hamunneesta pankinjohtajasta", minä kysyn.

"Just sitä", äiti sanoo topakasti.

Tarina on aina kuohuttanut mieltäni ja äiti on kertonut sen lukuisia kertoja. Koskaan kertomus ei ole oleellisesti muuttunut, joten uskon sen olevan ainakin pääosin totta.

Isäni kuoleman aikoihin kotimme oli vielä velkainen ja kaikki lainat jäivät äitini hoidettavaksi kahvilan pidosta saaduilla tuloilla. Äiti yritti pankista lisälainaa selvitäkseen alkuun, mutta sitä ei herunut.

Äiti kertoi kuulleensa kahvilassa tutuiltaan, kuinka pankinjohtaja oli jo lupaillut omakotitaloamme jollekin kaverilleen. Johtaja oli kehaissut, että siellä on uusi talo lammen rannalla, eikä se leski sitä pysty yksin pitämään.

Äiti piti pientä kahvilaa Union- huoltoaseman kupeella. Hän hoiti joskus myös kahvitilaisuuksia pitopalveluna. Kerran eräs toinen pankki tilasi tarjoilun kokoukseensa. Äitini sattui siellä tapaamaan pankinjohtajan töiden ohessa.

Hän kysyi suorasukaiseen tapaansa pankinjohtajalta lainaa ja kertoi vaikean tilanteensa. Pankinjohtaja harkitsi hetken ja kysyi, siirtyisivätkö koko perheen tilit hänen pankkiinsa. Äitini sanoi, että varmasti siirtyvät. Pankinjohtaja antoi lupauksen lainasta.

"Silloin minäkin siirsin tilini siihen pankkiin", sanon äidin tarinan väliin.

Äiti sai lainan ja pääsi yli vaikeimman ajan. Hän teki pitkää päivää kahvilassaan ja otti lisätöitä aina kun niitä sai. Lopulta lainat oli maksettu ja talo velaton. Äitini ei enää silloin ollut nuori, mutta oli pystynyt pitämään talon lammen rannalla.

Alzheimer-taudin kynsissä rimpuileva äitini kyselee kotiaan, aivan kuin eksynyt lapsi. Minä sanon joka kerralla, että tämä on se koti, jonka puolesta sinä olet taistellut. Tämä on se koti, jonka sinä työnteollasi pidit ja maksoit viimeistä markkaa myöten. Sinun kotisi äiti.

36. VERITULPPAANIT

Näinkö pian se päättyi,
tämä matka.
Vastahan se alkoi,
tämä seikkailu.

Joulupäivän aamuna herään ylävuoteelle leijuviin tuoksuihin. Tuoksut elävät mielessäni ja näen niiden muodostavan hauskoja kuvioita. Piparkakku on tuoksujen kuningas, kieppuen korkeimmalla. Kuningatar joulutorttu kohoaa kattoa kohti. Niiden alapuolella kuplii riisipuuro kuin tonttu-ukkojen kuoro. Pohjimmaisena möhöttää paksussa läskikuoressa turpea joulukinkku. Minun ja Jussin kerrossänky on keittiön takaseinällä, lieden lähellä ja ikkunan vieressä. Siitä näkyy kauas Kemijärven väylille, jotka ovat nyt paksun jään ja lumen peitossa.

Ikkunan alaosa on liedellä porisevien ruokien synnyttämässä höyryssä, mutta ylävuoteelta katsoen siihen jää soikea aukko. Katselen siitä aukosta ja näen ensimmäisen väylän takana kohoavan korkean Juhannussaaren.

Siellä me käymme aina kesäisin juhannuskokkoa polttamassa ja iltaa viettämässä koko perheen kanssa.

Toisinaan joku toinen ehtii sinne ennen meitä ja joudumme menemään kauemmas. Joskus syntyy kilpailu siitä, kuka ensimmäisenä ehtii ainoaan oikeaan Juhannussaareen.

Kaikkein jännin juhannusretki meillä oli, kun isällä ja Jurmun sedällä tuli soutukilpailu.

Vaikka me kuinka kiritimme, niin Jurmun setä souti sellaisella voimalla, että olisi voittanut, jos ei airo olisi katkennut. Me ehdimme rantaan ensimmäisenä ja kiljuimme Jussin kanssa riemusta.

Perillä isä ja Jurmun setä kaivoivat repuista olutpullot, korkkasivat ne ja istuivat hikeä pyyhkien rantakiville. Me lapset lähdimme saaren toiselle puolelle onkimaan.

Sinä juhannuksena juhlimme kokon ääressä yhdessä Jurmun perheen kanssa. Leikimme Annin kanssa kokon hiilloksen lämmössä ja saimme valvoa keskiyöhön asti.

Äiti touhuilee lieden ääressä ja hyräilee joululaulua. Liedestä nouseva lämpö ja voimakkaat tuoksut ajavat minua alas, vaikka mieleni tekisi vielä nukkua.

"Mennäänkö mäkeä laskeen", Jussi kysyy alapetiltä ja minä innostun, mutta äiti komentaa ensin syömään riisipuuroa.

Kuistille tullessani näen Annin seisovan portaiden edessä isänsä vieressä, pidellen kädellään uutta pulkkaa pystyssä. Punainen pulkka hohtaa valkoista kinosta vasten ja on hienoin koskaan näkemäni.

Meillä Asemaperän lapsilla on useimmilla vaneripulkat. Toiset ovat kiinnittäneet niihin pellillä päällystetyt jalakset. Oikeaa muovipulkkaa ei ole kuin harvoilla.

"Saitko joululahajaksi uuen pulukan", minä kysyn ja Anni nyökkää hymyillen.

"Minä sain uuen rattikelekan", sanon ja näytän seinää vasten nojaavaa kelkkaa. Jussi kiskaisee sen alas ja lähtee kohti Veturitallin tietä.

"Oikia lastiikkakelekka", hän hihkaisee Annille ohi mennessään.

Minä kävelen hitaasti kohti Annia ja tämän tuiman näköistä isää. Yritän välttää katsomasta tiukasti tuijottavaa Jurmun setää.

Hän näyttää tavallistakin suuremmalta ajurin karvalakki päässä. Minä kerään kaiken rohkeuteni ja yritän muuttua näkymättömäksi. Jurmun sedän rykäisy kertoo, että en onnistunut.

"Anteeksi se lumipallo, viskasin vahingossa", sanon hiljaa.

166

Ilmeisesti Jurmun setä kuulee, koska silmäkulmastani näen karvalakin liepeen vähän heilahtavan. Anni hymyilee ja heiluttaa pulkan narua. "Lähekkö Harri laskeen mäkiä", hän kysyy.

"Ala tulla sieltä, Häkälät on jo täällä", Jussi huutaa ja minä säntään juoksuun. Pakenen pihalta Veturitallin tielle.

"Ohoh, torkkahyrrät on saanu uuen rattikelekan", Häkälän Jori huudahtaa.

"Minä sen sain joululahajaksi", huudan mäen puolesta välistä.

"Meiän kaikkien yhteinen kelekka tää on, isä sano niin", Jussi huutaa ja käskee minut vahtimaan tienristeystä.

"Nostat sitte käen ylös, kun autoja ei näy, äläkä jää uneksiin". Minä katselen Asematiellä kävelevää Annia, joka vetää perässään punaista pulkkaa. Minua harmittaa, että en kehdannut sanoa pojille, että haluaisin lähteä Annin kanssa laskemaan mäkeä. Olisi voitu laskea vuorotellen kummankin uudella kelkalla.

Arvaan Annin menevän laskemaan seuraavasta mäestä, joka on aseman lähellä. Siinä mäki on vähän loivempi, eikä vauhti ole niin kova kuin Veturitallin tiellä.

Mäki on myös vaarallisempi. Asematietä kulkevat autot tulevat mäen takaa yllättäen ja lujaa. Meitä on sen vuoksi kielletty laskemasta siitä mäestä. Ajattelen, että Anni ujosteli tulla kanssamme Veturitallin mäkeen laskemaan.

Samalla ohi jyrää suuri kuorma-auto, joka ehtii risteyksen yli juuri ennen Jussia. Kaverit syöksyvät ohi ja minun polveni valahtavat hervottomiksi.

"Voi vattulan väki tuota toliottajaa, oltiin jäähä kuormurin alle", Jussi huutaa. "Pittääkö se aina uneksia".

"Mulla oli tulla housuihin, oli senteistä kiinni", Jari kiljuu.

"Herätys torkkahyrrä", alas juossut Jori tönäisee minut kinokseen.

Häkälän kaksoset antavat minulle lumipesua kasvoille, niin että tuherran itkua. Lopulta Jussi tulee ja tempaisee kaksoset ylös.

"Pillittämäänkö se torkkahyrrä alako", Jori nauraa.

"En itke saakeli, harmittaa ku en huomannu kuormuria", minä kähisen ja pyyhin kasvojani kyynelten sekoittamasta lumesta. "Ohoh, Hartsu on oppinu kirroileen", Häkälän Jari nauraa. "En kiroillu, lipsahti vaan, kun harmitti", sanon. "Meinas kyllä lipsahtaa kuormurin alle", Jussi sanoo ja käskee Häkälän Jarin jäämään risteykseen. "Me lasketaan nyt Hartsun kanssa Juhannussaareen asti", hän sanoo ja lähtee mäkeä ylös. "No katotaanpa miten torkkahyrrät laskee", Jari nauraa.

Iltapäivällä me Asemaperän pojat kuljemme hiljaisina tiellä. On sattunut onnettomuus ja meidät on käsketty katsomaan, että muistaisimme olla varovaisia. Kävelemme Asematietä ohi risteyksen, jonka poikki kulkee kelkkamäkemme. Kävellessä minulla on outo olo ja jättäydyn poikien taakse. Aavistan, että vanhempiemme varoittelut ovat toteutuneet ja jotain on sattunut. Äidin kyyneleet ja isän vakava ilme puhuivat enemmän kuin sanat. Näen mielessäni Annin, joka vetää pulkkaansa kohti edessäpäin olevaa mäkeä. Kävelemme hiljaisina jäistä piennarta. Korkeat lumivallit peittävät näkyvyyden sivuille lähes kokonaan. On kova pakkanen ja taivas kaartuu vaaleansinisenä. Lumikiteitä leijuu hiljalleen ilmassa kuin pieniä tähtiä. Ensimmäiset punaiset läiskät tiessä näemme jo kaukaa. Pian lumivallit ovat punaisia kukkia täynnä. Sellaisia, joita näin kotona joulutähdessä, sinä aamuna, kun rattikelkka odotti minua paketissaan keittiön nurkassa. Pian tulemme risteykseen, jossa kaikkialla kukkii punaisia verikukkia. Näen mäkeä alas kävelevän Annin äidin, joka itkee rajusti ja pitelee käsiään aivan kuin halaisi jotain. Ajattelen, että hän pitää sylissään Annia, mutta en näe tätä, ehkä tämä on äitinsä esiliinan alla. Annin äidin tullessa lähelle näen hänen vääristyneet kasvonsa ja minua alkaa huimata. En meinaa pysyä pystyssä. Isoveljeni vilkaisee minua ja laskee kätensä hartioilleni.

"Nyt mennään kotia", Jussi sanoo ja kääntyy. Lähdemme takaisinpäin hämärtyvässä pakkasilmassa. Kukaan ei sano mitään, ei edes ihmettele tapahtunutta ääneen. Kävelemme vaitonaisina kotiinpäin. Me, tavallisesti niin riehakkaat Asemaperän pojat emme oikein käsitä mitä on tapahtunut. Jokainen yrittää ymmärtää omalla tavallaan. On pakkaspäivän ilta ja nyt olisi hyvä laskea mäkeä, mutta kukaan ei edes vilkaise Veturitallin risteykseen. Syy onnettomuuteen paljastuu kotona. Kuulemme, että Anni oli lähtenyt laskemaan mäkeä yksin uudella pulkallaan. Kuorma-auto oli ajanut samaan aikaan mäen takaa risteyksen läpi.

Vanhemmat olivat aina sanoneet, ettei siitä mäestä saisi laskea. Minä näen mielessäni Annin kävelevän tien laitaa uutta pulkkaa vetäen. Hän kääntyy katsomaan taakseen ja heilauttaa kättään. Mäen palteessa kukkivat verikukat jäävät muutamaksi päiväksi lumivalleihin, kunnes lumiaura peittää ne ohi jyrätessään.

Äiti sanoo illalla, että Anni meni taivaaseen ja hän on nyt pieni enkeli. Minä mietin mielessäni, että Annin mäenlasku on jatkunut läpi lumivallien, yli asemarakennuksen, ylös taivaalle kiitäen. Joulutähdet kukkivat siellä elämän rajalla.

37. TUNTEMATON DYSTONIA

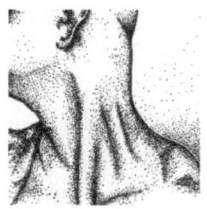

Dystoniaa sairastavat
ovat usein herkkiä,
kuin ilmapuntareita.
Elämän varoitusvaloja,
merkkinä ajassa,
kuin uhanalainen laji.

Lumikinoksen verikukat jäivät mieleeni muistoksi lapsuuden ilosta, riemusta ja vauhdista, huudoista ja kirkaisuista. Elämän salaisuudesta, joka annetaan ja otetaan kuin arpomalla. En koskaan enää laskenut Veturitallin mäestä. Kevät sulatti lumet ja tiet hiekoitettiin. Rattikelkkani jäi katokseen, unohtui sinne ja peittyi rojujen alle. Vuosia myöhemmin, kun olimme jo muuttaneet pois Asemaperältä, halusin käydä katsomassa vanhaa kotitaloa. Katselin pihan hiekkakasalla leikkivää lasta. Tuntui oudolta nähdä vieras setä nojailemassa tutun kuistin kaiteeseen tupakkaa poltellen.

Kävelin talon päätyyn ja menin autotallille, joka ennen oli meidän käytössämme. Ovi oli raollaan ja minä pujahdin sisään. Silmieni totuttua hämärään, näin nurkassa kasan rojua ja niiden alla rattikelkkani.

Kiskoin kelkan rojujen alta ja istuin puupenkille. Tartuin rattiin ja kurkistin ovenraosta. Kaukana mäen päällä leikittiin. Uusia, outoja lapsenääniä. Riemua, joka tuli kuin toisesta maailmasta. Veturitallin mäki oli siinä. Hiljaisena ja tyynenä. Odottaen rattikelkkaa. Riemunhuutoja matkalla alas, kiskoille asti. Muistuttaen kirkaisuista. Siitä miten kaikki on ohikiitävää ja joskus ohi niin nopeasti.

Usein, kun kuuntelen laulua "Nuorallatanssija", joka kertoo putoavasta akrobaatista, tuo päivä tulee mieleeni. Elämän arvaamattomuus. Hetken riemu, onnistuminen ja katseet, voitonriemu ja loppu. Kaikki on ohi pienessä hetkessä. Näen yhä silmissäni tuon kaiken. Näen verikukat lumessa. Annin äidin, joka laskeutuu mäkeä itkien rajusti. Unelmieni lahjan keittiön nurkassa. Rattikelkan, joka odottaa jäisiä teitä, mäkeä alas yli risteyksen veturitallin pihaan, raiteille asti.

On piikkipäivän aamuyö ja havahdun lapsuuden muistoista saapuvan päivän tapahtumiin. Minua hermostuttaa ja jännittää mennä sairaalaan botuliinihoitoihin. Elämä tuntuu oudolta, aivan kuin joku olisi ottanut ohjat ja veisi minua kuin koivunlehteä tuulessa. Lennähtelen ajatuksissani ja kiepun ilmassa. Lopuksi jään leppeään ilmavirtaan leijumaan, painun valveen rajalta takaisin uneen ja uppoan ajattomuuteen.

Herätessäni päässäni soi laulu "Kaksi onnellista lasta auringon". Nousen keittämään kahvit ja teen takkaan tulet. Nuotio on aina rauhoittanut mieltäni, liekkien eloisa liike tuo rennon olon.

Mietin, miten onnellinen ihminen on tässä hetkessä. Pieni koiramme käpertyneenä matolla, kahvikuppi edessä, käsissä hyvää luettavaa ja katse liekkien lämmössä. Takassa paukkuvien puiden musiikki ja elävä valo vievät onnen hetkeen.

Minulla on tällä hetkellä kesken neljä kirjaa. Pari perinteistä paperikirjaa, e-kirja ja yksi äänikirja. Kaikki kirjat ovat erilaisia teemoiltaan. Lenkillä kuuntelen usein dekkaria, tabletilta luen matkakirjaa pyöräretkestä ja paperikirjoina enimmäkseen tietoteoksia.

Yksi niistä kertoo lääkkeistä ja myös niihin liittyvästä rikollisuudesta. Toinen paperikirja on lääkärin kirjoittama uusi näkökanta sairauksien synnystä ja syistä. Kolmas on sylissäni avoinna oleva Ihmisyyden rajalla-kirja.

Teos kertoo Viktor E. Franklin elämästä ja hänen kokemuksistaan keskitysleirillä. Olen lukenut kirjan muutama vuosi sitten pariin kertaan, mutta eilen etsin sen uudelleen kirjahyllystäni erään ystävän vihjeestä. Huomaan nyt lukiessani, miten hyvin ihmisen muisti taltioi kaiken. Tutun kirjan lukeminen on kuin palaisi huoneeseen, jossa ei ole heti käynyt. Palatessaan muistaa miten kaikki on samassa järjestyksessä kuin sieltä lähtiessä.

Kesken jäänyt kirja on kuin maisema, johon palatessaan näkee tutun polun ja löytää helposti kohdan, johon jäi. Katselee hetken maisemia, kunnes taas jatkaa matkaa. Kirjat ovat aina olleet minulle ystäviä, joiden kanssa on helppo kulkea, kuunnella, ihmetellä ja oppia. Elämäni ensimmäinen huonekalu, jonka ostin, oli kirjahylly. Pian se täyttyi kirjoista. Avaan kirjan ja löydän nopeasti sen saman olotilan, joka sai jo lapsena minut rakastumaan kirjoihin. Kirjan tarina vie minut mukaansa ja olen unohtaa, että tänään on piikkipäivä.

Iltapäivällä ajelen vajaan tunnin matkan Lohjalle. On sateista, suuret pisarat valuvat tuulilasilla ja lämpöä on kuutisen astetta. Tulen hieman aikaisemmin Lohjalle ja käyn ostamassa pyörääni Airam-merkkisen valaisimen. Ostan sen nimen vuoksi, koska Airam oli ennen termospullon synonyymi samoin kuin Mono hiihtokengän.

Lohjan sairaalan profiili katselee jylhänä kuin faaraoiden laakson sfinksi astellessani lätäköiden välistä kohti sisäänkäyntiä.

Tulen polille ja näen tuttuja kasvoja edellisiltä hoitokerroilta. Kättelen heidät iloisena. Muutaman sanan ehdin vaihtaa ja kysellä jaksamisia ennen piikeille menoa.

Siellä odotushuoneessa olemme kaikki samassa jamassa. Edellisen botuliinin vaikutus on hiipunut ja dystonian ote lihaksista vahvistunut. Useimmilla hoitoa odottavilla on raskasta ja kivuliasta. Minulla väännöt ovat voimistuneet, eikä pää pysy pitämällä suorassa.

"Jospa piikit ajan oloon helpottaisivat vääntöjä", sanon sisään menevälle.

Jään yksin käytävään ja tutkin hyllyjen luettavaa. Yhtään pelkästään dystoniasta kertovaa lehteä en löydä. Monien muiden sairausryhmien lehtiä löytyy hyllystä tai ainakin harvinaisten sairauksien oireista kertovia vihkosia. Ajattelen pyytää Dystonia-yhdistykseltä lehtiä ja tietokortteja tänne tuotavaksi.

Lopuksi istun katsomaan ulos hämärtyvään iltapäivään ja sateiseen ikkunaan. Olen tuleen tuijottaja ja rakastan sitä olotilaa, hetkeä, jossa vain istuu ja katselee. On pelkkää ajatusviivaa.

Ovi avautuu takanani ja ystävällisesti hymyilevä neurologi pyytää sisään. Tämä on viides kerta, kun käyn dystonian vuoksi botuliinipiikeillä. Neljäs kerta täällä Lohjan neuropolilla. Joka kerta olen saanut olla täällä saman neurologin hoidossa. Minusta on mukavaa, kun ei tarvitse jännittää uutta lääkäriä. Riisun heti paidan pois ja kertoilen samalla edellisen hoitokerran vaikutuksista ja dystonian oireista. Kysyn botuliinin nimen ja määrän. Kuulen, että samaa botuliinia pistetään kuin aiemminkin ja saman verran.

Neurologi tutkii käsin painelemalla niskan ja hartioiden lihaksia. Hän sanoo niissä olevan dystonian vääntöjen aiheuttamia kohtia, joihin voisi lisätä botuliinin määrää seuraavalla kerralla.

Pistosten aikana juttelemme tilanteestani ja otan esille myös DBS-leikkauksen, josta Meilahden neurologi puhui yhtenä hoitovaihtoehtona.

Myös lääkäriä kiinnostavat tietoni syväaivostimulaatiosta ja hän kyselee siitä piikin kanssa puuhaillessaan.

Pistosten aikana olen hiljaa ja annan lääkärille työrauhan.

Neurologi pistää botuliinia hieman myös olkapäähän, koska se on koholla. Ensi kerralla sinne pistetään ehkä enemmän, hän sanoo lopuksi.

Piikit ovat nopeasti ohi, puen paidan ylleni, kiitän hoidosta ja poistun. Sade on laantunut tihkuksi soluttautuessani kapeasta välistä autoon.

173

38. TÖRMÄÄVÄTKÖ PÄÄSKYSET

Hän on kuin pääsky räystäällä,
joka palaa toukka suussa.
Hän on reitti jonnekin,
mitä kohti olen kulkemassa.
Hän on polku,
jonka jälki syvenee.
Uoma, jossa elämä virtaa.

Bussin nimi on Vanaja. Minun mielessäni se vääntyy vainajaksi. Sanat kääntyvät sillä tavoin päässäni, tekevät omia mutkia ja lisäävät kirjaimia. Jään siis vainajan kyydistä pikitien laidassa ja bussi kiihdyttää kohti Rovaniemeä. Lähden kävelemään viiden kilometrin matkaa mummilaan. Soratie kulkee ohi punaisen maalaistalon. Talon pihalla pystykorva räyskyttää kettingissä. On pilvinen päivä, välillä tipahtelee suuria pisaroita, jotka läiskähtelevät kuivalle soralle. Ilmassa on ukkosta. Isot, mustat pilvet liikkuvat taivaalla toisiaan kohti. Minua vähän pelottaa, sillä Juotasjoen lossille on kolmisen kilometriä ja vasta siellä pääsen suojaan ukkoselta. Läpi metsien mutkitteleva tie on hiljainen ja yhtä taloa lukuun ottamatta asumaton. Jykevät männyt reunustavat tietä. Äitini on kertonut, että hänen lapsuudessaan tietä ei ollut ja Rovaniemelle vievälle tielle tultiin metsäpolkua pitkin odottamaan maitolaiturille linja-autoa.

Sade yltyy ropinaksi ja tukka liimautuu otsalle. Selässäni on reppu, siellä virveli ja joitain vaatteita, muuta en tarvitse mummilan viikkoihin. Näillä pärjäisin sydänkesän hyvin. Olen ollut kesäviikot mummilassa jo parin vuoden ajan.

Ensimmäisen kerran sinne pääsin kymmenvuotiaana. Silloin isä ja äiti lähtivät ystäviensä kanssa autolomalle Ruotsiin ja Norjaan. Meidät lapset sijoitettiin sukulaisiin.

Veljeni ja siskoni menivät isäni kotiseudulle Patokoskelle, minut lähetettiin äitini kotitilalle Juotasjärvelle. Aluksi minua vaivasi koti-ikävä, mutta Topi-enon kanssa puuhaillessa se unohtui. Hän oli minua vain vuoden vanhempi, joten yhteistä tekemistä riitti, varsinkin kalastusta.

Ensimmäisestä kesästäni mummilassa muistan pääskyset. Niitä oli paljon pihapiirissä. Punamultaisen talon räystäisiin muuratuista pesistä olivat poikaset jo lähteneet ja pääskyt lentelivät sinitaivaalla.

Makoilimme Topin kanssa koivun vieressä suuren harmaalautaisen kaivon kannella ja katselimme taivaalle. Pääskyt singahtelivat, kieppuivat ja kirskuivat.

Koskaan pääskyt eivät törmänneet toisiinsa, vaikka ne menivät aina ihan läheltä. Se oli ihmeellistä. Odotimme törmäystä ja ajattelimme, kuinka ne tipahtaisivat alas taivaalta. Eivät ne tippuneet.

Kävelen soratietä ja kuuntelen lähestyvän ukkosen jyrinää. Ajattelen, että muutama sata metriä vielä ja saavun Juotasjärvelle. Topi on luvannut tulla lossirantaan vastaan.

Hänen isoveljensä, äitini sisaruksesta vanhin, on maanviljelijä, joka omistaa mummilan maat nykyisin. Sivutyönään hän vastaa myös lossin hoidosta.

Lähestyn rantaa ja näen joen toisella puolella lossin. Vähän kauempana rannasta, mäen sivulla on lossitupa. Topi on nähnyt minut ikkunasta, koska juoksee rantaan. Hän on äitini sisaruksista nuorin.

Lossituvan ovi avautuu ja ulos kävelee pitkä, hoikka mies. Tunnistan hänet Tuomoksi, joka on päässyt juuri armeijasta. Maatilalla on menossa heinänteko ja Tuomo varmaan tuuraa lossilla veljeään.

Lautan sivussa on pieni koppi, jonka sisään Tuomo menee ja käynnistää moottorin. Lossi lähtee hiljalleen ylittämään uomaa. Nousen lossilautalle ja lähdemme palaamaan takaisin. Juuri kun tulemme puoliväliin, näemme ison Volvon ajavan vastarannalle valoja vilkutellen. Äänimerkki soi, niin että rannat raikuvat.

"Nuo ne rallaa yhtenään perhanan lomalaiset", Tuomo kiroilee. Hän sanoo ruotsinsuomalaisten olevan kesälomilla ja ajelevan usein lossilla. Tuomoa ärsyttää, kun he kulkevat leveillä uusilla autoillaan.

Tuomo ei ole huomaavinaan vastarannalla huitovia ihmisiä. Hän vie meidät yli ja viivyttelee paluuta tahallaan. "Siellä oottakoot sveamamman sakki ja velekavolovot", hän ärisee.

Me kysymme, voisimmeko tulla mukaan vastarannalla käymään. Tuomo lupaa, jos irvistelemme rallaajille. Eivät ainakaan kuvittelisi liikoja ja tajuaisivat vähentää edestakaisin lossilla ajeluja.

Seuraan tarkkaan lossivahdin työtä. Minusta se näyttää maailman upeimmalta hommalta. Taivaskin alkaa rakoilla ja aurinko pilkottaa aina välillä mustien pilvenlonkien välistä. Vesi kohisee lossin vieressä ja vastaranta lähestyy nopeasti.

Viininpunainen suuri Volvo odottelee pienen mäen päällä ja kuski ajaa lautalle heti kun lossivahti viittaa kädellä. Auringossa auton kyljet kiiltelevät kuin juuri vahattuina.

Kuskin paikalta nousee mies paitahihasillaan, kaivaa tupakat taskustaan ja tarjoaa Tuomolle. Tämä ottaa tupakan ja kuuntelee, kun mies alkaa esitellä autoaan.

"Moro Topi, mites hurisee", mies huomaa enoni ja heilauttaa kättään.

"Kenes poikia sinä olet", hän kysyy minulta.

Kerron nimeni ja hän sanoo muistavansa äitini lapsuudestaan. Me emme kehtaa Topin kanssa irvistellä mukavan tuntuiselle sedälle ja Tuomokin tuntuu leppyneen.

Kurkimme autoon sisälle ja näemme takapenkillä kaksi nättiä tyttöä, jotka kikattelevat keskenään nähdessään meidät.

Etupenkillä istuva nainen hymyilee ja sanoo jotain ruotsiksi.

Topi kertoo jälkeenpäin, että nainen on kotoisin kauempaa Juotasjärven perältä. Hän on lähtenyt jo nuorena täältä ja haluaa puhua vain ruotsia. Naisen kotitila sijaitsee järven toisella puolella, korven keskellä.

"Se on ollut autio jo kauan ja talolla kummittelee", Topi kertoo.

Minä innostun ja kysyn, menisimmekö joskus käymään siellä. Topi sanoo, että mennään huomenna yökalaan ja käydään katsomassa paikka.

Tuomo ottaa samalla kopista ison puunuijan, jonka toinen pää on paksumpi ja siinä on hahlo. Hän asettaa sen vaijeriin ja alkaa hidastaa rantaa lähestyvää lossia.

Me kävelemme enoni kanssa parin kilometrin matkan mummilaan. Nyt minua ei enää ukkosen jyrinä pelota, sillä meillä on paljon puhuttavaa ja suunniteltavaa. Topi kertoo, että pappa on lähtenyt aamulla käymään bussilla Rovaniemellä. Minä olen siitä iloinen, koska pelkään vähän pappaa.

Hän on hiljainen, sodan käynyt mies, joka kävelee aina pitkiä matkoja. Edellisiltä kesiltä muistan, kuinka hän aamuvarhaisin lähti retkilleen samaan aikaan kun me tulimme yökalasta.

Pappa käveli avaran pihamaan poikki ja kääntyi pitkälle, suoralle soratielle. Hänen hontelo hahmonsa eteni rytmikkäästi huojahdellen peltoaukeiden välissä kulkevalla tiellä. Jokaisella askeleella hänen hahmonsa katosi pelloilta nousevaan utuun.

En tiedä miksi papan läsnäolo ahdistaa minua. Hänen hiljaisuutensa on niin arvaamatonta. Vaistoan, että se ei ole aitoa hiljaisuutta, vaan halua olla sanomatta.

Pappa on mykkäkoulussa maailman kanssa. Niin minä sen olen päätellyt mielessäni. Hän voisi puhua, kertoa jotain, mutta ei halua. Pappa on päättänyt olla hiljaa.

Äitini on kertonut, että ennen sotia pappa oli leikkisämpi ja puuhaili lastenkin kanssa pirtin lattialla. Sodasta palasi toisenlainen pappa.

Puhumaan pappani kyllä pystyy, kun vain haluaa. Hän on taitava sanan käyttäjä ja terävät sanat lähtevät kuin viilatut viikatteet suusta. Sanat osuvat kuulijaan, panevat lakoon ja tekevät valmista heinää.

Hänen tarinansa ovat usein lyhyitä ja monimielisiä. Papan mielestä parhaat jutut kuulija käsittää vasta kotimatkalla, eikä jaksa palata takaisin kostamaan.

Jutellessamme tulemme mummilan portille ja kävelemme suureen pihaan. Vasemmalla on harmaalautainen liiteri, jonka edessä odottaa halkokasa puiden tekijää. Edellisenä kesänä saimme papalta jäätelörahat kauppa-autolle, kun veimme puita liiteriin. Punamultaisen talon takana on peltoja ja järvi. Oikealla puolella ovat navetta ja puoji, jossa nukutaan kesäisin. Astumme tuulikaappiin ja menemme sisään.

Mummi on juuri puuhailemassa pirtissä ja työntää pitkävartisella puulapiolla rieskaa punertavana hohkaavan piisin uuniin. Pöydällä on kasa tuoreita, vereksiä rieskoja, jotka tuoksuvat huumaavilta.

Ajattelen rieskaviipaletta, jonka päälle asetan voinokareen sulamaan ja keikutan sitä, niin että nokare lipuu reunalta toiselle. Tunnen suussani ohrarieskan maun, kun sitä haukkaa.

Minulla on hurja nälkä, onneksi mummi komentaakin ottamaan rieskaa. Päälle juomme kotikaljaa puukiulusta, joka on pirtin nurkassa.

Mummin touhuilua on hauska seurata. Hän on lempeä ja samalla tomera ihminen. Aina puuhaamassa, huolehtimassa ja leipomassa. Hyvällä tuulella kuin kesäilma. Hän on kuin haapa pihalla, joka humisee ja raplattaa, juttelee tarinoita touhuillen koko ajan jotain pirtissä tai navetalla.

Mukki on kuin pääsky räystäällä, joka lennähtää pesälle toukka suussa. Hänellä on aina jotain annettavaa. Mummi on kuin reitti jonnekin, mitä kohti on kulkemassa ja kasvamassa.

Katselen häntä kuin polkua, minne se johtaa. Sen polun jälki syvenee mielessäni uomaksi, jossa elämä virtaa. Virta, joka juoksee halki aikojen, kohti suuria kohisevia koskia. Yli vaarojen ja vesien, kaartelee siellä sinitaivaalla pääskysen lailla, kirskuu ja kieppuu.

Sellainen mummini on. Hän puhuu aina tehdessään ja puuhailee jotain, juttelee ja tarinoi. Minä kuuntelen puhetta ja ääntä, jonka sävyssä kuulen hyväksyvän sävelen. Mummi lakaisee lattiaa, kyselee ja puhelee kovalla äänellä koska hänen kuulonsa on huono.

Mummilla on sellainen tapa, aivan kuin hän ajattelisi ääneen. Samalla tavoin olen kuullut hänen puhuvan lehmille kesänavetassa. Kuuntelen sitä puhetta, aivan kuin radio olisi auki. Mummin tarinoiden maailmasta tulee aina mielenkiintoista ohjelmaa.

Vilkaisen pirtin päädyssä olevan puusohvan yläpuolelle. Piippuhyllyllä on papan piippu odottamassa, sillä on kaupunkipäivä. Papan kävelymatka sorateitä pitkin pysäkille ja siitä Rovaniemelle on mummilassa aina iso tapahtuma.

Pappa valmistelee kaupunkiin lähtöä hartaasti ja puhuu siitä jo päiviä aikaisemmin. Minä tapaan mummilassa ollessani katsoa ikkunasta, kun pappa matkaa portille.

Hänellä on pikkutakki päällä ja hattu hieman kenossa. Askellus on jäntevää ja tuo mieleen kotimaisten elokuvien rennon sotilaan. Pappa on tottunut kävelijä. Pitkä ja hoikka vartalo liikkuu keinuen matkalla kohti bussipysäkkiä ja kaupunkipäivää Rovaniemellä.

39. TOIMINTAKYVYN ARVIOINTI

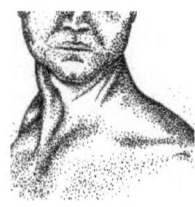

Ole hyvä itsellesi,
vaikka ei kukaan muu olisi.
Anna anteeksi ja yritä unohtaa.
Muista, ettet tehnyt parastasi,
ei kukaan tee.
Jokainen vain yrittää.

Syksy 2014 on jo pitkällä, kun istun työfysioterapeutin eteen ja käännän tuolin vinoon, siten että pääni vääntyy häntä kohti. Ensivaikutelma on tärkein, sanovat psykologit, joten haluan katsoa ihmistä suoraan kasvoihin. Työfysioterapeutti on juuri sellainen, kuin kaikki tapaamani fysioterapeutit. Ammattimainen, urheilullinen, ystävällisen jämäkkä ja suoran oloinen luonteeltaan. Minun on yleensä helppo keskustella heidän kanssaan, koska he ovat vireitä ja reippaita. Olen itsekin mielestäni sellainen, vaikka sairaus välillä lannistaakin, varsinkin unen puute, ainainen vääntö ja kivut.

Työfysioterapeutti ei tunne dystoniaa, mutta sehän ei haittaa, koska minä tiedän siitä jo paljon. Sairashan on sairautensa paras asiantuntija. Dystonia on niin epätavallinen sairaus, että vain harvoin tapaan neurologian poliklinikoiden ulkopuolelta lääkäriä, hoitajaa tai hoitoja antavaa, joka tuntisi dystonian.

"Lähdetään liikkeelle siitä, minkälaista toimintakykyä sinulla on vielä jäljellä", työfysioterapeutti aloittaa.

Puhuttavaa on paljon ja käymme läpi fysiikkaani, lähinnä pään asentoja. Olen iloisesti yllättynyt aktiivisesta asenteesta, jolla työfysioterapeutti kartoittaa tilannettani. Hän myötäelää tarinaani ja keskustelu liikkuu laajalla alueella.

Liikunnasta puhumme paljon. Hän kysyy, miten pystyn juoksemaan ja pyöräilemään vaikka pääni vääntyy sivuun.

Kerron pitäväni kädellä päätäni suorassa tai katsovani vasemmalle. Pyöräillessä taas yritän väkisin suoristaa päätäni, niin että näen ajaa. Joudun tosin maksamaan nuo pyöräretket aina niskakivuilla.

Kerron, että juoksen ja pyöräilen vaikka se on vaikeaa, siksi että rikon niillä sen muurin, jonka sairaus muuten elämääni rakentaisi. Saan niin paljon energiaa kuntoilusta, että maksan mielelläni kivun, jonka se aiheuttaa.

Kerron DBS-leikkauksesta, jota minulle harkitaan. Hän kuuntelee kuvailuni ja toteaa, että se on iso leikkaus, mutta nykyään tehdään vaativampiakin.

"Onhan pään poraamisesta lääkäreillä tuhansien vuosien rutiini", minä totean. "Sinuhe Egyptiläinen jo porasi päitä Mika Waltarin historiallisessa romaanissa".

"Haluaisitko, että laitan sinulle kokeeksi kinesioteipit", työfysioterapeutti kysyy. "Tietysti", minä sanon ja olen iloinen, että saan toimintakyvyn arviointikäynnillä hoitoakin.

Fysioterapeutti kiinnittää punaiset teipit käsivarren kautta hiusrajaan ja toiset lapaluiden tasolle. Huomaan peilistä, että punainen väri korvan vieressä on huomiota herättävä.

Keskustelemme vielä tovin aikaa ja hän pyytää minua kertomaan omin sanoin työt, joihin uskoisin olevani toimintakykyinen.

"Olet selvästi ajatellut paljon näitä asioita", työfysioterapeutti toteaa kirjatessaan kertomaani raporttiin.

"Yön hiljaisina tunteina on aikaa ajatella ja pohtia tulevaa", minä sanon.

"Olet verbaalinen ja voisit käyttää sitä taitoa jossain työssä", hän arvioi.

Kerron kirjoittamisesta, jota harrastan, blogistani ja sen merkityksestä itselleni ja lukijoille.

Kerron myös runsaasta ja myönteisestä palautteesta, jota blogista olen saanut. Työfysioterapeutti pitää sitä hienona vertaistukena, jossa saan olla myös tuen antaja.

"Vain toinen saman kokenut voi oikeasti auttaa vertaistaan", hän sanoo.

"Ulkopuolinen ei pysty useinkaan auttamaan, jos ei ole kokenut samaa, ei edes ammattiauttaja", työfysioterapeutti myöntää avoimesti.

Sanon hänen olevan oikeassa. Kerron esimerkkinä, että ilman samaa kokemusta auttajan ja autettavan välillä on näkymätön kalvo. Eriste, joka joustaa välissä, vaikka kuinka yrittäisi päästä toista lähelle. Vain oma kokemus, esimerkiksi sairauden tai kärsimyksen tekemä särmä murtaa sen kalvon ja päästää kärsivän lähelle. Saman asian kokenut pääsee rinnalle asti ja pystyy auttamaan. Sitä on vertaistuki.

Työfysioterapeutti nyökkää ja kertoo saaneensa riittävästi tietoa raporttiaan varten. Hän lupaa lähettää sen mahdollisimman pian eteenpäin, niin voin hakeutua uuteen työhön tai uudelleenkoulutukseen.

Kotona otan esille kutsun neurologian poliklinikalle Meilahteen. Minulla on tällä viikolla aika sinne.

Kolme kuukautta sitten saamani botuliinipistokset ovat auttaneet vain vähän. Tästä syystä Lohjan neurologi pyysi minulle lähetettä Meilahteen DBS-leikkauksen harkintaan siihen perehtyneen lääkärin kanssa.

Ensi vuoden puolella, viimeistään keväällä 2015 edessäni on käynti, jossa DBS-leikkauksesta keskustellaan. Samalla katsotaan, toisiko se apua sairauteni oireisiin. Siinä tapauksessa, että neurologi näkee leikkauksen kohdallani sopivaksi hoidoksi, hän kirjoittaa minulle lähetteen neurokirurgin vastaanotolle.

Kolmen kuukauden aikana olen pohtinut ja tutkinut leikkausta paljon, onhan se iso ja järeä toimenpide, eikä sitä tehdä kuin vankoin perustein.

Olen keskustellut leikkaushoidosta vertaistukiryhmässä leikkauksen läpikäyneiden, siitä kieltäytyneiden tai varauksella suhtautuvien kanssa. Toiset ovat kertoneet, kuinka paljon tämä leikkaus on auttanut heitä ja vaikeiden dystonian oireiden vaivaamia potilaita.

Olen saanut paljon vertaistukea, joka on ollut omaa päätöstäni kunnioittavaa. Tämä päätös on tehtävä yksin. Paljon on tietysti kiinni siitä, näkeekö neurologi DBS-leikkauksen tilanteessani sopivaksi hoitomuodoksi.

Siinä tapauksessa päätös leikkaukseen menosta siirtyisi minulle. Toivottavasti tämän viikon käynnillä asiat menevät eteenpäin.

40. ULKOPUOLINEN

Yksinäisyys on suljettu tila,
seinämän takana ulkopuolinen.
Ympärillä naurua ja puhetta,
seinämän takana ihminen.

Papan paluuta Rovaniemen bussilta me enon kanssa odotamme
kuin ohjelmanumeroa. Katselemme pirtin ikkunasta pihamaan
yli. Sieltä veräjän harmaiden porttien välistä hän kävelee,
ohittaa liiterin ja halkopinot, tulee kamaraksi poljettua
kujannetta taloa kohti.
Eteisessä kuuluu rykimistä, pakettien rapinaa ja kenkien
kolinaa. Pappa astuu pirttiin. Hän on saapunut kaupungista
hattu kenossa. Luisevilla poskilla viipyy vielä kevyt puna.
Sammunut sikari on suussa ja salkku kainalossa. Molemmissa
käsissä käärepaketteja. Kirjoja varmaan, arvioin niitä
katsellessani.
Mummi nostelee lisää tuoreita rieskoja pitkälle pirtin pöydälle.
Me leikkaamme lämmintä rieskaa ja kaapaisemme päälle voita.
Vilkaisen samalla papan kirjoja.
Paksut romaanit näyttävät houkuttelevilta ja tuoksuvat
huimaavalta jännitykseltä. Pappa touhuilee pakettiensa kanssa
ja mummi kysäisee toiko tämä mitään hänelle.
"Otappa tuosta", pappa sanoo, puristaa paperin palloksi ja
ojentaa.
Mummi hymähtää, mutta on hiljaa. Arvaan, että häneen sattui,
vaikka ei näytä. Mummi on oppinut olemaan vaiti, ettei syntyisi
riitaa. Tunnen silti, että ilmassa liikkuu kylmiä viivoja,
poikittaisia ja päällekkäisiä, äänettömiä ristiriitoja.
Papan huumori ei toimi, se on rampaa ja liian raakaa, katkeraa
huumoria. Mummi viskaa paperitollon uuniin, nieleskelee,

mutta ei sano mitään, ei anna sitä iloa papalle, että tämä voisi sivaltaa syvemmälle.

Pappa jatkaa pakettien availua ja mummi rieskojen leipomista.

Viivat ilmassa alkavat taipua ja painua alaspäin, ne mutkittelevat, joustavat ja kieppuvat toistensa ympärillä. Mummi on mielestäni pappaa vahvempi, taipuisa luonne. Hän on kuin purukumi, joka venyy ja sietää papan jatkuvaa jauhamista.

Kummisetä, lukee papan kädessä olevan kirjan kannessa. Kirja keinuu tasaisessa rytmissä hänen sylissään. Arvasin paketeista oikein, hän on tuonut kirjoja Rovaniemeltä. Mario Puzon kirjoittaman kirjan ja pöydällä olevan Kalle Päätalon Tammettu virta- kirjan.

Kummankin kirjan mainoksia olen nähnyt televisiossa. Keinutuoli narahtelee hiljalleen, keittiöstä kuuluu kahvikuppien kilinää ja rupattelua. Mummi puhelee itsekseen iltakahveja tehdessään.

Minä istun ikkunan vieressä Topia vastapäätä ja selaan Hymy-lehteä, jonka isoisä on myös tuonut Rovaniemen reissultaan. Yleensä en voi lukea sitä, koska meille kotiin ei juuri lehtiä osteta.

Mummilassakin pappa on tavallisesti tarkka siitä, että saa lukea lehdet ensin. Harvoin pääsen näin nopeasti katselemaan lehden värikkäitä kuvia ja lukemaan lempipalstaani, Veikko Ennalan pakinoita.

Nyt kuitenkin uusi kirja on temmannut papan niin mukaansa, että jopa hänen lempilehtensä on unohtunut. En tällä kertaa kuitenkaan lue. Olen vain lukevinani ja kuulolla.

Seuraan pirtissä liikkuvia viivoja ja aaltoja, piilotettuja ajatuksia. Ne ovat yleensä hitaita mummilassa. Niissä pysyy hyvin mukana. Pirtin tunnelma on raukea ja unettava.

Pappa keinuu hiljalleen. Hän on käynyt pirtin kulmakaapista tilkan anisviinaa ja polttelee piippua. Savu kiemurtelee kohti takaikkunaa. Siitä näkyy peltojen yli järven peilityynelle selälle, yökalaan kutsuvalle.

Tavallisesti pappa polttaa piippua, keinuu tuolissaan ja imee savuja, joita puhaltelee nautinnollisesti yli kirjan sivujen.

Lopuksi hän kopistelee piipun koppaan jääneet mustat, vielä punertavana hehkuvat jämät kämmenelleen ja nakkaa ne suuhunsa.

Kapeat, luisevat leuat jauhavat piipunperiä hartaasti ja tarkkaan, niin että jokainen makunystyrä on käytössä ja ohut ruskea vana kulkee leuan juonteilla.

Kuuntelen ja kääntelen sivuja. Pirtissä on myös Tuomo vaimonsa kanssa. Pappa on tarinatuulella, hän laskee kirjan polvilleen ja alkaa puhua värikkäillä kielikuvilla.

Tarina on uittoajoilta ja siinä mittelevät Hankala ja Tuskanpunainen, papan lempihahmot. Laiska ja hankala tukkijätkä ja kiivasluontoinen työmaan kymppi.

Kaikki nauravat kippurassa ja minäkin hekotan silmät vesissä.

Pappa osaa asettaa tarinansa loppuun koukun, joka kiskaisee naurun ulos. Hän ottaa kuulijat tarinoillaan.

Olen ymmärtänyt kuunnellessani, että naurattaminen on vallankäyttöä. Se saa ihmiset avuttomana tekemään jotain tahdotonta, tottelemaan kertojaa kaikkien edessä.

Naurattaminen antaa ohjat puhujan käteen ja sitä voi käyttää monella tavoin, myös nolaamiseen tai vähättelyyn.

Pappa on kertonut tarinansa ja sytyttää piipun. Koko pirtti raikui naurusta. Pappa kävelee voitonriemuisena ympäri tuvan lattiaa käsi heiluen, niin että punaisia viivoja kulkee sinisen savun seassa.

Hän nauttii tilanteesta, jota hallitsee kuin hypnotisoija.

Yllättäen hän pysähtyi pöydän päähän, naulitsee katseensa minuun ja sanoo tuimalla äänellä:

"Mikä vierasta naurattaa"?

Nauru loppuu kuin leikaten. Minä hiljenen, painan pääni lehteen ja olen lukevinani. Tajuan olevani vieras ja ulkopuolinen. En saa edes nauraa.

Hiljaisuus, jonka papan sanat aiheuttavat, on kuin äänetön painajainen. Tuomo katsoo minua totisena, Topi-eno tuijottaa ulos, mummi keräilee kahvikuppeja. Kukaan ei sano mitään. "Nyt piisaa pappa, mennäänpä ulos raatimaan". Yllättäen Tuomon vaimo Elma nousee ylös ja kävelee pappani luo. Hän vie tämän ulos ja he viipyvät siellä pitkään. Vuosia myöhemmin, kun tuo nainen oli sairastunut vakavaan tautiin, kuulin puheen sisällöstä jotain. En enää muista kuka keskustelun sisällön kertoi, tai miten hän oli kuullut sen, mutta Elma oli puolustanut minua. Hän oli kysynyt papaltani, että miksi te aina kiusaatte tuota Harria. Muistan hänet uljaana naisena ja hänen ajattelemisestaan saan yhä voimaa.

Siinä hetkessä pirtissä, kun onnellinen hetki muuttui painajaiseksi, tajusin yksinäisyydestä jotain. Ymmärsin yksinäisyyden olevan eristetty ja suljettu tila, johon ihminen on jätetty ulkopuoliseksi.

Ympärillä voi olla ihmisiä ja puhetta, mutta eristetty on läpinäkyvän eristeen sisällä. Hän ei ole olemassa, eikä häntä kuulla tai nähdä.

Ei tervehditä tai kysytä mitään, mutta pystytään tarkkailemaan. On parempi, että hän on näkymätön ja hiljainen.

Minä opin sen jo nuorena. Tajusin myös, että se on jostain syystä luova tila. Uskon, että luovuus syntyy pakon edessä, koska kiusattu on ajettu umpikujaan ja joutuu itse löytämään reitin ulos.

41. KANAVAPAKETTI AIVOIHIN

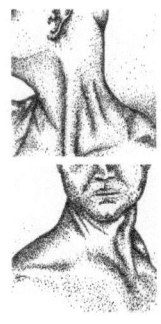

Dystonia on ailahteleva sairaus.
Joskus se piiloutuu,
toisinaan riepottelee.
kuin myrskytuuli puunoksaa.
Ymmärrys ja myötätunto
ei alleviivaa sairaudella.
On vain rinnalla,
ymmärtää.
Auttaa vaikeiden päivien yli.

Huhtikuun puolivälissä 2015 minulla on aika neurologilla Meilahdessa. Botuliinihoitojen lisäksi tarkoitus on keskustella DBS-leikkauksesta ja käydä operaation vaiheet läpi. Neurologinen poliklinikka on muuttanut uuteen paikkaan ja kysyn neuvonnasta reitin. Menen kahvion sivusta, ja vaikka kahvi tuoksuu hyvälle, kävelen ohi. Ehkä käyn siellä palatessani. Katson viivan värin kartasta ja astelen vihreää viivaa kuin nuorallatanssija neurologisen polin luukuille. On ilmeisesti kahviaika, koska kaikki liikkuvat käytävällä kupit kädessään. Seisahdun kahden lasiluukun taakse odottamaan. Kohta vastaanottotyöntekijä saapuu, hänkin suuri höyryävä kahvimuki kädessään.

Tunnen tuoreen kahvin tuoksun leijuvan huumaavana luukusta, nautin hetken ja vedän sieraimiini kahvin virkistävää aromia. Tervehdin sitten ja ojennan kutsuni neurologian poliklinikalle. Hoitaja asettaa kupin viereensä ja ottaa paperin. Hän tarkistaa tietoni ja pyytää menemään odotushuoneeseen. Varmistan vielä, että sieltä huudetaan sisään. Hän nostaa suurta ruskeaa kahvikuppia ja nyökkää.

Kävelen käytävää ja näen odotushuoneen vasemmalla. Keskellä on pyöreä pöytä ja siinä kaukosäädin. Seinällä on suuri televisio, joka on kiinni.

Istun ikkunan alle pehmeälle tekonahkasohvalle ja katson vastapäisen seinän kelloa, joka on varttia vaille. Otan kännykän ja kirjoittelen muistiin kysymyksiä neurologille. Sain vihjeen kysymyksien kirjoittamiseen eräältä dystoniaa sairastavalta tutulta. Usein kysymykset katoavat, kun tulee lääkärin huoneeseen ja pitäisi puhua. En tiedä, kehtaanko ottaa kännykkää esiin lukeakseni sieltä kysymykseni, mutta ajattelen, että muistan ne paremmin kirjoitettuna.

Aurinko valaisee yllättäen koko aulan ja tekee tunnelmankin valoisaksi. Sairaalan ilmastoinnista kuuluu tasainen humina. Ohi kävelevät ihmiset ja askelten rytmi alkaa unettaa. Sairaalat ovat kuin kauppahalleja, joka paikassa tulee tunne, että siellä on ollut ennenkin.

Kirjoittelen ajatuksia kännykän muistioon. Päätäni vetää kuitenkin sivuun ja on vaikea kirjoittaa. Pidän vasemmalla kädellä päätä paikallaan ja naputtelen tekstiä.

Kävin eilen juoksulenkin. Tänään se tuntuu jaloissa, ehkä myös niskan väännössä. Viimeisestä botuliinihoidosta on nyt kolme kuukautta, joten lisääntynyt vääntö voi johtua siitäkin.

Saan tänään botuliinipistokset, samalla kun käymme läpi DBS-leikkauksen vaiheet. Epäröin yhä botuliinipiikkejä. Minulla on pelkoja nielemisvaikeuksista.

Oma tilanteeni on kuitenkin huomattavasti helpompi kuin monella samaa sairautta potevalla. Dystonia on useilla levinnyt niin vaikeaksi, että tavallinen liikkuminenkin on rajoittunut oleellisesti. Olen kiitollinen siitä, että vielä voin käydä juoksulenkillä.

Luonto on parantava voima jo itsessään, siellä liikkuminen tekee hyvää ja palauttaa tunteen normaalista elämästä. Puiden katseleminen, niiden hidas kasvu ja taivaita kohti kurottuva runko ovat väkevää luonnon puhetta.

Nykivän ja hätäilevän, kiireiden kouriman ihmismielen kätköissä syntyy oivallus, että riittää sellaisenaan. Saa olla olemassa samalla tavoin kuin kaikki muukin luonnossa. On kasvamassa kohti jotain suunnitelmaa.

En vain ymmärrä vielä, mikä se suunnitelma on minun kohdallani, mutta vaistoan, että se on jotain muuta kuin tämä kaaos, joka ympärillämme on. Suurempaa kuin vaatimukset, jotka meihin kohdistuvat. Voin levätä siinä ajatuksessa, lipua kuin virrassa, annan sen viedä ja poukkoilen mukana. Elämä on lahja. Ei sitä voi ansaita. On vain annettava tilaa uudelle. Mahdollisuus muutokseen. Kello seinällä tulee tasan kaksi ja vastaanottoaikani pitäisi alkaa. Vieressäni istuva mies toteaa kaverilleen, että lääkäreitä saa aina odottaa. Hän pohtii asiaa toisinpäin, mitä jos potilaita saisi aina odottaa. Ajatus on mielestäni aika hauska. Potilasta vastaanottohuoneessa odottava lääkäri, joka katselee seinällä hitaasti etenevää kellon viisaria.

En tiedä vielä, että minulle käy tänään juuri niin. Kello käy ja aikani on jo myöhässä. Mietin, että olenko sittenkään oikeassa paikassa. Minut oli neuvottu tänne, mutta nyt alkaa hieman pelottaa, sillä uusi hoitoaika olisi varmaan kuukauden kuluttua.

Rakennusmies touhuilee käytävässä ja keskustelee sairaalan työntekijän kanssa. Valkotakkinen kertoo, että he ovat juuri muuttaneet, eivätkä kaikki vielä tiedä paikkoja.

Työmies toteaa porukoiden "zombailevan" täällä koko ajan, koska Meilahti on niin suuri paikka. Hoitaja myöntelee. Minä ajattelen, että osuva kuvaus dystoniavääntöjen vaivaamalle tuo "zombailu".

Pelkoni alkaa tuntua todelliselta ja arvaan olevani väärässä paikassa. Olen jo valmis lähtemään luukulle varmistamaan asiaa, kun jostain kaukaa huudetaan nimeäni. Merkillistä miten hyvin ihminen kuulee oman nimensä kaiken hälyn keskeltä.

Näen toiseen käytävään vievän avoimen oven. Käytävien risteyksessä seisoo pari rakennusmiestä, joista toisella on keltaiset heijastinliivit päällä. Valkotakkinen nainen juttelee heidän kanssaan.

Arvelen hänen olevan lääkäri, joka on huutanut minua. Kävelen nopeasti käytävän poikki ja odotan naisen vieressä. Kohta hän kääntyy ja kysyy nimeni. Sanon olleeni ilmeisesti väärässä paikassa odottamassa.

"Vastaanoton olisi pitänyt neuvoa sinut tähän toiseen käytävään", hän sanoo ja ohjaa minut huoneeseen.

Istun potilaan tuolille ja katson nimilaatasta neurologin nimen. Ehdin lukea etunimen, kun hän sanoo dystonia ja minä myönnän. Alamme keskustella oireistani, niiden alkamisesta, kehityksestä, hoidoista ja botuliinihoidon vasteen riittämättömyydestä.

"Dystonian aktivoimiin lihaksiin annettu botuliiniannos on jo suuri", neurologi toteaa, joten vaikutuksen ei pitäisi olla siitä kiinni.

"Onko mahdollista, että minulla on immuniteetti botuliiniin, jota nyt käytetään", minä kysyn.

Neurologi ei usko siihen, koska ihmisellä ei ole luontaista immuniteettia botuliinille. Sen kehittyminen vaatii botuliinin pidempää käyttöä ja minulle ainetta on pistetty vasta kuusi kertaa.

Neurologi kysyy, onko pistokset Lohjan neurologisella poliklinikalla annettu EMG-laitteen avulla. Kerron, että laite siellä kyllä on, mutta sitä ei osata käyttää.

Kerron, että viime kesänä olin edellisen kerran Meilahdessa botuliinihoidossa ja silloin piikit annettiin EMG-laitteen avulla. Hoitovaste ei kuitenkaan ollut laitteenkaan avulla pistettäessä parempi. Samalla todettiin, että Lohjan neurologi oli pistänyt piikit ilman laitettakin samoille kohdille.

Neurologi kuuntelee ja kertoo itse pistäneensä aikaisemmin ilman EMG-laitetta, mutta pistäneensä jo vuosia sen avulla. Sanon lukeneeni, ettei laitteen käyttö ole ihan yksiselitteisen varmaa.

"Dystonian aktivoimat lihakset eivät aina reagoi laitteelle", hän toteaa.

Neurologi sanoo, että voisimme keskustella DBS-leikkauksesta minun kohdallani. Hän kertoo, että niitä on aikaisemmin tehty enimmäkseen Parkinsonin tautia sairastaville, mutta syväaivostimulaation on todettu helpottavan myös dystonian oireita.

Hän hakee laatikon pöydälle ja avaa sen. Laatikossa on erilaisia stimulaattoreita ja opaskirja. Neurologi kertoo syväaivostimulaatiosta ja leikkauksen eri vaiheista.

Pääkuoreen porataan paikallispuudutuksessa reiät, joista asetetaan elektrodit oikeisiin kohtiin noin silmien tasolle.

Päänahan alla viedään johdot niskan ja olan kautta solisluun alapuolelle.

Sinne sijoitetaan leikkauksella stimulaattori, joka voi olla itse ladattava tai muutaman vuoden välein vaihdettava. Mukaan tulee myös kaukosäädin, jolla voi itsekin jonkin verran säätää stimulaattorin lähettämää virtaa.

Laatikko, jonka neurologi on nostanut pöydälle, muistuttaa mielestäni laajakaistaliittymän boksia kaukosäätimineen.

Ajattelen, että tuleekohan päähäni mitään lisäkanavia stimulaattorin mukana. Olisi hauska vaihdella niitä kaukosäätimellä.

"Kuinka suuri mahdollisuus tämän leikkaushoidon avulla on parantua tai tulla parempaan kuntoon", minä kysyn.

"Noin 50–80 prosenttia kokee olossaan kohentumista", neurologi kertoo.

Dystoniaa sairastavilla laitteen hyödyn saavuttamiseen ja oireiden vähenemiseen menee kuitenkin noin vuosi aikaa. Pitkä aika johtuu siitä, ettei täyttä tehoa voida käyttää aikaisemmin.

"Leikkauksen jälkeen on tavallisesti "kuherruskuukausi", jonka aikana oireet lähes poistuvat", neurologi selvittää ja katsoo suoraan silmiini.

"Oireet poistavan tai ainakin helpottavan kuukauden jälkeen ne kuitenkin yleensä palaavat ja vasta noin vuosi leikkauksen jälkeen laite alkaa antamaan todellista apua", hän kertoo hymyillen.

"Onko kukaan parantunut dystoniasta täysin DBS-leikkauksen avulla", minä kysyn.

Neurologi sanoo tietävänsä yhden potilaan, joka väittää parantuneensa DBS-leikkauksen avulla, mutta lisää, että dystonian tästä potilaasta kyllä yhä huomaa. Useimmat käyvät botuliinipiikeillä kolmen kuukauden välein leikkaushoidonkin jälkeen.

"DBS-leikkaus ei ole mikään ihmeparantuminen tai oikotie onneen. Se on yksi hoitovaihtoehto, joka voi helpottaa elämää sairauden kanssa", hän sanoo.

Neurologi on asiantunteva, ystävällinen ja huumorintajuinen. Välillä nauramme jollekin dystonian hassulle oireelle, tunnelma on asiallinen, mutta myös rento ja kiireetön. Tuntuu hyvältä ja hoitavalta jo se, että neurologi keskittyy minuun elävänä ihmisenä, eikä puhu pelkästään sairaudestani.

Hän muistuttaa myös riskeistä. Noin prosentilla leikatuista on ilmennyt aivoverenvuotoa. Laitteen osat voivat aiheuttaa tulehduksen ja ihon alla kulkevat johdot kiristävää tunnetta. Minua huolettaa ihon alla kulkeva johto, koska ihoni reagoi herkästi kaikkeen vieraaseen.

"Onko Suomessa tapahtunut yhtään aivoverenvuotoa leikkauksen yhteydessä", kysyn ja neurologi vastaa, ettei muista hänen aikanaan yhtään tapausta.

Minua kiinnostaa vaikuttaako leikkaus potilaan persoonaan, ajatteluun tai muistiin. Neurologi sanoo, ettei vaikuta, mutta joissain tapauksissa on leikkauksen jälkeen ollut puheongelmia.

Minä olen kuullut myös, että DBS-leikkauksen jälkeen on valittava kävelyn, puheen tai niskojen vääntymisen välillä. Dystoniaa sairastava tuttuni vertaistukiryhmässä sai DBS-leikkauksesta avun niskavääntöä aiheuttavaan sairauteensa. Täydellä teholla niskoja vääntää vähemmän, mutta kävely sujuu huonommin. Vähentämällä tehoa vaikutus kääntyy toisinpäin, mutta puhe sujuu heikommin.

Kerron harrastavani juoksua ja pyöräilyä. Hän pitää sitä hyvänä asiana ja minä kysyn vaikuttaako DBS-leikkaus niihin. "Ei vaikuta, mutta en suosittele benjihyppyä", neurologi naurahtaa.

"Uskotko että DBS-hoito auttaa minun tapauksessani", kysyn. Hän sanoo uskovansa ja viittaa siihen 50–80 prosenttiin, jonka alussa mainitsi. "Hyötymahdollisuuteen nähden riskit ovat pienet", neurologi vielä toteaa ja lähtee hakemaan botuliinia. "Annan sinulle nyt botuliinipiikit EMG-laitteen avulla, niin katsotaan auttavatko ne", hän sanoo palattuaan.

EMG-laite surisee hiljakseen neurologin tutkiessa dystonian aktivoimia lihaksiani. Surina voimistuu särinäksi vasemmalla puolella niskaa. Siellä on myös kipein kohta.

"Onko sinulla ollut nielemisvaikeuksia", neurologi kysyy pistäessään kaulan sivulle. Sanon, ettei ole ollut, vaikka pelkään niitä hieman. Hän myöntää niitä joskus tulevan ja pistää vielä useisiin kohtiin.

Kysyn lopuksi, paljonko botuliinia sain ja neurologi kertoo, että 200 yksikköä piti olla, mutta välissä oli ilmakuplia. Hän laskee pistokset ja niiden botuliinimäärät.

"Sinä sait nyt botuliinia 180 yksikköä eli parikymmentä enemmän kuin viime kerralla", hän kertoo.

Neurologi sanoo laittavansa minulle kutsun neurokirurgin vastaanotolle, missä tehdään lopullinen arvio DBS-leikkauksesta. Pyydän lähettämään raportin käynnistäni minullekin. Neurologi kirjaa pyynnön tietoihini ja toivottaa hyvää kesää.

Poistun vastaanotolta tyytyväisenä käyntiin. Olin esittänyt kaikki kysymykset, jotka leikkauksessa askarruttivat. Neurologi oli kiireettä vastannut kysymyksiin ja keskusteli kanssani ystävällisesti. Käynnistä jäi hyvä mieli, sain tietoa ja hoitoa.

Olen kiitollinen, että näinkin harvinaiseen sairauteen kuin dystoniaan, saa julkisellakin puolella hoitoa. Sain botuliinipiikit samalla käynnillä ja määrää vähän nostettiin.

Myös yhteen uuteen paikkaan EMG-laitteella pistettiin. Nyt ehtisin nähdä ennen seuraavan syksyn neurokirurgin vastaanottoa, onko botuliinihoidosta jotain apua.

42. PAPPANI JA BUSSIRAHAT

Eniten sattuu sanomattomuus
sanojen kohteettomuus,
henkilön puuttuminen,
vaikka kohde on selkeä.
Mitään ei puhuta
sanota suoraan,
ihmisestä tehdään olematon.

Saavumme rantaan ja huomaan aamutuulen puhaltaneen usvan pois. Aurinko nousee jo vaarojen yli ja lämmittää mukavasti. Mummilan rannasta kuuluu veneen kolahduksia. Pappa on noussut tapansa mukaan aamukolmelta verkoille. Me soudamme järven yli ja näemme jo kaukaa papan kiskovan jotain veneeseen. Hän näyttää nostavan verkkoja. Tulemme veneen viereen ja näemme papan lyövän valtavan suurta haukea nuijalla tajuttomaksi. Verkko hauen ympärillä on riekaleina, mutta pappa myhäilee tyytyväisenä. Hän kehuu vaihtavansa kyläkauppiaalta hauen pariin sikarirasiaan.

Me vedämme veneen rantaan ja lähdemme kävelemään kohti mummilan rakennuksia. Kesäisin meillä on tapana nukkua Topin kanssa puojissa, koska siellä saa olla rauhassa puolille päiville. Viemme kalat navetan vesisaaviin.

Haemme maakellarista peltipurkillisen talossa säilöttyä lihaa, otamme kumpikin rieskan sekä pullon kotikaljaa. Minä avaan hyttysiä täynnä olevan puojin oven. Otan Raid-pullon pöydältä ja suihkutan purkista myrkkyä reilusti sisälle. Suljen oven ja istun Topin viereen portaille.

Eno avaa puukon kärjellä peltipurkin ja ojentaa sen minua kohti. Nostelen lihanpalasia rieskan päälle ja haukkaan suun täyteen. Päälle ryystän kellarikylmää kotikaljaa pitkät ryypyn.

Aamuvirkku västäräkki hyppii harmaalautaisen kaivon kannella ja katselee meitä pää kenossa.

Pirtin ovi narahtaa auki ja mummi tulee ulos. Hiljaa keinahdellen, pääläri kädessä hän kävelee kesänavettaa kohti ja komentaa meitä nukkumaan.

Siirrymme puojiin, jossa hyttysten ininä on loppunut tehokkaasti. Kaivaudumme uupuneina vällyjen alle. Ennen nukahtamista eno sanoo, että pappa tulee puolen päivän aikaan herättämään heinätöihin.

Puojin ovi narahtaa ja päivänvalo tulee viiruna laatikkosängyn vällyille. Näen samalla papan hahmon lähestyvän. Tiedän, ettei hän pidä siitä, että nukumme näin pitkään, mutta olemme olleet yökalassa ja tulleet vasta neljän maissa.

Kello on varmaan jo yli puolen päivän, koska pappa tulee herättelemään meitä heinätöihin. Tiedän kyllä, mitä seuraavaksi tapahtuu. Näen silmien raosta papan lähestyvän. Hän kumartuu meitä kohti ja raottaa hieman peittoa. Näyttelen nukkuvaa ja puhaltelen raskaita henkäisyjä. Papan ilme kääntyy ovelaksi. Posket painuvat lommoille ja piipun koppa hehkuu punaisena voimakkaasta imusta. Saatuaan riittävästi savua keuhkoihinsa pappa heilauttaa vällyt päällemme ja puhaltaa savupilven peittojen alle.

Väkevässä piipunsavussa ei pysty olemaan kauaa, joten pomppaamme ylös. Topi-eno kiroilee ja yskii raskaasti. Pappa menee hekotellen ulos kirosanoja päräytellen ja komentaa meitä heinätöihin haravoimaan.

Minulla on aina ollut tunne, ettei pappa pidä siitä, että olen mummilassa. Hän ei koskaan puhu minulle suoraan mitään. Papalla on tapana puhua meitä koskevat asiat enolleni.

Meidän välillämme on jotain kitkaa. Aivan kuin liian hitaasti liikkuvaa, ilmaa ja vaikeasti ylitettäviä esteitä. Tylyiltä tuntuvia, harvoja sanoja, jotka kantavat sisällään viestiä, sanomattomuutta, johon on sijoitettu sanoma.

Eniten sattuu sanomattomuus ja sanojen kohteettomuus, henkilön puuttuminen, vaikka kohde on selkeä. Mitään ei puhuta tai sanota suoraan.

Kerran pappa antoi vieressäni istuvalle Topi-enolle bussirahan käteen. Hän pyysi ojentamaan ne minulle, jos haluaisin lähteä jo kotiin.

Minä en halua, koska viihdyn mummilassa. Olen siellä niin pitkään kuin saan. Tulen joka kesä ja nautin olostani, varsinkin seikkailuista Topi-enoni kanssa, kalaretkistä ja mummin lempeydestä.

43. NEUROKIRURGIN VASTAANOTOLLA

 *Yksi askel,*
keskityn siihen.
Milloin rohkeus tulee?
Rohkeus astua yli,
kulkea pelon läpi.

Pyörteinen tuuli viskoo kellastuneita lehtiä kävellessäni Karkkilan bussiasemalle syyskuun lopulla 2015. Bussissa luen Brenda Currey Lewisin kirjaa *"A Twisted Fate: My life with dystonia"*. Dystoniaa sairastavan Brendan tarina on koskettava. Hän kertoo kirjassa monista ihmiskohtaloista, joita lapsuus- ja nuoruusvuosinaan tapasi eri sairaaloissa. Olen keskustellut Brendan kanssa Twitterissä ja kertonut, että harkitsen DBS-leikkausta. Myös hän on harkinnut leikkausta, mutta tullut siihen päätökseen, ettei se ole häntä varten. "Sinulle se leikkaus voi silti olla sopiva hoito", Brenda on rohkaissut minua.

Hän tietää, että botuliinipiikit auttavat vain vähän minua. Yritän rentouttaa niskoja ja löytää lepotilan, jossa niskat eivät väänny. Teen sen niin, että annan pään kääntyä sivulle ja keskityn maisemiin. Olen vain, enkä ajattele dystoniaa. En anna sairaudelle sen kaipaamaa huomiota.

Pohdin edessäni olevaa tapaamista neurokirurgin kanssa. Minulle se on suuri asia. Olen luonteeltani arka ja jännitän auktoriteetteja. Lääkärit ovat mielestäni sellaisia, ainakin osa heistä.

Tunnen kantavani isoa ja raskasta pelon taakkaa. Syväaivostimulaatio, joka suoritetaan poraamalla päähän kaksi reikää, on edessäni kuin suuri kysymysmerkki. Toivon, että saisin varmuuden leikkauksen tuomasta avusta tavatessani tänään neurokirurgin.

Töölön sairaalaan tultuani saan ajan ja kävelen vastapäisen seinustan penkkiriville odottamaan. Seinällä on Mannerheimin kuva, onhan marsalkka iso osa Töölön sairaalan historiaa. Hoitaja kävelee aulan poikki eteeni ja pyytää tutkimushuoneeseen. Huoneessa istuudun odottamaan lääkäriä. Pienessä tilassa on parin tuolin lisäksi tutkimusvuode ja tietokone.

Neurokirurgi saapuu ja tervehtii. Hän ei ole kiireisen oloinen, mutta aistin jonkinlaisen uupumuksen, joka on varmasti luonnollista vaativassa työssä. Vihreässä puvussaan hän on kuin suoraan leikkaussalista tullut ja haroo usein tuuheaa tukkaansa. "Oletko tekemisissä suurten koneiden kanssa", hän kysyy. Minä mietin, miten se liittyy leikkaukseen. Olen datanomi, joten vastaukseni on ei. "Työskentelen lähinnä tietokoneella". Hän kertoo, että suuret moottorit ja vastaavat laitteet vaikuttavat stimulaattorin toimintaan, samoin kuin esimerkiksi lentokentän turvatarkastus.

"Kerrotko mitä tiedät DBS-leikkauksesta", jämäkän oloinen kirurgi kysyy.

Minä olen lukenut niin paljon aiheesta ja keskustellut DBS-leikkauksessa käyneiden kanssa, että voisin pitää esitelmän syväaivostimulaatiosta. Neurokirurgi kuuntelee kertomaani rauhallisesti ja pyyhkäisee välillä hiuksiaan.

Jonkin toisen kanssa voisin puhua aiheesta tunteja, mutta koska edessäni on kokenut ammattilainen, käyn tietoni läpi viidessä minuutissa

Olin huhtikuussa Meilahden sairaalassa neurologin kanssa keskustellut leikkauksesta. Kävimme silloin läpi leikkauksen vaiheet, hyödyt ja riskit. Minulla on aika selkeä kuva DBS-leikkauksesta ja kirurgi nyökkäileekin tiedoilleni.

Hän käy vielä ytimekkäästi läpi koko leikkauksen, alkamisesta lähtien heräämiseen ja kotiutumiseen. Kirurgi on sitä mieltä, että siitä olisi hyötyä minun tapauksessani.

Neurokirurgi kertoo, että leikkaus on joka kerta tuonut oireisiin jotain apua. Joidenkin potilaiden dystonian oireet ovat vähentyneet puoleen, osalla ne ovat lieventyneet jopa 90 prosenttisesti.

Välillä neurokirurgi vilkaisee kelloaan, joka lähestyy kymmentä. Hän kertoo, että aamulla kahdeksalta aloitettu leikkaus olisi tähän aikaan edennyt nukutukseen. Sen aikana asennetaan elektrodeista lähtevät johdot ja solisluun alapuolelle tuleva stimulaattori.

Epämieluisin hetki hänen mukaansa on leikkauksen alkuvaiheessa, kun päähän asetetaan "häkkyrä" eli kehikko, joka ohjaa poran täsmälleen oikeaan kohtaan. Aivoissa ei ole tuntoaistia, joten elektrodien asetus ei satu.

Pään poraaminen ja elektrodien asetus tehdään paikallispuudutuksella siitä syystä, että havaitaan mahdolliset liikehäiriöt, jotka toimenpide voi aiheuttaa.

Neurokirurgi haroo tukkaansa taaksepäin. Hänestä on syntynyt lyhyen tapaamisen aikana vakuuttava vaikutelma. Kerron, että isäni kuoli keski-ikäisenä aivoverenvuotoon.

"Onko sillä merkitystä tässä leikkauksessa", kysyn.

"Ei", neurokirurgi vastaa ja kysyy, onko minulla vielä jotain mielessäni.

Minä jännitän häntä ja tilannetta niin paljon, että mahdolliset kysymykset karisevat mielestäni. En tiedä olisiko niitä edes ollut, kävimme asiat läpi nopeasti ja selkeästi. Kättelemme ja minä poistun.

Olen istunut kahdeksan minuuttia neurokirurgin vastaanotolla. Vaikka hän oli ystävällisen asiallinen ja turvallisen oloinen neurokirurgi, minulle jäi käynnistä vieras olo. Mieleeni jäi voimakas tunne, että vien aikaa enemmän hoitoa tarvitsevilta.

En osaa sanoa mistä se tunne tulee. Ehkä vierauden tunne on jotenkin piintynyt minuun, jokin lääkäreitä kohtaan tuntemani jännite tai auktoriteettipelko. Tai ehkä tämä leikkaus on vielä minulle liian iso asia käsitellä.

Leikkaus, jota olen pohtinut runsaan vuoden, keskusteltuani asiasta ensi kerran kesällä 2014 neurologin kanssa. Nyt tieto tästä leikkauksesta on laskeutunut kuvitelmien sisältä ja tullut todeksi.

Kesällä kävin poikani kanssa Lapissa vaeltamassa. Tunturissa löysin kurun reunalta rauhallisen paikan. Katsoin kaukana häämöttävää tunturin huippua ja sen laelta nousevaa linkkitornia. Maisemassa näkyi lumiläikkiä kivikossa. Syvällä kurussa sinertävä vesi peilasi jylhiä pilvenlonkia. Sivuilla vaivaiskoivut ja tummanvihreät, matalat männyt päättyivät huippua kohti nousevaan kiveliöön. Näkymä oli henkeä salpaava.

Istuin siinä kuin kätköpaikassa ja annoin maiseman täyttää sydämeni rauhalla. Minun oli hyvä olla, vaikka päätä täytyi pitää kädellä suorassa. En ajatellut siinä hetkessä dystoniaa, olin vain ja liityin siihen väreilyyn, joka maisemassa vallitsi.

Vasta jälkeenpäin ymmärsin, että päätin siinä hetkessä mennä tähän leikkaukseen, jos en löydä muuta hoitomuotoa tai tilanteessani tapahdu paranemista.

Minun kohdallani paranemista ei kesän ja alkusyksyn aikana kuitenkaan ole tapahtunut. Pikemminkin oireet ovat vaikeutuneet. Tästä syystä tulin tänään neurokirurgin vastaanotolle ja suoraan leikkausjonoon. Jono on pitkä, joten olen kiitollinen, että saan aikaa järjestellä ajatuksiani.

44. UUDET PIIKKARIT

Elämä matkaa
kädestä suuhun.
Sitä ei juosta
uusilla piikkareilla.

On loppukevät ja minä seison Timin eteisessä katsellen keittiön pöydällä olevaa suurta kulhoa kuin koira perheen ruokapöytää. Siinä on hedelmäsoppaa, tai hedelmäkoktailia, niin kuin Timi aina sanoo. Makea vesi täyttää suuni ja nieleskellen katson herkullista, hedelmistä leikattuja palasia täynnä olevaa kulhoa. Ajatukseni keskeytyvät Timin ähinään. Hän on saanut uudet piikkarit ja istuu keittiön jakkaralla toinen jalka kengässä. Paketti on auki lattialla, tuoksuu kaupan nahalle ja pakettipaperille.

"Piikkarit on liian isot sulle", Timin isä harmittelee ja painelee kärkeä sormellaan. Hän on tuonut ne keskustan urheiluliikkeestä ja sanoo käyvänsä iltapäivällä vaihtamassa pienempään kokoon. Sitten Timin isä vilkaisee minua ja yllättäen pyytää kokeilemaan. Hän ottaa toisen piikkarin laatikosta ja kiskaisee paperin sisältä. Piikkari sopii jalkaani kuin virveli käteen.

Timin isä lupaa, että saan piikkarit puoleen hintaan omakseni. Hänenkään ei tarvitse sitten vaihtaa niitä, käy vain hakemassa numeroa pienemmät. Timi istuu isänsä viereen autoon ja minä lähden kenkälaatikko kainalossa mäkeä alas kotiinpäin.

Tunnelmani on huimaava. Tuntuu, kuin joulu olisi tullut keskelle kevätkesää ja pääskysiäkin lentäisi jo veturitallin yläpuolella. Päässäni käy kihinä, kuin tuhansien neulojen tanssi. Yksitellen ne singahtelevat lentoon juostessani kotiinpäin, posahtelevat unelmien taivaalle kuin ilotulitusraketit.

Ajattelen jo koulun kisoja ja hurraavia kavereita. Juoksua urheilukentän ympäri, katsojia ja ääniä, voittoja ja voitonhuumaa. Ajattelen luokan ihanaa tyttöä, joka näkisi, kuinka minä piikkareissani kiitäisin maaliin.

Askel askeleelta ajatuksiini tulee säröjä lähestyessäni Asematietä ja laskeutuessani veturitallin mäkeä kohti kotiani. Näen rapistuneet, kellertävät puurivitalot, rautatietyöläisten kodit, veturitallin ja kääntösillan. Tiedän, että meillä on rahaa harvoin näkyvissä ja vielä harvemmin lapsille jaossa. Ruoka on joskus niin lopussa, että kaapissa on vain kuiva leivänkannikka. Olen itkenyt, koska vatsaani sattui nälkä niin kovasti. Tiedän, että perheemme on köyhä ja elämä matkaa kädestä suun kautta ulkohuussiin, eikä sitä matkaa juostaisi uusilla piikkareilla.

Tein ajatusteni kirvoittamana päätöksen ja vein piikkarit takin alla vintille. Siellä kätkin ne laatikoiden taakse sahamuhan alle ja menin alas. En alkuun puhunut piikkareista kotona. En uskaltanut edes kysyä lupaa niiden ostoon.

Kerran vihjaisin äidille, että haaveilin piikkareista. Kerroin kengistä ja väläytin mahdollisuutta, että Timin isä saisi samasta liikkeestä minullekin halvemmalla. Jos saisin piikkarit, tekisin jotain niiden vastineeksi, keräisin vaikka monta sangollista vattuja Veturitallin rinteestä.

Asetin sanat kuin siirron tammessa, jota naapurin Jamon kanssa pelasimme aina joskus. Odotin äidin siirtoa toiveikkaana, mutta hän huokaisi ja puisteli päätään.

"Hyvä kun selevitään laskuista ja vuokrasta jotenki, viime kesän tennareilla sinun pittää Harri vielä päriätä", äiti tyrmäsi haaveeni. "Isänne joutu vaihtaan autonki ja siihen piti ottaa lainaa".

Iltaisin hiippailen vintille ja sovitan piikkareita jalkaani. Teen sprinttejä ja kuulen mielessäni kannustus- ja hurraahuudot. Syöksyn portaita alas, ohitan ällistyneen veljeni ja pinkaisen pihalta veturitallin rinteeseen.

Juoksen yli ratojen, yli suuren veturitallin pihan, kääntösillan sivu Veturitallin rantaan. Siellä on suuri sorakenttä ja hiekkapolku, joka kulkee radan vieressä. Sitä pitkin on hyvä juosta. Minä pingon kädet jäykkinä, kämmenet suorina ja leuka hirvittävässä irvistyksessä. Junarata päättyy taivaita kohti kaartuviin kiskoihin ja ratapölkkyyn niiden päässä. Siinä on maalini, jossa nostan voittajana kädet ylös ja tuuletan. Näen luokkani tyttöjen ihailun ja kavereideni ällistyksen, kun tulen kotiin mitali rinnalla roikkuen. Edessäni näen ylös kaartuvat ratakiskot. Puuskutan hetken niihin nojaten ja palaan kotiin. Puhdistan piikkarit, nuuhkaisen huumaavaa uuden nahan tuoksua ja asetan ne laatikkoon. Päätän käyttää niitä salaa koulun kisoissa.

45. TUMAKEJAHDISSA TÖÖLÖSSÄ

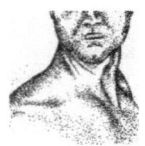 *Tämä oikukas sairaus on kuin ylivoimainen painija.*
Vie siltaan, nujertaa henkisesti ja fyysisesti.
Vääntää niskat ja selättää.
Siinähän olet ja kouristelet.

Tammikuun puolivälissä 2016 matkaan Töölön sairaalaan. Siellä pääni kuvataan leikkausta varten. Syvällä aivoissa, suurin piirtein silmien tasolla sijaitsee *Globus Pallidus internus* - tumake, johon ohjataan elektrodit DBS-leikkauksessa. Matka kohteeseen kalloluuhun poratuista rei'istä kulkee aivoissa, joten reitti on syytä tuntea tarkoin. Vähäisetkin riskit tuntuvat todellisilta. Yksi tai kaksi prosenttia on ihmiselle, jonka kohdalle se sattuu, sata prosenttia.

Aamupäivällä sairaalassa menen ensin labraan verikokeisiin ja sen jälkeen osastolle valmistautumaan kuvaukseen. Tapaan tänään myös stimulaattorihoitajan. Olen kuullut, että hän tietää aivostimulaatiosta enemmän kuin ehdin kysyä.

Päivällä edessäni on pään magneettikuvaus, jossa käytetään vakauttavaa lääkettä, että pää pysyy kuvauksen ajan paikallaan. Kuvauksessa paikallistetaan tuo dystonian altistamia lihaksia ohjaava tumake, johon pienet elektrodit ohjataan.

Kotiin pääsy on kiinni siitä, kuinka paljon lääkettä pään vakauttamiseen kuvauksen ajaksi annetaan. Tumakkeen paikallistamisen jälkeen kiitorata kohti leikkausta on avattu.

Jään Töölön kisahallin pysäkillä ja lähden kävelemään Sibeliuksenkatua pitkin kohti sairaalaa. Sisällä kysyn vielä ohjeet neuvonnasta. Olen runsaat puoli tuntia edellä, joten istun vielä aulaan odottamaan. Joukko opiskelijoita seisoskelee kahvion edessä iloisesti rupatellen. Raikuvia nauruja kaikuu kahviossa. Täällä tuntuu olevan porukkaa, joka osaa ottaa rennosti. Menen labraan, jossa on muutama odottaja. Laitan vuoroa odotellessani vertaistukiryhmään kuvan, että olen Töölön sairaalassa tumakejahdissa. Pian siihen alkaa tulla tykkäyksiä ja tsemppauksia, vertaistuki toimii näinkin.

Laboratorion käytävällä on kopio Claude Monetin taulusta "The Meadow road to Pourville,". Siinä menee heinikon poikki tallattu polku merenrantaan. Taulussa on kesä ja lämpö väreilee rantahiekassa, lempeä tuuli puhaltaa taulusta kasvoille. Mietin, kuinka valtavan lahjakas taiteilija on käyttänyt aikaansa ja taitojaan yhden lammen maalaamiseen. Ajattelen, että hän näki lummelammessa sen kauneuden, jonka ohi monet olisivat kävelleet ajatuksissaan. Miettineet mennessään jotain, mikä sillä hetkellä mieltä painaa. Kauneus ei ole itsestään selvää, ei edes se, jonka ohi usein kulkee. Havaita sekin täytyy ja pysähtyä katsomaan, sillä kerran sen menettää.

Laboratorion näytön numero vaihtuu ja menen sisään. Verikokeet ottaa harjoittelija, jota opastaa toinen työntekijä. Kohtelu on ystävällistä ja asiallista. Sydänkokeiden jälkeen siirryn ylös neurokirurgiselle osastolle. Hoitaja ohjaa minut huoneeseen ja hakee sairaalavaatteet. Pian alkaa tapahtua ja hoitajia pyörii välillä kummallakin puolellani. Kaikki ovat ystävällisiä ja ehdin kertoa koko sairaskertomukseni kolmelle hoitajalle. He kuuntelevat tarinani kärsivällisesti ja ymmärtävästi vaikka ovat varmasti kuulleet usein samankaltaisia tarinoita.

Yksi hoitaja asentaa kanyylin valmiiksi suoneen. Hän sanoo minulla olevan pakenevat suonet, koska hän ei osu vasemman käden verisuoniin. Pari kertaa suoni karkaa neulalta vasemmasta kädestä ja hoitaja siirtyy oikealle puolelle. Sinne hän onnistuu kanyylin asentamaan.

Kolmen sängyn huone on tyhjä ja hiljainen, ikkunasta näkyy mäntyjä, joiden oksia tuuli tempoo. Vien vaatteeni käytävällä olevaan kaappiin, puen rusehtavan sairaalakerraston päälle ja asetun makoilemaan sängylle. Odottelua kuten sairaalassa aina. Kirjoitellen ajatuksia ja kuuntelen korvanapeista Jarkko Martikaista, niillä saan aikani kulumaan. Stimulaattorihoitaja ei ole vielä päässyt paikalle. Minulta kysytään magneettikuvista ja siitä, että tarvitsenko pään paikallaan pitämiseen lääkettä. Sanon hoitajalle, etten ole varma saanko päätä pysymään paikallaan kuvauksen ajan. Uskon dystonian aktivoituvan ja epäilen, ettei kuvista tule riittävän selviä. Hoitaja sanoo, että anestesialääkäri tulee kohta keskustelemaan kanssani. Lääkäri tuleekin kohta huoneeseen, esittäytyy ja kättelee. Keskustelemme kuvauksesta ja sanottuani, etten pysty takaamaan pään täydellistä paikallaan pysymistä, hän päättää, että nukuttaa minut kuvaukseen. Taas odottelua.

Ajan taju katoaa sairaalan vuoteella. Jossain vaiheessa minut haetaan huoneesta ja työnnetään vuoteessa käytävän läpi hissikerrokseen. Katselen vuoteelta ylös ja näen vanhemman herrasmiehen odottavan hissiä. Kohteliaasti hän siirtyy syrjään, kun hissi saapuu. Outoa, miten korkealla kaikki näyttää olevan sairaalavuoteelta katsoen.

Menemme vauhdilla kohti magneettikuvausta ja sänkyä pyöräytellään karusellin tapaan ovien kohdalla. Hoitaja kysyy huimaako pyörittely. En myönnä, kerron, että kivaahan tämä on.

Ennen kuvausta anestesialääkäri asettaa kanyyliin nukutusainetta ja laittaa kasvoilleni happinaamarin. Uni tulee nopeasti, saapuu kuin lempeä ystävä.

Edessäni on kirjoituspöytä ja mustareunainen näyttö. Minä kirjoitan innokkaasti romaania. Oloni on hyvä, iloinen ja vapautunut. Avaan silmäni ja sanon viereeni tulleelle vihreäpukuiselle kirjoittavani parhaillaan, enkä ole vielä valmis, joten saisinko jatkaa rauhassa. Vihreäpukuinen menee valkotakkisen luo ja sanoo potilaan olevan herännyt.

Katson yläpuolellani olevaa näyttöä ja vähitellen tajuan olevani heräämössä. Taululla menee sydänkäyrä ja pulssini on 48. Hoitaja kertoo kuvien onnistuneen hyvin. Minut työnnetään käytävien ja hissin kautta takaisin huoneeseen, jossa torkun vielä jonkun aikaa. Huuleeni sattuu, koska siitä on roikkunut letku ja ääneni tuntuu käheältä.

Stimulaattorihoitaja tulee huoneeseen ja ryhdymme keskustelemaan DBS-leikkauksesta. Hoitaja on kiireisen oloinen, vaikka ei näytä sitä päällepäin. Päättelen niin puheen nopeudesta ja äänensävystä. Hän on erään vertaistukiryhmän ystäväni paljon kehuma hoitaja, enkä ihmettele sitä. Hoitaja on koko keskustelun ajan läsnä ja keskittynyt tilanteeseeni. Olen yhä epävarma leikkauksesta, mutta en näytä sitä. Mietin, huokuuko tunne minusta samoin kuin kiireisyys hoitajasta. Herkältä ihmiseltä on vaikea salata mitään. Sitten ymmärrän, ettei täällä ole aikaa ajatella sellaista. Hän on täällä tukemassa potilaita. Tässä paikassa hoidetaan ihmisiä, jotka tarvitsevat apua. Aivoleikkaus ei ole kenellekään helppo asia. On vain tilanteita, joissa ei ole muuta vaihtoehtoa. Käymme läpi kaikki kysymykset, jotka mieleeni siinä hetkessä tulevat. Hoitaja on ystävällinen ja hänestä huokuu empaattisuus potilasta kohtaan. Huomaan, että nukutusaineet vaikuttavat vielä ja pelkään osan keskustelusta katoavan samalla tavoin, kuin heräämössä kirjoittamani romaanin käsikirjoitus.

Hoitaja tuntuu arvaavan sen, koska pyytää soittamaan, jos jotain tulee mieleen tai tästä keskustelusta unohtuu. Hän lähtee ja lupaa, että minulle tuodaan pian huoneeseen ruokaa.

Puoli neljältä saan päivän ensimmäisen lämpimän aterian, kasviskeittoa, vettä, ruisleipää, kokojyväleipää, voita, mehua ja kotoisaa lappapuuroa. Syön nautinnolla ateriani ja erityisesti jälkiruoka maistuu hyvälle.

Ruokailun jälkeen puen omat vaatteet ja käyn sanomassa poistuvani. Päivä on ohi ja hississä mietin, onko DBS-leikkaus samankaltainen, vain hieman pidempi päivä.

46. HEDELMÄKOKTAILI

*Kieleni liikkuu ja painelee hedelmiä
kitalakeen.
Suuhuni leviää huumaava makujen kirjo.
Olen yksin tässä ja kaikki on minun,
koko makujen maailma suussani.
Todellisuudentajuni sumenee,
ahmin kauhallisen toisensa perään.*

"Jatka matkaa, jatka." Huuto tulee korviini kentän laidalta. Vilkaisen alas ja näen valkoisen maaliviivan, jonka taakse olen pysähtynyt. Minähän olen maalissa jo. Ohitseni juoksee toisia kilpailijoita, jotka pysähtyvät vasta leveän valkoisen viivan jälkeen. Maaliviiva, tajuan viimein huudon ja tiedän pysähtyneeni liian aikaisin. Luulin tulleeni maaliin ensimmäisen viivan ylitettyäni. Jatkan juoksua ja tulen viimeisenä maaliin.

On koulun urheilupäivä ja minua harmittaa virheeni aivan sietämättömästi. Olin pinkonut täysiä, ohittanut toiset ja tehnyt vielä loppukirin kädet pystyssä. Luulin tulleeni maaliin voittajana ensimmäisen valkoisen viivan ylitettyäni. Nyt kostautui se, etten ollut koskaan ennen juossut täällä urheilukentällä, jossa oli useita viivoja maalialueella. Näen, että ohuempia viivoja on monta, mutta leveä maaliviiva on viimeinen valkoinen raita.

Toiset juoksevat kauempana kohti uusia kilpailuja ja minua huudetaan pituushyppyyn, mutta en halua enää jatkaa. Minun lajini oli juoksu. Tätä olin odottanut ja unelmoinut, tilaisuutta, jossa saisin näyttää ja voittaa.

Vilkaisen hiilimurskan tummaksi värjäämiä piikkarin kärkiä ja jähmetyn kauhusta. Kuinka saisin ne puhtaaksi, että pystyisin palauttamaan piikkarit. Olin unelmoinut tästä juoksusta jo monta päivää ja nyt se on murskattu. Seison valkoisten viivojen välissä ja ihmettelen, miksi niitä pitää olla niin monta. "Jatka matkaa", huuto kuuluu vieläkin korvissani. Se oli luokan kivoin tyttö, joka kehotti minua jatkamaan matkaa. Ihastukseni oli sittenkin huomannut minut, vaikka kyse taisikin olla säälistä.

Illalla haen piikkarit kätköstä ja puhdistan ne tuomallani märällä rätillä. Asetan kengät siististi laatikkoon ja käärin ohueen paperiin. Sulkiessani laatikon puren hampaitani yhteen ja jännitän leukani irvistykseen. En tavoittanut unelmaani ja nyt on aika luopua siitä.

Hiivin vintin portaat alas ja kuuntelen ovella hetken, sitten avaan oven ja juoksen ulos. Näen isän pesevän Jussin kanssa uutta autoamme ja tungen laatikkoa takin sisään piiloon.

"Mikä loota sullon sielä", Jussi huutaa.

"Pallautan Timille sarjiksia", minä vastaan ja lähden juoksemaan.

"Tuu Harri pessee autoa, nii mennää sitte ajelulle", isä huutaa perääni, mutta juoksen jo mäkeä ylös.

Ajattelen jättää laatikon Timin kodin portaille, mutta talo vaikuttaa hiljaiselta eikä Taunusta ole pihassa. Avaan ulko-oven varovasti, astun kenkälaatikko kainalossa sisään ja eteisessä pysähdyn kuuntelemaan. Iso kuisti on valoisa ja ikkunalla on monta ruukkua, suuria punaisia kukkia. Sisäoven verhon raosta näen eteisen ja tyhjän keittiön. Siellä, keskellä pöytää on suuri kulho. Jälkiruokakulho, jonka kannessa olevasta kolosta sojottaa kauha.

Avaan oven varovasti ja hiivin sisään. Kuuntelen taas vähän aikaa, mutta ilmassa ei liiku muita ääniä, kuin talon naksahduksia ja kevyitä narahduksia. Timin perhe on varmaankin kylässä tai ajelulla eikä Keimon rekkaa ole parkissa.

Olin arvannut, että tämä hetki tulisi, unelmani tuntui mahdottomalta. Halusin tehdä tämän kuitenkin salaa. En uskaltanut muutenkaan, koska minua hävetti. Eteisessä mieleeni tulee Timin isän lämmin katse, kun hän lupasi piikkarit minulle puoleen hintaan. Hetken mietin, antaisiko hän kengät ilmaiseksi nyt, niin voisin maksaa ne myöhemmin. Toivonkipinä sammuu ujouteeni. En uskaltaisi kysyä häneltä.

Timin kodista henkivä varakkuus on niin kaukana meidän perheemme niukasta elämästä, etten löydä rohkeutta kysyä. Tiedän, etten pystyisi maksamaan kenkiä koskaan.

Kengät ovat yhä vähän likaiset ja juoksijaunelmani kompastui valkoiseen viivaan, mutta asialle ei voi enää mitään. Rahaa en kenkien ostoon saanut mistään ja juoksijan urani kaatui maaliviivalle. En uskalla enää ajatella asiaa enempää, nyt on vain toimittava, kun olen täällä yksin.

Astun askeleen eteenpäin ja vilkaisen välioven ikkunasta keittiöön. Näen pöydällä kulhon ja tiedän että siinä on hedelmäkoktailia. En ole koskaan maistanut sitä, mutta olen nähnyt Timin syövän odottaessani häntä.

Timin äiti on ystävällinen ja pyytää minut toisinaan juomaan kaakaota, jos satun sellaisella hetkellä kylään. Hedelmäkoktailia en ole saanut, koska sitä on tarjolla vain ruokailun yhteydessä. Nostan kantta, nuuhkaisen syvään ja ymmärrän miksi Timi kutsuu sitä hedelmäkoktailiksi.

Jälkiruokakulhossa on persikanpuolikkaita, päärynänpaloja, rypäleitä, kirsikoita, mandariininpalasia ja vaikka mitä erikoista hedelmää, kaikkea, mitä voin kuvitella. Herkut lilluvat vahvassa, makealle tuoksuvassa liemessä. Nielaisen, kun ajattelen miltä tuo herkku maistuisi. Olen usein katsellut Timin hotkivan sitä, kun odotan eteisessä.

Nyt olen yksin talossa ja edessäni on kulhollinen himoitsemaani hedelmäkoktailia. Samalla muistan tehtäväni. Olin palauttamassa unelmaani, uusia piikkareita. Nahkaisia, hyvältä tuoksuvia valkoisia piikkareita. Vain yhden kerran juostuja, lähes voittopiikkareita.

Seison siinä kahden voiman välissä. Keittiön pöydän ääressä mietin, että kaverini huone on yläkerrassa. Olen suunnitellut vieväni kengät sinne, jos talo on tyhjä. Nyt olen jäänyt tähän keittiön ja yläkerran väliin. Yritän ajatella, että olen palauttamassa uusia piikkareita. En kuitenkaan pysty siirtämään katsettani hedelmiä täynnä olevasta kulhosta.

On hiljaista. Tiedän, että Timin perhe voi tulla hetken kuluttua tai tunnin päästä, joten on toimittava heti. Annan himolleni vallan ja lasken piikkarilaatikon lattialle. Tartun kauhaan ja nostan sitä vähän. Nuuhkaisen makeaa tuoksua, ja vilkaisen kulhon yli Asematielle. Maistan huulilla makeaa liemeä kauhan reunalta ja hörppään nopeasti siemauksen. Kieleni liikkuu ja painelee hedelmiä kitalakeen. Suuhuni leviää huumaava makujen kirjo. Tunnen oudon, miellyttävän lämmön täyttävän vatsani ja oloni on leijuva.

Olen yksin tässä ja kaikki on minun, koko makujen maailma on suussani. Todellisuudentajuni sumenee ja ahmin kauhallisen toisensa perään, uppoudun niin syömiseen, etten huomaa pihaan kääntyvää autoa.

Timin huudahdukset kuuluvat jostain, mutta vasta oven kolahdus saa minut havahtumaan. Kuulen jo kenkien kopinan kuistilla. Vatsassani käy kylmä pyörre. Kauhuissani katson hahmoa eteisen verhojen läpi.

Piikkarilaatikko on keskellä keittiön lattiaa. En tiedä mitä tehdä. Seison pöytään nojaten kauha kädessäni suu täynnä hedelmiä. Olen kirjaimellisesti liemessä. Heitän kauhan kulhoon, niin että soppaa roiskahtaa pöydälle ja ryntään eteiseen. Ovi avautuu ja Timin isä katselee minua tutkivasti.

"Mitäs Harri täällä, tulitko Timiä hakeen", hän sanoo ja huomaa sitten laatikon. "Oletko harjoitellut uusilla piikkareillasi", hän kysyy.

Minä ryntään hänen ohitseen eteisen ovesta kuistille, tönäisen oven auki ja loikkaan portailta pihalle. Juoksen tietä alas minkä jaloistani lähtee. Timi katsoo ihmeissään perääni, kun pingon Asematietä ja käännyn alas kohti veturitallin pihaa.

Häpeä kohisee korvissani, juoksen sitä pakoon niin kovaa kuin pääsen. En kuitenkaan pääse sitä karkuun, vaikka juoksen Raparannan hiekkapolun päähän asti. Sinne, missä raiteet kääntyvät ylös. Katson taakseni ja kuvittelen näkeväni kaverini isän katsovan perääni. Näen hänen pettyneen ilmeensä. Menetetyn luottamuksen vääntämät kasvot. Elämän pettämät kasvot. Näen omat kasvoni. Ne kasvot, jotka vääntyivät irvistykseen, kun juoksin voittajana maaliin. Silloin rannassa, kun olin saanut uudet piikkarit matkaani. Niiden kiskojen päähän, jotka oli taivutettu taivasta kohti.

47. AIKALISÄ

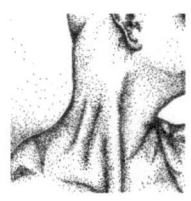

Kaikki etsivät ymmärrystä,
jokainen kaipaa lohdutusta.
Mistä löytäisi ymmärtäjän,
joka ymmärtäisi sanomattakin,
näkisi sinne,
missä kysymys vasta etsii muotoa.

Hoitaja vastaa puhelimeen Töölön sairaalasta ja minä toivotan hänelle hyvää huomenta. Kello on muutaman minuutin yli kahdeksan ja soittoaika hoitajalle on kahdeksasta kymmeneen. Kerron soittavani DBS-leikkauksen vuoksi, johon olen tulossa. Haluaisin tietää tammikuun kuvausten tulokset ja kysellä muutamia käytännön asioita. Kuulen taustalta puhetta ja hoitaja kertoo olevansa kierrolla tohtorien kanssa. Hän lupaa soittaa samana päivänä. Puhelun jälkeen mietin, onko kyseessä samanlainen lupaus, kuin viime kerralla. Silloin hän lupasi soittaa samana päivänä tai seuraavana.

Puhelua ei kuulunut kumpanakaan. Soitin lopulta itse uudelleen ja sain myös vastaukset hoitajalta, joka ystävällisesti selitti, ettei ollut soittanut, koska ei ollut saanut lääkäriä kiinni. Ymmärrän kyllä, että sairaalassa on aina kiire.

Kiireisessä sairaanhoidossa ei vain taideta aina ymmärtää, että jos lupaa soittaa, niin potilas odottaa sitä soittoa. Odottaa ja jännittää turhaan tuntikausia. Siinä tapauksessa, että potilas tekee saman asian tai myöhästyy lääkäristä, hän saa uuden ajan kolmen kuukauden päähän. Sairaus opettaa, jos ei muuta niin odottamaan.

Sairaalassa tulee terveemmäksi jo ovella. Sieltä haluaa pois, jonnekin kauas, mieluiten erämaajärven rannalle istumaan tervastulille. Siellä olisi hyvä elää ja kuolla ihmisen. Valitettavasti elämä ei taida olla niin yksinkertaista. En toki halua millään tavalla arvostella ihmisiä, jotka sairaalassa potilaita hoitavat. Eihän tämä kaikki kiire ja byrokratia heidän vikansa ole. Töölön sairaalassa sain kuvauskäynnillä tammikuussa ystävällistä kohtelua ja hyvää hoitoa. On syytä olla kiitollinen, että saa yleensä vielä hoitoa. Eräänä päivänä sekin voi loppua.

Minulla on kummallinen olo. Tuntuu hassulta olla sairas ja silti terveempi kuin ennen. Miten se voi olla mahdollista, kyselen itseltäni. En ole millään tavoin kipeä, pieni flunssa, joka viime viikolla alkoi, meni jo menojaan. Olisin terve, jos en olisi sairas, vaikken tunne olevani sairas.

Dystonia on merkillinen sairaus. Moni sairastaa sitä salaa, koska pelkää leimautuvansa ja joutuvansa sairaudella arvioitavaksi. Elämä on kuitenkin elettävä itse, joten jokaisella on oikeus valita oma tapansa selvitä täällä.

Olen pohtinut viime aikoina paljon DBS-leikkausta ja käynyt mielessäni läpi leikkauksen jokaisen vaiheen. Koen tilanteeni henkisenä taantumana, jossa kohtaan elämäni matkalla kadonneita tuntemuksia. Voimakkain on kokemus, että aloitan koulun.

Olen pieni poika, jota jännittää koulun alkaminen ja erityisesti se ensimmäinen päivä. Mistä sellainen tunne tulee, että löytääkin sisältään heikon ja aran lapsen. Juuri silloin kun haluaisi olla vahva ja aikuinen.

Olen katsonut aivostimulaatioleikkauksen useita kertoja YouTubesta, dvd-levyltä ja televisiosta. Olen lukenut kokemuksia leikkauksesta blogeista, keskusteluista ja nettilehdistä.

Olen katsonut kuvia, joissa pään sisällä kulkee kaksi johtoa pieneen läntin näköiseen tummaan kohtaan. Sieltä johdot kulkevat korvan takaa olan yli, solisluun alapuolelle sijoitettuun pieneen laatikkoon. Tiedän, että nuo pläntit ovat tyvitumakkeita, jotka määrittelevät ihmisen tahdonalaisia liikkeitä.

Siihen, tai oikeastaan niihin, viedään DBS-leikkauksessa elektrodit, joihin solisluun alapuolella sijaitsevasta stimulaattorista kulkee sähkövirta. Elektrodeihin ohjatulla sähköllä yritetään poistaa tai vähentää dystonian aiheuttamia oireita. Voisi sanoa siis, että aiheuttamalla häiriötä hoidetaan liikehäiriötä. Tiedän syväaivostimulaatiosta lähes kaiken, mitä siitä sairastavan tuleekin tietää. Lähes kaikki ei ole kuitenkaan riittävästi silloin, kun oleellinen, ratkaiseva osa on arvoitus. Ratkaisevaa ei ole se, mitä tietää. Oleellista on se, mitä minä, tai kukaan muukaan ei tiedä.

Edes leikkauksen suorittava neurokirurgi ei sitä tiedä. Ei tiedä miten syväaivostimulaatio vaikuttaa elämääni. Varmaa vain on, että leikkaus vaikuttaa jollain tavoin. Leikkauksen vaikutukset ovat eräänlaista lottoa. Voitto on toki todennäköisempää, mutta päävoittoa ei ole jaossa, se meni sairastumisen mukana.

Olen keskustellut vertaistukiryhmässä DBS-leikkauksen läpi käyneiden kanssa. Parhaissa tapauksissa leikkauksen läpikäyneet ovat kokeneet saavansa uuden elämän. Moni on pitänyt myönteisenä pakkoliikkeiden ja vääntöjen vähenemistäkin.

Myös negatiivisista kokemuksista ryhmässä kerrotaan. Eräs kirjoittaja oli leikkauksen läpi käyneen puoliso. Hän kertoi puolisonsa henkisten kykyjen heikentyneen. Oireet olivat niin vaikeita, että leikkaus täytyi purkaa niiden vuoksi.

Minulle jäi vähän epäselväksi, mitä kirjoittaja tarkoitti henkisillä kyvyillä. Oletan, että hän tarkoitti ajattelua ja keskusteluja. Olen lukenut puheen voivan puuroutua tai vaikeutua jossain vaiheessa säätöjen ollessa liian voimakkaita.

DBS-leikkaus on mahdollista myös purkaa, silloin edessä ovat samat riskit kuin leikkauksen aikana.

Puhelin soi, otan paperia, että muistan kaiken kysymäni. Puhelinmyyjän pirteä ääni kertoo, että minut on valittu koeryhmään ja hän tekisi minulle loistavan tarjouksen. Sanon, että kuuntelen tarjouksen ja keskustelen ensin siitä vaimoni kanssa. Puhelinmyyjä lupaa panna päänsä pantiksi, että vaimonikin innostuu tarjouksesta.

Jotenkin minua huvittaa tuo pään pantiksi paneminen. Lopetan puhelun ja ajattelen, että olisin voinut tarjota hänen päälleen paikkaa DBS-leikkaukseen.

Stimulaattorihoitaja soittaa vähän ennen iltakuutta. Olen puhelun tullessa saunassa, mutta pian tulee tekstiviesti. Siinä lukee, että kuvaus onnistui ja leikkausaika on helmikuun puolivälissä 2016.

Aamulla minua vähän hermostuttaa sillä olen alkanut harkita aikalisän ottamista leikkaukseen ja aion keskustella asiasta hoitajan kanssa. Vähän jännitän soittaessani, mutta hän sanoo, että leikkauksen voi ihan hyvin siirtää ja vaikka perua. Se on täysin vapaaehtoinen.

Hoitaja kertoo, että ilmoitin asian niin hyvissä ajoin, että hänen olisi helppo kutsua tilalleni uusi potilas. Sanon, etten aio perua leikkausta, haluan vain ottaa muutaman kuukauden aikalisän nähdäkseni, miten dystoniani oireet muuttuvat.

Olen jonkin aikaa, ehkä reilun kuukauden verran kokenut oloni hieman paremmaksi ja dystonian oireet lievemmiksi. Ne eivät ole niin selvästi vähentyneet, että sanoisin olevani paranemassa, sen verran kuitenkin, että tunnen muutoksen olossani.

Sovimme hoitajan kanssa palaavamme kesän lopulla asiaan. Toivon, että siihen mennessä näen miten dystonian oireet muuttuvat. Voihan olla, että kyseessä on dystonialle tyypillinen ajoittainen parempi vaihe. Olen lukenut, että joillakin ne ovat kestäneet vuosia.

Haluan olla varma, ennen kuin menen niin suureen leikkaukseen, kuin DBS-leikkaus on. Jos oireet palaavat yhtä vaikeiksi, kuin ne olivat aikaisemmin, tai vielä pahemmiksi, menen syksyllä leikkaukseen.

Olen jo jonkin aikaa pystynyt nukkumaan koko yön. Aikaisemmin tapasin herätä aamuyöstä niskavääntöihin. Vointini on kohentunut tuntuvasti. Pohdin, mistä syystä väännöt eivät silti vähene. Mikä on syynä siihen, ettei paraneminen näy tekemisessä, vaikka tunnen niskani rennommiksi ja vapaammiksi kuin ennen. Aivan kuin jokin ote olisi irronnut. Dystonia pitää kuitenkin yhä kiinni jostain osasta minua. Pään vääntö alkaa, kun teen jotain keskittyneesti. Jännitteet ja voimakkaat tunnetilat, tai vieraiden ihmisten kohtaamiset ovat tilanteita, jotka aktivoivat dystonian oireet. On kuitenkin muutoksia, jotka toisetkin ovat huomanneet. Niskojen kireys on vähentynyt ja kasvolihakset ovat rennommat. Tämä kaikki on vielä lievää, mutta kuitenkin niin selkeää, että sen havaitsee. Voisiko dystonia olla asettumassa, vai onko minulla vain parempi vaihe menossa, siihen haen vastausta aikalisällä.

48. TARINAPOIKA

Olen tarinapoika,
jokainen ohikulkija
jättää minuun jäljen.
Tallennan sanoja,
lauseita, ääniä, tuoksuja.
Kerään tarinoita.
Olen tarinapoika.

Äitini hoitama kahvio on pieni, mutta työllistävä. Hän saapuu sinne jo varhain aamulla, leipoo munkkeja ja valmistelee lounaan.

Minä tapaan tulla ennen koulua lukemaan lehtiä ja syömään tuoreita munkkeja. Samalla seuraan mitä kahviossa tapahtuu. Kuuntelen ääniä, jotka salista kaikuvat keittiöön. Huoltoaseman työntekijöiden sutkauksia ja autoilijoiden juttelua. Monta tarinaa tarttuu korviini. Kuulun kahvilan kalustoon, osaan olla ohikävelty. Pidän roolistani, olenhan tarinankerääjä. Kuuntelen äidin askelia keittiössä. Niissä on rytmi. Kuin tanssi keittiön ruokapadoilta kahvion kassalle. Kääntöovi heilahtaa, äiti pyyhkäisee kädet essuun ja seisoo tiskin takana.

Autoilijoiden keskusteluun hän heittää ohi mennessään huomautuksen. Ahavoituneet miehet työntävät kuluneet lakkinsa takaraivolle. Kohta he nauravat vatsat hytkyen.

Äidillä on terävä kieli. Hän iskee sanoilla nopeasti ja tarkasti, vaientaa suunsoittajan hiljaiseksi kyräilijäksi. Rähjäämään alkavan juopon äitini heittää joskus omin käsin ulos.

Lounasajan mentyä ohi, keittiössä on jäljellä tyhjät kattilat ja tiskivuori. Ne on hoidettava ennen iltapäiväkahvia. Äiti on nopea ja tiskin ohessa palvelee asiakkaat.

Iltapäivällä kahvilan rauhoituttua äidillä on aikaa lukea. Minä käyn hänelle kirjastossa tai kioskilta lehtiä. Niitä hän lukee, istuu heilurioven lasin takana ja nojaa pöydän kulmaan.

Vielä ennen sulkemisaikaa äiti myy hampurilaisia töistä palaaville tai iltavuoron työntekijöille. Eivätkä ne ole mitään pikaruokaa, einespihvejä ja esipaistettuja valmissämpylöitä. Äiti leipoo itse sämpylät ja paistaa jauhelihapihvit varhain aamulla. Hampurilaiset ovat niin suosittuja, että pihvit loppuvat usein kesken. Se harmittaa minua, koska koulun jälkeen haluaisin hampurilaisen.

Vietän paljon aikaa kahvion keittiössä. Painan kaiken mieleeni. Tuoksut, äänet ja ilmassa leijuvat tarinat. Kaikilla on kerrottavaa, eikä kukaan ehdi kuuntelemaan. Jokainen odottaa puheenvuoroa. Innokas selittäjä ei sitä huomaa. On tarinansa lumoissa.

Minä olen kuuntelija. Tarinat virtaavat lävitseni. Toisinaan ne etsivät ulospääsyä ja kirjoitan kertomuksia kuulemastani. Valitsen sopivat sanat, yksinkertaiset ja selkeät. Sanat, jotka haluavat kertoa tarinansa.

"Sinähän olet melekeen kiriailija", äiti sanoo luettuaan pöydälle jääneestä vihkosta kertomukseni. Sanat hivelevät mieltäni.

Kerran näen pelon leijailevan kahviossa. Pöydän ääressä istuu kaksi autoilijaa keskustelemassa hiljaisella äänellä. Tavallisesti he puhuvat kovaa ja kajauttelevat nauruja, jotka pomppivat kuin pallot seinistä.

Äänet ovat matalia ja pelko leijuu pöydän päällä. Aistin sen ovelta, kuulen äänenpainoista ja tunnen tuoksuna. Pelko on ilmapiiri, jonka sisällä kaikki muuttuu kovaksi ja hauraaksi.

Kuulen pöydiltä kuppeja kerätessäni pelon syyn. Toinen heistä on menossa leikkaukseen. Näen karskin miehen ja ymmärrän, että kaikki muuttuvat pelon edessä.

Äidillä on tapana palkata kahvilaan apulainen pitääkseen lomaa. Minä istun silloinkin keittiön pöydän ja jääkaapin välissä. Siihen mahtuu juuri sopivasti keittiöjakkara. Istun ja luen lehtiä tai kirjoja.

Yksi äidin palkkaamista apulaisista on nimeltään Veera. Hän liikkuu ja puhuu koko ajan. Minä tulen ennen kouluun menoa kahvilaan, käyn munkin ja istun kolooni lukemaan lehteä. Samalla kuuntelen kahvilan ääniä.

Keittiössä tuoksuu outo yhdistelmä, joka leijuu heilurioven alta kohti salia. Siinä on tuoreiden munkkien, kahvin ja hajuveden sävyjä. Koska tuoksut liikkuvat alhaalla, aistin tunnelmassa alakuloa.

"Tyttö on tainnu kävellä polokupyörän suuntaviittaan", kuulen autoilijan sanovan.

"Piru vie nuo suunsoittajat", Veera kivahtaa palattuaan keittiöön.

Minä nostan munkkirinkilän kasvojen eteen. Reunat peittävät kaiken muun ja olen turvassa. Munkin reiästä katselen Veeran violetin ja mustan väristä silmäkulmaa. Hän huomaa sen ja itku muuttuu nauruksi.

Munkin taikavoimaa, ajattelen.

"Minun munkkipoika", Veera pörröttää tukkaani.

Hän ottaa tupakan ja menee takaovelle. Näen nahkatakkisen miehen tulevan portaille. Miehellä on tumma, pitkä tukka ja viikset. Hän puhuu kiivaasti ja yrittää tulla sisään.

"Asiakas on tiskillä", minä sanon ja Veera kiskaisee oven kiinni. Mies jää katselemaan ovilasin takaa sisälle.

"Sami siellä pyytelee taas anteeksi tekosiaan", Veera hymähtää ohi mennessään.

Minä istun nurkassa ja kuuntelen. Olen kaiken tallentava keräyslipas. Korva, joka äänittää kuulemansa. Minulle ne ovat sanoja, lauseita, ääniä, tuoksuja ja parhaimmillaan tarinoita. Olen tarinapoika.

49. MATKA JATKUU

On uskallettava avata jotain,
että näkisi,
mitä ei halua nähdä.
On löydettävä rohkeus,
vaikka on täynnä pelkoa.
On luotettava,
että rohkeus avaa oven,
josta pelko pakenee.

Kevättalvella 2017 edessäni ovat botuliinihoidot, jotka aion perua. On kulunut kuusi vuotta ensimmäisistä dystonian oireista ja lähes neljä vuotta diagnoosista.
Kello kaksitoista on Lohjan neurologisen osaston soittoaika. Minä kerron päätöksestäni. Hoitaja pyytää tietoni ja kysyy, haluanko perua hoitoajan kokonaan.
Hetken aikaa minusta tuntuu kuin astuisin lapsuuteni peilileikin tavoin tyhjyyteen. Sitten sanon, että haluan. Olen kulkenut tämän tien loppuun. Minulta on otettu oikeus valita ja tehty tahdoton hoitojen kohde.
Mitä ihmiseen jää, kun häneltä otetaan oikeus vaikuttaa hoitoihin. Jäljelle jäävät itsenäiset valinnat, mietin ajaessani kevätaamun vesisateessa parinsadan kilometrin matkaa Turkuun.
Neurologi, jonka vastaanotolle olen varannut ajan, on yksityinen ja arvostettu dystoniaa sairastavien vertaisryhmässä. Hän on viimeinen oljenkorteni botuliiniruletissa, jota kohta kolme vuotta olen kiertänyt.
Vettä sataa siimana ja tuulilasi on vihreänharmaa seinämä. Pyyhkijät tekevät siihen aukon, joka katoaa hetkessä. Onneksi

moottoritie on suora ja siinä on kaksi kaistaa kummallakin puolella.

Nojaan päätä vasempaan kämmeneen ja pidän sillä tavoin sen suorassa. Näin olen ajanut jo monta vuotta. Alkuun se oli vaikeaa, sillä kättä alkaa ajan oloon särkeä. Niskat oireilevat ja oikea käsi uupuu.

Ihminen on sopeutuvainen ja tottuu lähes kaikkeen. Elämänhalu saa selviytymään suuristakin vaikeuksista. Oleellisen ollessa jäljellä, ei muulla ole merkitystä. Ei sanoilla tai ihmisten puheilla. Vain sillä on merkitystä, mitä omassa sydämessään tuntee.

Onko elämänhalu vielä sydämessä? Jos on, niin sieltä tahto saa voiman, jota mikään ei voi lannistaa. Ihminen voi voittaa silloin minkä tahansa vaikeuden.

Minun kohdallani se tarkoittaa suunnanmuutosta dystonian hoidoissa. Haluan kokeilla kaikki vaihtoehdot, ennen kuin menen leikkaukseen. En ole vielä valmis niin rajuun hoitoon.

Minulla on tunne, että edetään liian nopeasti. Vaihtoehtohoidot jäävät kokeilematta. Haluan kokeilla niitä, ennen DBS-leikkausta.

Suomessa on yli viisi tuhatta diagnoosin saanutta dystoniaa sairastavaa. Meistä noin puolet potee servikaalista dystoniaa, joka vääntää niskojen kautta päätä johonkin suuntaan tahdosta riippumatta.

Moni yleislääkäri ei koko uransa aikana saa eteensä dystoniaa sairastavaa, joten on arpapeliä, sattuuko vastaan dystonian tunteva lääkäri.

Dystonia on aivojen liikesäätelyn häiriö. Aivosairaus, jota hoidetaan enimmäkseen botuliinipiikeillä. Hoidot voivat parhaassa tapauksessa poistaa tai lieventää dystonian oireet vajaaksi kolmeksi kuukaudeksi.

Mitä nopeammin dystonian puhkeamisen jälkeen hoito aloitetaan, sitä paremmat edellytykset niiden avulle on. Siksi tietoisuutta tästä sairaudesta on lisättävä.

Botuliinihoito ei toimi noin viidenneksellä dystoniaa sairastavista. Jäljelle jää siinä tapauksessa syväaivostimulaatio, eli DBS-leikkaus ellei halua tai uskalla kokeilla vaihtoehtohoitoja.

Dystonian oireiden lievitys on yksilökohtaista. On etsittävä oma tapa sietää vääntöä ja kipuja. Parantavaa hoitoa ei ole. Kolmen vuoden aikana olen saanut botuliinihoitoa yksitoista kertaa. Eniten apua sain ensimmäisillä kerroilla. Silloin pistoksiin käytettiin alkuperäistä botuliinivalmistetta. Hoidot lopettivat pään heilahtelun makuulla. Pystyin nukahtamaan ja uni oli levollisempaa.

Sen jälkeen sairaala siirtyi käyttämään hoidoissa toista valmistetta. Tätä botuliinin vaihtoa neurologi ei kertonut. Luin sen vasta myöhemmin lausunnosta, jonka pyysin nähtäväkseni.

Sama asia on tullut esille muidenkin dystoniaa sairastavien kanssa. Potilaille ei aina kerrota, kun hoidoissa käytetty botuliini vaihtuu. Se on mielestäni eettisesti arveluttavaa.

Olen usealta neurologilta kysynyt, onko botuliineissa eroa. Vastaus on ollut aina sama, valmisteissa ei ole eroa. Yksi neurologi lisäsi, ettei ole ihan varma asiasta.

Botuliineilla on kuitenkin vaikutuksiltaan eroa dystoniaa sairastavien mielestä. Kuulemieni ja lukemieni kokemusten perusteella botuliinit vaikuttavat eri tavoin. Moni on löytänyt omaan sairauteensa sopivan botuliinin kokeilujen kautta.

Potilaan on oltava sinnikäs vaatimuksissaan ja paljon riippuu asiasta päättävästä neurologista. Kaikki eivät jaksa sitkeästi taistella. Vaikeiden vääntöjen rasittamaa potilasta on helppo ohjata.

Kuten eräs dystoniaa sairastava sanoi "Antaisin palan aivoistani, jos saisin tämän väännön pois".

Kysyin kokeneelta neurologilta, joka on hoitanut paljon dystoniaa sairastavia, mitä mieltä hän on botuliinien eroista valmisteina. Hän totesi, ettei siitä oikein voi olla mitään mieltä, koska näitä aineita ei ole tutkittu riittävästi.

Miten voidaan väittää valmisteiden olevan vaikutukseltaan vastaavia? Kukaan ei tähän tunnu osaavan vastata. Potilaiden kokemus on, että botuliinit vaikututtavat eri tavoin. Minä sain lähetteen kymmenien tuhansien eurojen leikkaukseen, joka kestää useita tunteja. Erilaisten botuliinivalmisteiden kokeiluun en saanut lupaa. Joudun käymään hoidoissa leikkauksen jälkeenkin. Mielestäni olisi järkevää testata eri valmisteita jo nyt. Entä jos päähäni porataan reiät ja leikkauksen hyöty on lievä. Silloin olen oireiltani lähtöpisteessä. Kognitiiviset taitoni ovat voineet heikentyä ja liikuntakykyni rajoittua.

Punnitessani vaihtoehtoja, koen että leikkaus on hyötysuhteeltaan liian järeä oireisiini verrattuna. Tuntuu oudolta, että potilaan on päätettävä yksin näin suuri asia.

Olen nyt aikalisällä leikkauksesta ja käytän ajan paremmin toimivien hoitojen etsimiseen. Ensimmäiseksi aion kokeilla dystonian hoitoa yksityisen lääkärin vastaanotolla. Joudun tietysti maksamaan kokeiluni itse. Terveydellä ei kuitenkaan ole hintaa. Vaikka eläminen maksaa, on se silti elämää.

50. VASTAVIRTAAN

Olen vaeltaja tunturin rinteellä,
jalkojeni alla aaltokivi.
Kiven päällä näen honkapuun,
kiviaalloilla hetken lipuneen.
Olen elämän vaeltaja,
koen äärettömyyden,
tunnen katoavaisuuden.
Näen hetkeni mitan.

Sumuisessa jokilaaksossa soi leivosen laulu. On lämmin
huhtikuun ilta. Jokea polveileva kapea hiekkatie on yksin minun
käytössäni. Annan usvan kietoa syliinsä, kuljettaa rytmillä, joka
saa mielen katoamaan johonkin jokea kohti kurottuvien puiden
latvustoihin. Harvoin täällä muutenkaan kenenkään muun näkee kulkevan.
Toisinaan, varsinkin aamuisin, kalastajia kulkee rannoilla. Minä
olen lenkkeillyt täällä jo yli kaksi vuosikymmentä, mutta en ole
kertaakaan tehnyt samanlaista lenkkiä. Maisema elää koko ajan
ja on joka kerta erilainen.
Tänään on keli, josta erityisesti pidän. Juoksen joen vierellä
kulkevaa polkua ja kietoudun virrasta kohoavaan usvaan.
Unohdun ja liukenen maisemaan. Rytmikäs askel kuljettaa
ajatuksia jonnekin, missä ei ole huolilla tartuntapintaa. On
suojassa niiltä, utuun kadonnut. Tämä on juhlalenkki, kaikki
kevään lenkkini ovat olleet sellaisia.
Kahdessa viikossa olen tehnyt yhtä monta juoksulenkkiä, kuin
vuoden aikana ennen sitä. Määrä tai vauhti ei ole oleellista.
Yksi asia on ja sen myötä kaikki. Juoksu sujuu päätä
pitelemättä.
On ihmeellinen tunne juosta ja keskittyä pelkästään siihen.
Aluksi kuuntelen äänikirjaa, mutta joella siirryn

luontokanavalle. Mustarastaiden soolot ovat tällaisella ilmalla kauneimmillaan.

Nautin tästä kaikesta, humallun äänien, tuoksujen ja happiraikkaan ilman vaikutuksesta. Kuljen virran mukana usvan läpi ja elämää virtaa sisälläni.

Olen uneni läpi kulkeva haamu, enkä enää tunne mitään. Olen ajatus, joka on löytänyt pisteen, eikä halua jatkaa, koska tarina on valmis. Olen ajatusviiva, joka lipuu yli routaan sulaneen railon. Viive, joka ei osaa enää palata entiseen. Olen alku, joka ihmettelee mihin tämä johtaa. Annan sen jatkua, koska en halua lopettaa.

Elämää ei voi hallita koska se on elämää. Se on tie joen rantamilla ja polku usvan läpi. Miten virta voisi tietää minne se kulkee. Mitä mutkan takana on? Kuinka se tuntisi elämän voiman sisällään. Sen, ettei mikään este voi pysäyttää sitä. Aina se löytää uomansa, virtaa läpi laaksojen ja kohisee koskena kivikoissa. Lipuu vuoksena ja saapuu suvantoon.

Mikään ei jatku samanlaisena pitkään. Jos jatkuukin, niin muutos on mutkan takana. Se ravistaa menneen kuin puu kuivuneet lehdet. Vaikka kaipaisi mennyttä selkeyttä, niin se on selkeää vain tänään. Eilinenkin oli vaikeaa, mutta tänään parasta aikaa.

Minä jouduin tekemään oman ratkaisuni, kun tilasin ajan yksityiselle neurologille. Sain eräältä ystävältäni vihjeen ja tartuin viimeiseen oljenkorteen.

Olin jo luopunut lenkkeilystä, koska pääni vääntyi rajusti sivulle. Fysioterapeuttikin oli sitä mieltä, että juoksemisen voisi jo jättää ja miettiä muita vaihtoehtoja kuntoiluun.

Minä valitsin samoilun metsissä ja luontopoluilla. Siellä syntyi myös ajatus kokeilla vielä kerran botuliinipiikkejä yksityisellä neurologilla.

Ja nyt minä juoksen pitelemättä kädellä päätäni. Olen juossut niin jo kolme lenkkiä. Myös autolla ajaessa olen saanut pidettyä katseeni eteenpäin ilman käden tukea.

En tiedä mitä oikein tapahtui viime hoitokerralla yksityisen neurologin vastaanotolla Turussa, mutta jotain hyvää siellä tapahtui. Ensimmäinen hoitokerta kesti puolitoista tuntia. Keskustelemalla käytiin läpi oireiden ja tilanteen kartoitus. Sen jälkeen neurologi ryhtyi etsimään dystonian altistamia lihaksia käsin tutkimalla. Lopuksi hän antoi piikit EMG-laitteen avulla ja käytti pistämiseen pyytämääni botuliinia.

Siinä kaikki ja se tuntuu auttavan. Miltä tuntuu, kun ihmistä kuunnellaan, eikä hänen hoidossaan kiirehditä? Se tuntuu siltä, että hoitava ilmapiiri syntyy kuin itsestään.

Pitkäaikaissairaasta tulee väistämättä oman sairautensa paras asiantuntija. Kyllä häntä kannattaisi aina kuunnella, vaikka sairaalarutiineissa ei siihen olisikaan aikaa. Minä koin tuolla käynnillä tulleeni hyvin kuulluksi ja hoidetuksi, tuloksetkin alkoivat pian näkyä.

Pystyn nyt nukkumaan eri asennoissa kuin aikaisemmin. Tästä syystä unen laatu parani nopeasti ja uni myös syveni. Herään aamulla kyljeltäni. Aikaisemmin heräsin aamuyöllä selälläni pää sivuun painuneena.

Hoitokäynnistä on nyt aikaa kaksi viikkoa ja piikkien täysi teho alkaa olla saavutettu. En ole parantunut dystoniasta. Oireet ovat helpottuneet noin puolella. Minulle se merkitsee juoksemista, kävelyä ja ajamista päätä koko ajan paikallaan pitämättä.

Olin jo lähes luopunut rullaluistelustakin, mutta tänään katsoin puhtaaksi harjattuja pyöräteitä ja päätin kokeilla. Aurinkoiset kevätpäivät kutsuvat rullailemaan. Aion lähteä liikkeelle ja pysyä myös.

Eräs ystäväni on kertonut sairastavansa traumaperäistä dystoniaa. Hän uskoo sairauden saaneen alkunsa kolarista, jossa niskat ja pää retkahtivat.

Ystäväni tuki minua viesteillä ja keskusteluilla pohtiessani leikkaukseen menoa. Silloin hän luuli, ettei DBS-leikkaus auta hänen dystoniaansa.

Tänään ystäväni yllätti minut ja kertoi olevansa menossa leikkaukseen, koska muuta hoitovaihtoehtoa ei enää ole jäljellä. Leikkauksen vaikutuksesta eivät edes lääkärit pysty sanomaan varmaa, mutta hänen tapauksessaan se kannattaa kokeilla.

Toivon leikkauksen tuovan apua ystäväni vaikeasti oireilevaan dystoniaan. Meidän osamme ovat vaihtuneet.

51. ÄITI NIIN RAKAS

Elämä on enemmän kuin kaksi väriä.
Elämä on värien kirjokaari.
Sävyjen sateenkaari.
Auringonsäde pisaran pinnalla.
Elämän kirjokaari syntyy kyynelistä.
Rakkaudesta kyynelten pinnalla.

Istun mummilan pöydässä ja toppaan kahvia. Päässäni on uusi lakki, jonka sain enoltani. Lierimallisessa vihreässä lakissa lukee AIV-rehu. Pidän lakista niin paljon, etten ota sitä pois kahvipöydässäkään. On kesä, ja isä ja äiti ovat tuoneet minut mummilaan. Edessäni olisi monta retkeä Topi-enoni kanssa. Vastapäätä pirtin pöytää, ikkunan vieressä istuu pappa. Hän kertoo muutaman sanan tarinoita, tekee teräviä huomautuksia. Usein ne ovat monimielisiä, lähes aina kaksimielisiä. Yksitoistavuotiaan silmissä pappani on vanha mies, mutta hyväkuntoinen, hoikka ja jäntevä. Papalla on terävä katse ja nopeat sanat. Kuin nuolet ne osuvat sinne, minne hän tähtää ne. Kuulijan heikkoon kohtaan.

Äitini on myös nopea, kiivas kuin tuulenpuuska, joka muuttaa suuntaa hetkessä. Sen huomaan taas, kun tunnen ilmavirran pyöräyttävän hiukset silmilleni. Uusi lakkini katoaa äidin mukana pirttiin.

Mummi puuhailee rieskan leivonnassa ja iso leivinuuni on lämmitetty kuumaksi. Jykevältä pöydältä mummi nostaa rei'itetyn rieskan leipälapion tummuneeseen laipioon.

Tuoreita, vereksiä rieskoja on jo pöydällä ja kesäauringon valaisema pirtti tuoksuu hyvälle. Minä hörppään kahvin loppuun ja riennän etsimään uutta lakkiani. Kalassa se olisi hyvä ja pidän muutenkin lakin mallista.

Äiti ja isä ovat jo lähdössä, eikä kukaan kerro mihin lakkini hävisi. En saa koskaan saa sitä tietää, vain epäily jää palaneen kärynä. Kytevänä se jää leijumaan ilmaan ja katoaa rieskan tuoksuun.

Palaan muistoistani tähän hetkeen ja alan etsiä parkkipaikkaa autolle. Otan matkalaukun peräkontista ja lähden kävelemään Helsinki-Vantaan lentoasemaa kohti. Minulla on kiire, sillä ostin lentoliput vasta aamulla ja pohdin, miten ehdin lähtöselvitykseen ajoissa.

Äiti makaa Kemijärven sairaalassa ja lähtee pian tästä maailmasta. Hän on kahdeksankymmentä vuotta vanha ja hänen Alzheimerin tautinsa on jo loppusuoralla.

Sairaus on vaikeutunut ratkaisevasti monien asioiden sumassa. Vaikein niistä on ollut kaatuminen, joka mursi hänen lonkkansa. Leikkaus tehtiin Rovaniemellä ja aluksi epäiltiin tekonivelen menneen väärin päin.

Äiti siirrettiin Kemijärven Lapponia sairaalaan ja hän sairastui siellä keuhkokuumeeseen. Sisarukseni ovat olleet äidin luona ja nukkuneetkin välillä hänen huoneessaan.

Minä soitin edellisellä viikolla äidille ja ystävällinen sairaanhoitaja piteli luuria hänen korvallaan. Äiti ei vastannut mitään, kun puhuin hänelle. Hän vain hengitti raskaasti ja tuntui välillä yrittävän sanoa jotain.

Kerroin rakastavani äitiä, kiitin häntä kaikesta. Juttelin muistoja, puhuin siitä, mitä yhdessä olimme kokeneet ja puhuneet.

Kiitin hänen ymmärryksestään ja kyvystään nähdä elämän hyvät puolet. Meidän välimme ovat olleet aina hyvät ja loppuaikoina keskustelin äidin kanssa paljon.

Viimeisen kerran puhuimme äidin kanssa ennen lonkan murtumista ja leikkausta. Äiti vastasi silloin puhelimeen kiireisen oloisena.

"Mihin sinulla on kiire äiti", minä kysyin.

"No töihin tietenki", äiti tokaisi.

"Mihin töihin".

"Kyllähän sinä työt tiiät", äiti sanoi.

Ne olivat viimeiset selkeät sanat, jotka kuulin äidiltäni. Sanat sopivat hyvin hänen luonteeseensa ja muistoihini hänestä. Äiti teki työtä koko elämänsä ajan. Olen onnellinen äidistäni. Hän on kantanut minua sydämensä alla ja sydämessään. Puhelun lopuksi juttelin hoitajan kanssa ja hän totesi, ettei koskaan voi tietää, miten kauan tämä palliatiivinen vaihe kestää. Hän sanoi, että he pyrkivät kuitenkin siihen, ettei äidillä olisi kipuja.

Tälle matkalle olin lähdössä edellisenä päivänä iltajunalla, mutta päädyin siirtämään matkaa seuraavaan päivään. Dystoniani oli aktivoitunut äidin tilanteesta ja vaihdoin yöjunan aamun lentokoneeseen. Koneella olisin perillä äidin luona vain muutamaa tuntia myöhemmin kuin junalla.

Seison lähellä turvatarkastuksen tiskiä. Edessäni lattialla on iso kasa värikkäitä vaatteita, pipoja, kaulahuiveja ja puseroita. Etelä-Amerikasta, Chilestä tulevalla ryhmällä on isot rinkat. Osa heistä tunkee niitä voimalla matkatavaroiden kokoa mittaavaan koteloon.

Kiinalaisia on myös paljon, mutta heillä ei ole reppuja. Minulla on niin vähän tavaraa mukana, ettei reppua tarvitse sovittaa koteloon.

Samalla puhelin kilahtaa viestin. Katson näytölle tulleen tekstin, luen sen, mutta en ymmärrä sanoja. Äiti on nukkunut pois.

Lentokone saapuu yhtä aikaa viestin kanssa ja käytävälle tunkee iloisesti rupattelevia ihmisiä. Kaikki jatkuu ympärilläni kuin mitään ei olisi tapahtunut. Minä elän kahden ajan välillä.

Ymmärrän sillä hetkellä, että jos olisin mennyt yöjunalla, olisin ehtinyt viimeisiksi hetkiksi äidin luo. Ajatusta on mahdoton ymmärtää. Käsitän, että kuolema on aina yllättävä, vaikka sitä tiedettäisiin odottaa.

Lähetän viestejä ja toivon, että saisin hyvästellä äidin sairaalassa. Soitan veljelleni Rovaniemelle ja hän lupaa tulla lentoasemalle vastaan. Samalla tulee vuoroni nousta koneeseen ja vien kännykän lipun lukulaitteeseen. Nouseminen harmaiden pilvien läpi kirkkaaseen aurinkoon on koskettava kokemus.

Katson sadunhohtoisten pilvilinnojen ympäröimää maisemaa ja niiden väleistä näkyviä maatilkkuja, järviä ja jokia, jotka vielä valkoisina loistavat. Ajattelen, että nyt on äitikin kulkenut pois tästä kipujen maasta. Enää hänen ei tarvitse kärsiä tuskia. Ajatus ja pilvien päällä kokemani tunnelma on lohduttava. Mieleeni tulee Riki Sorsan laulu *Valoa*, ja sen sanat tuntuvat lohduttavilta.

Rovaniemen lentoasemalla näen Jussin oleva vastassa ja ajamme ensin hänen kotiinsa syömään. Kiire on ohi ja puhumme äidin poismenosta. Saan veljeltäni käyttööni vanhan farkkumersun ja lähdemme ajelemaan peräkkäin kohti Kemijärveä.

Ajamme Lapponia-sairaalan pihaan lauantaina iltapäivällä. On tavallinen päivä ja kuitenkin erilainen. Päivä, joka olisi ollut äidin vapaapäivä hänen Union-kahvilassaan. Nyt se vapaapäivä on lopullinen.

Kävellessämme kohti sairaalan ovea, muistan joulukuun yön vuosia sitten. Isä oli yllättäen kuollut aivoverenvuotoon. Muistan hänen kätensä lämpimänä puristaessani sitä viimeisen kerran. Äidin käsi olisi ehkä viileä, mietin. Hänen kuolemastaan on jo monta tuntia.

Sairaalan käytävät vievät osastolle, jossa pari vanhempaa miestä katselee televisiota. Kuljemme kohti huoneiden ovia ja veljeni avaa yhden niistä. En ole sittenkään valmis kohtaamaan kuolemaa, huomaan ajattelevani. Onko siihen koskaan valmis.

Sairaalahuoneessa soi kaunis musiikki. Pöydällä on enkeli ja tuikkukynttilä. Huone on vähän viileä, sängyn päätyyn asetettu leditaulu pitää patjan liikettä yllä estäen makuuhaavojen syntymisen. Nyt sillä ei enää ole merkitystä.

Katri nousee äidin viereen sijoitetusta nojatuolista ja halaamme pitkään. Sitten hän viittaa äitiä kohti ja pyytää minua menemään lähemmäs. Kävelen hiljaisin askelin äidin viereen. Hänen kasvojensa ympäri on kiedottu liina. Harmahtavat hiukset ovat karanneet liinan alta otsalle. Ajattelen, että ne ovat vallattomia ja vapaita niin kuin äitikin nyt on. Muistuttavat lapsuuden huolettomuudesta. Tuulen otsalle heittämistä hiuksista, tyttösen hymystä, riemusta, naurunrypyistä. Äidin kasvoilla on tyyni ilme, ne ovat rauhalliset ja liikkumattomat. Silitän äidin otsaa ja hiuksia. Itku tulee yllättäen ja nousee syvältä vatsan pohjasta. Palaan lapsuuteen ja vavisten annan tuskan purkautua. Raju itku tulee niin kaukaa, että tunnistan itkeväni pienen pojan itkua. Sen pojan, joka kerran olen ollut. Äitini poika. Käsi silittää selkääni. Veljeni tai sisareni on tullut siihen. Sisareni kertoo äidin viimeisistä hetkistä ja pitkästä henkäyksestä johon elämä ajassa sammui. Istumme yhdessä vielä äidin luona ja juttelemme. Poistuessa käymme kiittämässä hoitajien huoneessa ja ajamme kotiin.

Hyvästelen Katrin pihalla ja halaamme pitkään. Tuntuu oudolta katsoa, kun hän kävelee kohti bussipysäkkiä. Olen ensimmäistä kertaa vuosiin yksin nuoruuteni kotitalossa. Kaikki on käynyt niin nopeasti, että tunteet liikkuvat aaltoillen.

Veljeni lähdettyä Rovaniemelle ja sisareni asemalle, palaan yksin tyhjään kotiin. Kävelen jokaisessa huoneessa, katselen ja muistelen. On kaunis keväinen ilta, upea auringonlasku hehkuu yli pohjoisen korkeiden hankien.

Talo on täynnä muistoja, täynnä äidin huolenpitoa, hänen puuhiaan ja ajatuksiaan. Odotan äidin astuvan kohta ovesta ja sanovan tutut sanat "Keitetäänkö Harri kahavit."

52. HYMYTYTTÖNI

Kaiken kokemani läpi,
näen lempeän hymysi.
Hyväksyvän, ymmärtävän,
rakastavan hymysi.
Voin nähdä sen aina,
voin tuntea sen aina.
Hymysi on sydämessäni.
Rakkaani.

Sytyttelen aamulla takkaa. Yöllä on ollut pakkanen ja
noutamani pilkkeet jäisiä. Tuli ei tahdo syttyä ja sytykkeet ovat
lopussa. Nyt harmittaa, että postilaatikkoon on tullut liimattua
"ei mainoksia, säästän luontoa" -tarra. Paperimainoksilla oli
hyvä sytyttää tulet.
Sitten minulla sytyttää. Muistan, että kaapissa on vanha
puhelinluettelo. Haen sen ja alan sivu sivulta soitella. Lopulta
takka vastaa ja tuli soittaa kuusipuissa iloista rätinää.
Kannattaa soittaa, huomaan jälleen kerran. Koskaan ei tiedä
kenet saa syttymään. Voi saada vaikka työpaikan, kaverin tai
ainakin puhelinlaskun.
Parhaassa tapauksessa onnistuu soittamaan
elämänkumppanille. Minulle kävi niin.
Oli helmikuu ja penkkaripäivä. Tiesin kaverini kanssa, että
tyttöjä on paljon juhlimassa Kemijärven keskustan parissa
kuppilassa. Nousin illalla bussiin, istuin kaverini viereen ja
hänen tyttökaverinsa siirtyi istumaan eteemme.
Väliltä nousi kyytiin nuori nainen ja istui kaverini tytön
viereen. Hän hymyili meille. Ei sittenkään, kyllä hän hymyili
minulle, ja minä huomasin tytön kauniit hymykuopat.

Juttelimme kaverini kanssa, mutta en katsellut maisemia. Vilkuilin kyytiin noussutta kaunista tyttöä ja ajattelin, että hän on hymytyttö.

Illan istuimme porukalla samassa pöydässä. Oli hauska ja vauhdikas ilta. Olimme nuoria ja vapaita. Välillä vaihdoimme ravintolaa. Koko pieni kaupunki oli juhlimassa. Iloista väkeä riehui kadut täynnä. Unohdin siinä humussa tuon ihanan juhlijan nimen, mutta puhelinnumeron olin painanut mieleeni. Aamulla näin herätessäni ensimmäisenä tuon tytön siniset silmät ja hymyn, muistin hymykuopat. Olin niistä hänelle iltayöstä sanonutkin. Sanoin häntä usein illan aikana hymytytöksi.

Ajattelin sitä hymyä ja muistin tytön puhelinnumeron, mutta nimi ei millään tullut mieleeni. Keittelin kahvit, keräsin rohkeuteni ja otin puhelimen käteeni.

Mieleeni tuli Leevi and the Leavingsin laulu "Mitä kuuluu Marja-Leena", joka oli silloin iso hitti. Minulla sytytti ja soitin numeroon, joka mieleeni oli jäänyt. Kuulin tutun äänen vastaavan ja aloin laulamaan.

Kukaan, joka lauluääntäni on kuullut, ei uskoisi tätä, mutta minä lauloin siinä itselleni elämänkumppanin. Lauloin rakkaan, jonka kanssa olen elämäni jakanut, saanut ihanat lapset ja kodin, saanut perheen.

Tosin laulu loppui lyhyeen, mutta keskustelusta tuli pitkä. Se jatkuu vieläkin. Puhuimme ja puhuimme ja puhumme vieläkin. Meillä on aina asiaa toisillemme. Hymytyttöni on hyvä keskustelija. Puhelumme ei ole vielä päättynyt, joten puhelinlaskua en ole vielä saanut.

Emme ole aina samaa mieltä asioista. Minä suutun helposti ja sanon terävästi. Anteeksi olen oppinut pyytämään. Poiminut sanoja kuin nastoja. Itse olen niihin astunut, teräviin sanoihin. Omaan sydämeen ne aina lopulta sattuvat. Kovat sanat.

Elämä hioo ja muuttaa. Särmät tasoittuvat. Luonnettaan on vaikea muuttaa, varmaan mahdotonta. Olemme sellaisia kuin meistä tehtiin. Pysymme siinä.

Tapojaan voi parantaa, sanojaan käyttää taitavammin ja kypsyä ihmisenä, mutta sydämessä on sama ihminen ja ihmettelee, minne vuodet menivät. Vasta eilenhän minä nousin siihen bussiin. Vasta eilenhän minä näin hymysi, kun istuit eteemme. Vasta eilenhän minä soitin ja lauloin sinulle. Vasta eilen. Kuukauden seurusteltuamme muutin hymytytön yläkertaan asumaan. Kahden kuukauden kuluttua, eräänä aamuyönä polvistuin hänen eteensä. Minä kosin rakkauteni kohdetta, sillä ainoalla oikealla tavalla.

Siinä polvillani muistin, ettei minulla ole yhtään rahaa. Millä ostaisin sormukset meille? Nuoruus ja hulluus kuuluvat aina saumatta yhteen. Niinpä kävelin alakertaan ja herätin tulevat appivanhempani. Pyysin rahaa lainaan, että voisin ostaa sormukset meille. Kello oli kolme aamuyöllä, mutta appeni vain haukotteli, nousi istumaan ja otti lompakon housujensa taskusta. Otin rahat ja suurenmoiset appivanhempani jatkoivat uniaan.

Nuoruus, kyllä he tiesivät. Viisaat ja kokeneet aikuiset. Olivat olleet itsekin kerran.

Seuraavana päivänä menimme kultasepälle sormuksia ostamaan. Liike vastapäätä kirkkoa oli meille tuttu. Toisessa päässä taloa sijaitsi urheilu- ja kalastustarvikemyymälä. Sieltä olin monet vieheet ostanut.

Nyt olin saanut elämäni saaliin, mutta kultasepän sormushyllyt olivat tyhjiä. Myyjä esitteli apeana laatikoita ja kertoi, että liikkeessä oli käynyt edellisenä yönä varkaita. Kaikki korut oli viety.

Me lähdimme ulos tyhjin käsin. Liikkeen pihalla katsoin toiselle puolen tietä ja näin taivaita kohti kurottuvan kirkontornin. Oli huhtikuu ja kaunis kevätpäivä.

Olisin ostanut sormukset tästä liikkeestä, koska isäni osti minulle sieltä Zenit-merkkisen rannekellon. Aika vei isän, varkaat sormukset. Onneksi sormukset löytyivät toisesta liikkeestä. Lainaamani rahat noukin hillasuolta ja maksoin sormukset. Se oli kunniakysymys.

Olemme saaneet hymytyttöni kanssa neljä lasta, joista jokainen on valmistunut ammattiin ja asuu omassa kodissaan. Pieni lapsenlapsemme on jo koulussa ja tulee toisinaan mummin ja phaapan luona käymään. Phaapa-nimen hän keksi itse. Vuodet eivät ole muuttaneet minua, ajattelen usein. Olen se sama kaveri, joka nappasi laulamalla elämänsä saaliin. Sai rakkauden, joka on kypsynyt elämän matkalla. Toiset sanovat, että olen muuttunut. Merkillistä, sillä koen olevani yhä se pikkupoika, joka juoksi veturitallin törmälle vattupensaiden suojaan.

Tunnen yhä vattupensaiden ja kypsien marjojen huumaavan tuoksun. Meillä on niitä monta pihassa. Vattupensaita, joiden tuoksu tekee onnelliseksi.

53. ENSIMMÄINEN KOULUPÄIVÄNI

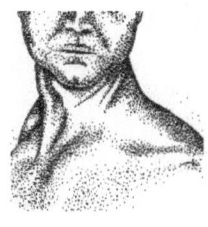

Me elämme täällä toisiamme varten.
Vain annettu on omaa ja Jaettu
moninkertaistuu.
Lohdun sanat, rohkaisu, kannustaminen.
Hyvien sanojen ja tekojen muistot on syytä
säilyttää.
Ne kantavat vaikeina hetkinä ja liittyvät kultalankoina
turvaköydeksi, joka vetää ylös epätoivosta.

Dystonia on muuttanut minut ja elämäni. Se on kuin matka, jonka jälkeen mikään ei ole enää samanlaista. Tai ehkä sittenkin matkalainen on muuttunut, eikä sitä heti tajua.

On kuin katsoisi peiliin, ihmetellen kuka on kutsumatta kylässä. Koska tuo tyyppi lähtee, mietin katsoessani seinän kokoisesta peilistä itseäni.

Hoitohuoneen peili on epäinhimillisen kirkas kuin tarkka valokuva. Vieressäni seisova fysioterapeutti näyttää adonikselta ja minä ojan pohjalta nousseelta pummilta.

Oikeastaan pidän ajatuksesta. Se kantaa sisällään iloa ja elämänvoimaa. Tähän peilin eteen oli kuljettava kipujen ja vääntöjen kautta. Harhailtava eksyksissä. Ilman niitä kokemuksia en olisi tässä. En olisi onnellinen pummi peilissä.

Pitikö minun sairastua, että hyväksyisin itseni sellaisena kuin olen? Jos olisin tiennyt, olisin sairastunut aikaisemmin.

Onneni johtuu siitä, että turhaa on pudonnut ja jäänyt ojan pohjalle. En olisi koskaan muulla tavoin osannut niitä hukata. Miksi turhasta on niin vaikea luopua?

Tänään on loppuelämäni ensimmäinen koulupäivä ja minua jännittää. En ole varma osaanko jäädä oikealla pysäkillä pois, sillä auton kuljettaja ei ilmoita niitä. Se johtuu ehkä siitä, että

241

tämä bussi on viidakkolinjalla eikä jokaista pysäkkiä voi ilmoittaa.

Lähdin tällä bussilla, koska aamuruuhkassa pikavuoro tulee perille myöhemmin. Ensimmäisenä kouluaamuna en halua myöhästyä. Aamubussi on täynnä, ja viereeni istuu nainen vihreässä parkatakissa. Hän nostaa laukun syliin ja alkaa selata puhelintaan. Minä olen valinnut vasemman puolen bussia, koska päätäni vetää silloin ikkunaa kohti ja voin katsella luontevasti ulos.

Oikealla puolella on kuitenkin maamerkkejä, joista tiedän painauttaa pysäytyksen, nyt en näe niitä ja minua huolettaa. Olenko maalaiskylän tollo matkalla isolle kirkolle, niin kuin Pohjanmaalla tavataan sanoa? En tunne niin, olen vain jännittynyt hyvällä tavalla, koen jotain, tunnen ja aistin. Olen elossa.

Vaimoni kertoi minulle omasta, vastaavasta pelostaan jäädä oikealle pysäkille. Hänelle se oli yltämiskysymys. Siihen aikaan, kun hän kävi koulua, olivat pysäytyspainikkeet niin korkealla, ettei hän ylettynyt niihin. Joka aamu hän siis jännitti ja toivoi, että joku muu painaisi punaista nappia juuri oikean pysäkin kohdalla. Yleensä niin kävikin. Tuosta pelostaan hän on kuitenkin nähnyt painajaisia usein elämänsä aikana.

Meillä on kaikilla pelkoja, emmehän muuten olisi ihmisiä, jotka ymmärtävät lähimmäisiä. Ilman niitä, hassujakin pelon aiheita, me olisimme itse outoja.

Bussin etuosan kylttiin syttyy "stop" -valo ja arvelen sen tulevan pysäkilleni. Vilkaisen vierelläni istuvaa naista, joka vaikuttaa niin ystävälliseltä, että kysyn häneltä. Hymyillen hän vastaa, eikä näytä ihmettelevän kysymystäni.

Nousen Markkinointi-instituutin portaat ja kävelen neuvontaan. Kerron aulatyöntekijälle aloittavani tiedottajan opinnot. Hän neuvoo minut ylös toiseen kerrokseen, jossa näenkin netissä olleista kuvista tutun ihmisen seisovan ovella.

Menen luokkaan sisälle, tervehdin muutamia paikalle tulleita ja valitsen oman tuolini pöytäriveistä. Se on minulla jo selkärangassa. Paikka on tietysti siellä, missä pää kääntyy luontevasti kohti luokan etuosaa.

Vähitellen tila täyttyy ja eteen kävelevät ohjaajamme. He avaavat Markkinointi-instituutin tiedottajan koulutuksen ja kertovat siitä, sekä itsestään. Heidän jälkeensä on opiskelijoiden vuoro. Jokainen meistä kertoo elämästään, kouluista, työstä ja tavoitteista.

Nämä esiintymiset eivät minua enää jännitä. Kerron omalla vuorollani, että pääni saattavaa heilua ja vääntyä. Tämä johtuu siitä, että sairastan dystoniaa, joka on lihasjäntevyyshäiriö ja aiheuttaa nämä oireet.

Ajatteluun se ei onneksi vaikuta, jatkan ja kerron elämästäni. Ohjaajat kommentoivat muutamalla sanalla ja pian on vuoroni ohi. Täällä on hyvä olla ja luokan ilmapiiri kodikas. Opiskelu voi alkaa.

Olen saanut opiskeluajakseni media-assistentin harjoittelupaikan, joten edessäni ovat mielenkiintoiset ajat. Saan haastatella monenlaisia liikehäiriösairauksien kanssa eläviä ihmisiä lehteen sekä sosiaaliseen mediaan.

Minusta tuntuu, että olen viimeinkin selvinnyt dystoniasta ja elämä avautuu. Valitsin oman tieni ja kuljin sitä. Nyt uskon, että olen löytänyt reitin eteenpäin.

54. DYSTONIA OLI ELÄMÄNI ETULIITE

Ihminen on elävä runo,
elämän kirjoittama.
Luettavissa koko ajan.
Runo, jonka loppusoinnut vaihtuvat,
joka päivä, joka hetki.
Joskus vapaa ja huoleton,
usein taakkojen painama,
ahdistuksen sitoma.
Sellaisia elävät runot ovat.

Dystonia on sairaus, joka vaikeimmillaan ottaa elämän ohjaukseen ja määrittää sille uuden suunnan. On aina arvoitus, minne tie vie. Jokainen dystonia on erilainen ja oireet ovat kaikilla hieman eri tapaisia. Tietysti näin voi sanoa monista sairauksista. Onhan lopulta kysymys myös siitä, että ihminen käsittelee kokemansa oman persoonansa kautta.

On aivan kuin olisi menettänyt osan kehonsa hallinnasta, joskus jopa niin suuressa määrin, että koko olemus muuttuu. Kasvot vääntyvät tai nykivät, silmät räpsyvät ja sulkeutuvat, pää vapisee tai joku kehon osa vääntyy.

Toisilla oireet voivat olla ulkoisesti lieviä, mutta kipu raatelevaa. Koska kipu ei näy, hän voi kuulla huomautuksia, ettei dystoniaa edes huomaa sinusta. Kipua ei osaa ymmärtää sellainen, joka ei itse sitä koe. Ihminen, joka kokee kipua, arvostaa yli kaiken kivutonta hetkeä.

Dystonia tuntuu siltä, kuin joku toinen ohjaisi elämää, eikä päämäärää tietäisi. Minulle se tunne tuli vuosia sitten matkalla töihin. Sain vähitellen yhä voimakkaampia oireita, joita yritin vaistomaisesti torjua pitämällä kädellä päätä haluamaani suuntaan.

Elämässä ei kuitenkaan voi luovuttaa kuin kerran. Kaikki muut hetket, jotka tuntuvat nujertavilta, tekevät ihmisestä sen, mikä hän on.

Kivun ja tuskan hetkinä muovautuu tai pelkistyy elämän ydin, sen perusta, joka on tarkoitettu kestämään. Elämän juuret, jotka vuosien myrskytuulet, jäiset talvet, lumien kuormat ja kaikki koettu on vienyt syvälle.

Siellä ne juuret ovat löytäneet rakkauden virrat, joista elämänvoima ja ilo aina lopulta nousee ja nostaa pään taas pystyyn. Sellaiset juuret saa jokainen, joka sietää ja kestää elämän vaikeat hetket, taipuu tuulissa, mutta kestää myrskyissä.

Kesällä 2023 tulee täyteen kymmenen vuotta siitä, kun *dystonia* tuli elämääni nimellä ja sain diagnoosin. Se hetki, kun istuin fysiatrin vastaanotolla ja kuulin sairastavani *dystoniaa*.

Sain elämäni etuliitteeksi dystonian ja siihen hoitoina botuliinia neljä kertaa vuoden aikana. Hoidot eivät kovinkaan paljon auttaneet ja neurologi kertoi, että on olemassa vielä yksi hoitomuoto.

Siitä eteenpäin jouduin harkitsemaan menoa DBS-leikkaukseen.

En kuitenkaan mennyt. Harkitsin asiaa ja pyysin aikalisää. Kysyin leikkaushoidon läpikäyneeltä, milloin kannattaa mennä niin suureen operaatioon. Hän vastasi, että leikkaukseen kannattaa mennä siinä vaiheessa, kun elämä on sietämätöntä.

Minun elämäni ei vielä ollut sietämätöntä dystonian oireiden vuoksi. Toki se yhä määritteli tekemisiäni. Olin kuitenkin noussut taas ylös ja löytänyt halun kokeilla vielä jotain uutta.

Tein oman ratkaisuni ja lähdin pois siitä jäykästä piikkirallista, jota olin julkisen puolen neurologisella poliklinikalla kokenut. Minun oli pakko tehdä se ratkaisu, koska hoidot eivät tehonneet, eikä hoidoista voinut neuvotella neurologien kanssa. Dystonian kaltaisessa sairaudessa pitäisi kuunnella potilasta ja keskustella hänen kanssaan.

Viimeisellä käynnillä tajusin, että jos en nyt lähde etsimään jotain toimivampaa hoitoa, niin tämä tehoton piikkiruletti nujertaa minut henkisesti. Elämäni muuttui tuon ratkaisun myötä. Pääsin pois siitä koneistosta, joka on rakennettu tehokkaaksi ja nopeaksi. Jokainen potilas on kuitenkin erilainen ja jokainen dystonia ilmenee omalla tavallaan. Jos botuliinipiikit annetaan viiden minuutin tuikkauksina, niin se on lähes arpapeliä. Lääkärin tehtävä on kuitenkin hoitaa potilas niin hyvin kuin se on mahdollista.

Nyt on kulunut yli viisi vuotta siitä, kun vaihdoin hoitopaikkaa. Olen käynyt hoidoissa ja elämäni on muuttunut. Jo ensimmäinen kerta antoi sellaisen avun, että aloin nukkua paremmin.

Pystyin pitkästä aikaa juoksemaan pitämättä kädellä leuastani ja usein myös ajamaan autoa pää suorassa.

Tällä hetkellä dystoniaoireeni ovat lievemmät kuin koskaan ennen sairastumista. Tämän ovat todenneet myös lähelläni elävät ihmiset, jotka ovat nähneet dystonian oireet vaikeimmillaan. Niissä alkuajan hetkissä, kun pääni oli siirtynyt osittain olkapäälle ja vääntyi olkavartta vasten.

Tiedän, että moni saa avun julkisen puolen neurologien antamista hoidoista. Onhan niin monenlaista dystoniaakin ja toisille riittävät nopeammat hoidot.

On myös paljon ihmisiä, jotka ovat saaneet merkittävän avun DBS-leikkauksesta. On ihmeellistä nähdä, kuinka valtava muutos vaikeaa dystoniaa sairastavassa tapahtuu onnistuneen DBS-leikkauksen jälkeen.

On upeaa, kun syväaivostimulaatio poistaa oireita niin paljon, että ihminen saa liikuntakyvyn takaisin.

Menen itsekin leikkaukseen, jos dystonian oireet käyvät sietämättömiksi. Tällä hetkellä se ei kuitenkaan näytä ajankohtaiselta. Dystonia ei ole enää elämäni etuliite. Siitä on tullut elämän liitetiedosto. Pian kymmenen vuotta on kulunut diagnoosista, joka ensimmäisellä kerralla oli vielä *kierokaula*.

Olen noussut ojasta ja kävelen pää pystyssä. Dystonia ei ole pystynyt vääntämään minua sillasta selälleen. Olen onnellinen pummi peilissä.

Tähän en olisi omin avuin pystynyt, mutta valinta minun oli tehtävä itse.

Se kannatti tehdä. Ehdottomasti.

EPILOGI

Ajattelen sellaista onnen hetkeä,
missä sulkee silmänsä ja se saapuu.
lipuu mieleen,
kuin kuikka hiljaisessa lahdelmassa.
Tai veden pintaa liippaava pääsky,
kiitää taivaalle.
Hetkeä, johon voisi jäädä.
Huomaa olevansa huoleton ja vapaa.

On onnellinen.

Kuinka paljon kauneutta ihminen tarvitsee eheytyäkseen? Tai
voiko kauneutta tallentaa, säilöä sydämeen, sieluun ja mielen
poimuihin. Voiko tämän kauneuden kuvata kameran
muistikortille?
Entä jos menisi rikki ja sirpaleet jäisivät tänne, olisivatko nekin
kauniita? Voiko luonnon kauneus saada ihmisen näkemään sitä,
vaikka hän olisi kadottanut kauneuden tajunsa.
Runolliset ajatukset kulkevat mielessäni laskeutuessani
portailta kohti nummimaista ruohikkorinnettä. Alhaalla laakson
pohjalla virtaa ruskea vesi kuin kermakahvi.
Häntälän notkot Somerolla ovat täynnä kauneutta, jota on
vaikea sanoittaa tai kuvata lainkaan, siihen ihminen on liian
rajoittunut. On kuitenkin syytä yrittää, koska muuten kaikki
unohtuu.
Satumaa -tangon tehnyt laulaja, somerolainen Unto Mononen
kertoi laulussaan maasta, jossa huolet unohtuvat. Kävikö hän
koskaan täällä, mietin katsellessani maisemia.
Häntälän notkot ovat kuin *Satumaa* -tangon maa, jossa huolet
voisi unohtaa. Täällä kävellessä tuntuu kuin palaisi takaisin
menneen ajan hitaaseen ja rauhalliseen elämänrytmiin.
En tiedä, onko notkoista tehty laulua, mutta täällä soi.
musiikki. Aluksi notkojen rinnettä kulkiessa korvissa soi

lintujen laulu, moniääninen, soinnikas kuoro. Matkan edetessä kuuluu jostain myös kurkien trumpetit ja joutsenten laulu.

Lopulta, matkan taittuessa polulla, joka seuraa Rekijoen poimuilevaa kulkua, tulee musiikki, joka soi sydämessä. Syvä ääni on varmasti näiden notkojen laulua, kuin sinfoniaa. On kuin kulkija sisimmässään muuttuisi osaksi maisemaa. On vielä alkukesä ja luoteistuuli viilentää auringon lämpöä. Joen pohjalta ylös katsominen vaatii niskojen taittumista ja ylös kurottuvat suuret puut näyttävät koskettavan pilviä. Ikikuusista rinteillä pöllyää sakeina pilvinä siitepölyä notkojen pohjaa kohti. Näyttää siltä, kuin kaskisavut leijuisivat laaksossa. Maisema kaukana on kuin ääriviivoiltaan pehmennetty. Kengät ja lahkeet ovat nopeasti vihreässä siitepölyssä. Häntälän notkojen ainoa nähtävyys ei ole veden uurtama valtava jokilaakso nummimaisine rinteineen.

Kiinnostavin nähtävyys liihottelee rinteitä pitkin, usein perässään luontopolun kulkijoita kamerat kädessä. Pikkuapollo on perhonen, joka esiintyy Häntälän notkojen lisäksi vain Ahvenanmaalla ja joissain pienissä kohteissa Lounais-Suomen niityillä.

Häntälän notkoilla kasvava kiurunkannus on syy, miksi harvinainen ja suojeltu pikkuapollo esiintyy täällä. Notkojen niittyjen kaltaiset paikat ovat olleet aikoinaan osa suomalaista maalaismaisemaa. Niiden kadottua on moni laji hävinnyt.

Niittyjen kunto ja säilyminen nummimaisena ei ole itsestään selvyys, sen näkee jo katsomalla Rekijoen toiselle puolelle. Niityn pysyminen niittynä vaatii työtä, johon ihminen ei pysty.

Notkojen poluilla tulee vastaan työntekijöiden lauma, johon on syytä suhtautua arvostaen. Joutokarjaksikin kutsuttu lauma etenee hitaasti ja syö rinteiden heiniä lisäksi notkoja valtaamaan pyrkivien kasvien alkuja.

Ystävällisen uteliaasti vierailijoita katseleva karja tekee mielellään myös tuttavuutta ja tulee lähemmäs katselemaan.

Häntälän notkoilla voi vielä kokea vanhan suomalaisen maaseudun tunnelmia. Aluetta ympäröivät maatilat ja tunnelma on rauhallisen seesteinen. Oma elämänrytmikin virittyy luonnollisemmaksi.

Helsingin Sanomissa oli juttu, jossa arvotettiin viisi kaunista maisemaa, mitkä Suomen luonnossa vaeltavan tulisi nähdä. Olen koko elämäni ajan vaeltanut luontokohteissa ja luin jutun varmana siitä, että yksi kohteista olisi sellainen, jossa olen käynyt. Häntälän notkoja siellä ei mainittu, vaikka kyseessä varmasti on kansallismaisema.

Tiedän, että yhtä kauniita paikkoja löytyy notkojen lisäksi omasta lähiluonnostanikin. Kotiovelta pääsen lenkkipolulle, joka muutaman tienpätkän jälkeen vie upeisiin luontokohteisiin, vaikkapa Karkkilan koskireitille.

On vavahduttavaa kokea alkukesän auringonnousu kotipihalla, kuunnella lintujen laulua, tuntea raikas tuuli iholla ja lähteä siitä omaa vauhtiaan lenkille.

Muutaman minuutin juostuani tulen vanhalle ratapohjalle ja juoksen ohi hallirakennuksen. Sieluani kääntää tieto siitä, että samalla paikalla on joskus sijainnut vanha, kaunis asemarakennus.

Tältä paikalta Karkkilassa on joskus lähtenyt kapearaiteisia kiskoja juna kohti Vaskijärveä, Kytäjää ja Hyvinkäätä. Tänään siitä muistuttaa vain ratapohja ja kiskojen vierellä sijainneet kivireunukset.

Juoksen Pyhäjärven rantamille. Siellä on lintutorni, johon voi nousta ja katsella yli kauniin järvenselän.

Sairauden väännöt aiheuttavat kipuja, toisinaan kiristävät, puristavat niin pieneen tilaan, ettei näe mitään muuta. Tuon pienen tilan voi kuitenkin kauneus rikkoa, jos se saa tulla siihen ahtaaseen kammioon.

Jos kauneus löytää edes pienen aukon, josta valonsäde saa tulla sisään, se poistaa pimeyden, rumuuden, joka ryösti kaiken ja vei elämänilon.

Luontoretket ovat olleet dystoniaan sopeutumisessa minulle monella tavalla parantavia. Metsän keskellä liikkuessa on aivan sama mihin suuntaan pää vääntyy. Voi kulkea hortoilemalla välittämättä siitä, että pysyisi polulla.

Metsässä ei näe koskaan mitään viivasuoraa. Siellä on vääntyneitä, mutkaisia ja kumaraan kiertyneitä puita. Metsässä kohtaa vertaisiaan.